「それで、お前が森辺の集落とやらに住みついたという渡来の民、ファの家のアスタか。こいつはまた、ずいぶん可愛らしいお顔をした坊やだな」
その男は真っ直ぐに俺のことをねめつけながら、そのように言い放ったのだった。
ダグ
王都から来た視察団の護衛を担当する第四部隊所属の百獅子長。
イフィウス
ダグと同じく護衛担当の兵を率いる百獅子長。
異世界料理道
VOLUME 30
Cooking with wild game.

アスタが《キミュスの尻尾亭》で
その腕を振るう！

「『星無き民』、この世界、生まれると、
星図、大きく変わります。星の無い虚無、
天空を駆け巡るため、あらゆる星々、
影響を受けるのです。ゆえに、『星無き民』、
存在する時代、世界、大きく動く、言われています」

異世界料理道 VOLUME 30

Cooking with wild game.

Presented by

EDA

口絵・本文イラスト　こちも

MENU

～森辺の民～

津留見明日太／アスタ

日本生まれの見習い料理人。火災の事故で生命を落としたと記憶しているが、不可思議な力で異世界に導かれる。

アイ＝ファ

森辺の集落でただ一人の女狩人。一見は沈着だが、その内に熱い気性を隠している。アスタをファの家の家人として受け入れる。

ドンダ＝ルウ

ルウ本家の家長にして、森辺の三族長の一人。卓越した力を持つ狩人。森の主との戦いで右肩を負傷するが、無事に復調する。

ジザ＝ルウ

ルウ本家の長兄。厳格な性格で、森辺の掟を何よりも重んじている。ファの家の行いを厳しい目で見定めようとしている。

ダルム＝ルウ

ルウ本家の次兄。ぶっきらぼうで粗暴な面もあるが、情には厚い。アスタたちとも、じょじょに打ち解ける。

ルド＝ルウ

ルウ本家の末弟。やんちゃな性格。体格は小柄だが、狩人としては人並み以上の力を有している。ルウの血族の勇者の一人。

ヴィナ＝ルウ

ルウ本家の長姉。類い稀なる美貌と色香の持ち主。東の民シュミラルに婿入りを願われる。

レイナ＝ルウ

ルウ本家の次姉。卓越した料理の腕を持ち、シーラ＝ルウとともにルウ家の屋台の責任者をつとめている。

リミ＝ルウ

ルウ本家の末妹。無邪気な性格。アイ＝ファとターラのことが大好き。菓子作りを得意にする。

ララ＝ルウ

ルウ本家の三姉。直情的な性格。シン＝ルウの存在を気にかけている。

シン＝ルウ

ルウの分家の長兄にして、若き家長。アスタの誘拐騒ぎで自責の念にとらわれ、修練を重ねた結果、ルウの血族の勇者となる。

シーラ＝ルウ

ルウの分家の長姉。シン＝ルウの姉。ひかえめな性格で、卓越した料理の腕を持つ。ダルム＝ルウの伴侶となる。

ユン＝スドラ

森辺の小さき氏族、スドラ家の家人。誠実で善良な性格。アスタに強い憧憬の念を覚えている。

トゥール＝ディン

出自はスンの分家。内向的な性格だが、アスタの仕事を懸命に手伝っている。菓子作りにおいて才能を開花させる。

ライエルファム＝スドラ

スドラ家の家長。短身痩躯で、子猿のような風貌。非常に理知的で信義に厚く、早い時期からファの家に行いに賛同を示す。

バードゥ＝フォウ

フォウ家の家長。沈着な気性。家長会議を経て、ファの家と絆を結びなおす。森辺の族長と貴族の会合では、見届け人として同行している。

ダン=ルティム

ルティム家の先代家長。ガズラン=ルティムの父親。豪放な気性で、狩人としては類い稀な力量を有する。

ガズラン=ルティム

ルティム本家の家長。沈着な気性と明晰な頭脳の持ち主。アスタの無二の友人。ルウの血族の勇者の一人。

シュミラル

シムの商団《銀の壺》の元団長。ヴィナ=ルウへの婿入りを願い、リリン家の氏なき家人となる。

ヤミル=レイ

かつてのスン本家の長姉。現在はレイ本家の家人。妖艶な美貌と明晰な頭脳の持ち主。

～町の民～

バルシャ

マサラの民。盗賊団《赤髭党》の党首の伴侶。豪放な性格。盗賊としての罪は恩赦されて、現在はルウ家の客分となっている。

ジーダ

マサラの民。バルシャの息子。寡黙だが、直情的な一面を持つ。若年だが、力のある狩人。バルシャともどもルウ家の客分として過ごしている。

マイム

ミケルの娘。明朗な性格。父の意志を継いで、調理の鍛錬に励んでいる。アスタの料理に感銘を受け、ギバ料理の研究に着手する。

ミケル

かつての城下町の料理人。頑固な性格。強盗に襲われて深手を負い、娘のマイムともどもルウ家の客分となる。

レイト

カミュア=ヨシュの弟子。柔和な言動で本心を隠している。幼き頃に両親を失い、《キミュスの尻尾亭》で育てられる。

カミュア=ヨシュ

荒事を生業にする《守護人》。北の民との混血。つかみどころのない、飄々とした性格。卓越した剣技と深い見識をあわせ持つ。

ユーミ

宿場町の宿屋《西風亭》の娘。気さくで陽気な、十七歳の少女。森辺の民を忌避していた父親とアスタの架け橋となる。

ミラノ=マス

宿屋《キミュスの尻尾亭》の主人。頑固だが義理堅い性格。様々な騒動を経て、アスタたちと交流を深める。

ディアル

南の民。鉄具屋の跡取り娘。陽気で直情的な気性。現在はジェノスで販路を確保するために城下町に逗留している。

テリア=マス

ミラノ=マスの娘。内向的な性格だったが、森辺の民との交流を経て心を開き始める。宿屋の娘としてユーミとも交流を深める。

ポルアース

ダレイム伯爵家の第二子息。森辺の民の良き協力者。ジェノスを美食の町にするべく画策している。

メルフリード

ジェノス侯爵家の第一子息。森辺の民との調停役。卓越した力を持つ剣士でもある。冷徹な気性で、法や掟を何より重んじる。

マルスタイン

ジェノス侯爵家の当主。メルフリードの父。物腰は柔和だが、つかみどころのない性格をしている。

バランのおやっさん

南の民。建築屋の棟梁。頑固な性格。年に一度、ジェノスの宿場町に長期滞在している。前回の来訪時、屋台を通じてアスタと交流を深める。

ティマロ

城下町の料理店《セルヴァの矛槍亭》の料理長。高慢な性格。城下町の料理人としては卓越した技量を持つ。アスタに強い対抗意識を抱く。

アルダス

南の民。建築屋の副棟梁。バランの右腕的な存在。陽気な性格。南の民には珍しい大柄な体格をしている。

第一章★★★銀獅子の軍

1

その日の朝——俺《おれ》が目を覚ますと、まずアイ＝ファの姿が真っ先に視界に飛び込《こ》んできた。

何故《なぜ》かアイ＝ファは俺の枕《まくら》もとに座《すわ》り、俺の寝顔《ねがお》をじっと見下ろしていたようなのだ。結果、俺は朝からずいぶんと心をかき乱されることになってしまった。

「や、やあ。おはよう、アイ＝ファ。いったい何をやっているんだ？」

「うむ？　べつだん何もしてはおらんぞ。自分の身支度《みじたく》が済んだので、お前の寝顔を眺《なが》めていただけだ」

そのように応じるアイ＝ファは普段《ふだん》通りの凛然《りんぜん》とした面持《おもも》ちであったが、その青い瞳《ひとみ》にはとてもやわらかい光が灯《とも》されているように感じられた。アイ＝ファは、あの日以来——俺の生誕の日であった黄の月の二十四日以来、こういう眼差《まなざ》しをすることが多くなっていたのだ。

あの夜に、俺たちはひとつの約束を交《か》わした。

いつかその時機に至ったら婚儀《こんぎ》を挙げよう、という約束だ。

俺はアイ＝ファが婚儀を挙げられる身になるのを待つと誓《ちか》い、アイ＝ファは——アイ＝ファはこの先、俺だけを愛すると誓ってくれた。

あのときのアイ＝ファの透《す》き通った笑顔《えがお》や、頬《ほお》に伝ったひと筋の涙《なみだ》や、その頬や小指のぬくもりなどを思い出し、俺はまた一人で惑乱《わくらん》してしまう。するとアイ＝ファはそんな俺の顔を見つめながら、ふっと笑《え》みをもらした。

「もうしばらくして起きないようであったら、髪《かみ》でも引っ張ってやろうかと考えていたところだ。朝から痛い目を見ずに済んだな、アスタよ」

「そ、そうか。これも森の導きだな」

「そんなに気安く母なる森を持ち出すな、このうつけ者め」

そのように叱《しか》る声さえもが、優《やさ》しげで温かい。俺は寝具《しんぐ》の上に身を起こして、アイ＝ファと正面から見つめ合うことにした。

アイ＝ファと俺は身長も大して変わらないので、立っていても座っていても、目線はいつも同じぐらいになる。アイ＝ファは今日も、綺麗《きれい》で、凛々《りり》しくて、魅力的《みりょくてき》だった。

こんなに魅力的な存在が、俺だけを愛すると誓ってくれた。その喜びと幸福感に、俺はまた胸が詰《つ》まってしまいそうだった。

「……三日前の……」

「え？」

「三日前の、スドラの家の赤児《あかご》たちは……本当に、信じられないぐらい愛くるしい姿をしていたな」

三日前、リィ＝スドラの腹に宿っていた子たちが、ついに生まれたのである。予定よりも半月以上は早い出産であり、しかも森辺では珍《めずら》しい双子《ふたご》の赤《あか》ん坊《ぼう》たちだった。それでもその赤ん坊たちは元気に産声《うぶごえ》をあげており、現段階では何の問題も見られないという話であった。

「私は、生まれたばかりの赤児というのを見るのは初めてのことであったのだ。お前には、そういう経験があったのか？」

「いや、俺も初めてだったよ」

「そうか。まあ、初めて目にしたのだから、余所《よそ》の幼子とも比べられぬわけだが……生まれたての赤児というのは、皆《みな》あのように愛くるしいのだろうか？」

生まれたての赤ん坊というのは、顔も手もしわくちゃで、目も開いていない。肌《はだ》は不自然なほど赤みがかっており、赤児と呼ばれるのもむべなるかなといった姿をしている。だけどそれでも、スドラの家に生まれた赤児たちは、この上もなく愛くるしかった。

とても小さくて、とても軽いのに、この手に抱《だ》くと何よりも重く感じられる。余所の家の俺たちがこれほどの思いをかきたてられたのだから、ライエルファム＝スドラとリィ＝スドラの胸にはどれほどの喜びがあふれかえっていたのか、ちょっと想像がつかないぐらいだった。

「そんなことは、俺にもわからないけどさ。でも、あれが自分の子供だったら、もっと可愛《かわい》く感じられるんだろうな」

「うむ。それは当然のことだ」

「……ファの家でも、いつか――」

俺が思わずそのように言いかけると、アイ＝ファの指先が俺の口もとにのばされてきた。ぴんとのばされた人差し指が、俺の唇《くちびる》に触《ふ》れるか触れないかという位置で停止する。

「定まってもいない行く末のことを気にかけても始まるまい。私はまだ当分、刀を置くつもりはないのだからな」

そう言って、アイ＝ファは照れくさそうに微笑《ほほえ》んだ。その頬が、ほのかに赤くなっている。唇にアイ＝ファの体温を感じながら、俺は激しく動揺《どうよう》することになった。

「……何を赤くなっているのだ、お前は」

「ア、アイ＝ファだって赤くなってるじゃないか」

「そのようなことはない。虚言《きょげん》は罪だぞ、うつけ者め」

アイ＝ファは唇に突《つ》きつけていた指先でぴんと俺の鼻を弾《はじ》くと、颯爽《さっそう》と立ち上がった。

「それでは、そろそろ仕事を始めるか。お前もさっさと身支度を済ませるがいい」

「あ、ああ。了解《りょうかい》したよ、家長殿《どの》」

すっかり熱くなってしまった頬をさすりながら、俺も立ち上がる。

そうして、その日――緑の月の一日は、妙《みょう》に甘やかな空気の中で幕を開けられることになったのだった。


俺が森辺の集落に住みついてから、ついに一年が経過した。しかも本年は閏月《うるうづき》があったので、日数としては四百日ぐらいが過ぎている。長かったような、短かったような、とにかく濃密《のうみつ》な一年間であった。

しかし、そのような感慨《かんがい》は大事に胸に収めておくとして、日々の生活に大きな変化が生じたわけではない。というか、俺たちは常に変転の日々を送っていたので、一年を境に何かが大きく動いたわけではない、といった印象だ。

昨日は屋台の休業日であったので、今日からまた五日間の商売が始まる。準備した料理の数は、ルウ家の屋台と合わせればおよそ八百食、マイムの屋台も合わせれば九百食。この数を三時間強で売り切るというのが、雨季が明けて以来の通常ペースであった。

屋台の料理はだいたい二、三食で満腹になるようなサイズであるので、一日の来客数は三百名から四百五十名といったところであろう。以前はシムとジャガルのお客の数が目立っていたものであるが、今はもう割合も判別できないぐらいさまざまな人々が入り乱れている。ここ最近ではジェノス在住の女性や子供のお客も増えたので、まさしく老若男女《ろうにゃくなんにょ》といった様相だ。

肉の市場でギバ肉を売りに出すとギバ料理の希少性が失われて、結果的に屋台の商売に悪い影響《えいきょう》が出るのではないか――という懸念《けねん》もなくはなかったのだが、今のところはそういった気配もまったく見られない。ギバ肉を買いつけてくれた宿屋のご主人がたいわく、ギバ料理を屋台で売りに出しても森辺の民の屋台にはかないそうにないので、しばらくは宿屋の夜の料理として売りに出すつもりであるとのことであった。

(それでもこの調子でギバ肉が普及《ふきゅう》していけば、いずれは目新しさもなくなって、俺たちの屋台も規模を縮小することになるかもしれないな)

だけど俺は、それでかまわないと思っている。俺たちの本来の目的は、町でギバ肉を売ることであったのだ。屋台でギバ料理を売っているのは、あくまでギバ肉の美味《おい》しさを広く知らしめるためなのである。

ギバ肉に商品としての価値を与《あた》えることができれば、森辺の民はこれまで以上の豊かさを得ることができる。貧困に苦しむことなく、より強い力でギバ狩《が》りの仕事に励《はげ》むことができる。その豊かさを森辺に住まうすべての氏族と分かち合うことができたとき、初めて俺たちの――俺とアイ＝ファの悲願は達成されたと言うことができるのだ。

極論を言えば、俺たちは料理を売る商売を取りやめてもかまわない。町の人々が自分たちで美味しいギバ料理を作り、ギバ肉を欲《ほっ》してくれさえすれば、それで目的はかなうのである。むしろ、ギバ料理とは特別なものではなく、誰《だれ》でも美味しく仕上げることができるのだと思われたほうが理想的なぐらいであった。

（とはいえ、屋台の商売を切りあげたいなんていう気持ちは、これっぽっちもないけどな）

そんな風に考えながら、俺はその日も屋台の商売に取り組んでいた。たとえギバ肉の普及が完全に達成されたとしても、俺たちはこの商売を通じて、町の人々と縁《えん》を結んでいる。それだって、森辺の民には必要な行いであるはずだった。

そうしてその日、俺はこの仕事の喜びを再確認《かくにん》させられる幸運に恵まれた。中天を迎《むか》えて、いっそう慌《あわ》ただしく仕事に取り組んでいたとき、その面々がついに姿を現してくれたのである。

「よう、こいつはたいそうな賑《にぎ》わいだな」

それは、俺にとっても予期していた出来事であった。しかし、だからといって、喜びや驚《おどろ》きの念を抑《おさ》えられるものではなかった。

「ああ、アルダス！　それに、みなさんも！　予定通り、ジェノスに到着《とうちゃく》されたのですね！」

「ああ。宿屋にトトスと荷車を預けて、真っ先に寄らせてもらったよ。ナウディスから話は聞いていたが、それにしてもたいそうな変わりようだ」

そう言って、その人物――ジャガルの建築屋の副棟梁《とうりょう》、アルダスは豪快《ごうかい》な笑い声を響《ひび》かせた。

その背後には、懐《なつ》かしい人々がずらりと立ち並んでいる。ジャガルの民はみんなもしゃもしゃと髭《ひげ》を生やしているので判別をつけるのがとても難しいのであるが、それでもそれは確かに見知った顔ばかりであった。

その中で、アルダスはただひとり百八十センチを超《こ》える巨漢《きょかん》であるので、なおさら見間違《みまちが》えることもない。アルダスは俺の記憶《きおく》にある通りに、グリーンの瞳を明るく光らせながらにこやかに笑っていた。

「ともあれ、元気そうで安心したぞ、アスタ。本当にひさしぶりだからな」

「はい。閏月があったので、きっちり十一ヶ月ぶりですね。そちらもお変わりないようで何よりです。……それであの、バランのおやっさんは――」

と、俺がそのように言いかけたとき、アルダスの陰《かげ》で「おい！」とわめき声をあげる人物がいた。

「何なのだ、これは！　ギバ料理の屋台を五つも六つも並べおって……これでは、どれを買っていいかもわからんではないか！」

「お、おやっさん、どうもおひさしぶりです」

それこそが、建築屋の棟梁たるバランのおやっさんであった。ジャガルの民らしく小柄《こがら》で骨太の体格をしており、当然のように豊かな髭をたくわえている。ぎょろりとした目も、大きな鼻も、不機嫌《ふきげん》そうな表情も、やはり俺の記憶にある通りのおやっさんであった。

「お前たちの噂《うわさ》は、ジャガルにまで届いていたぞ！　よりにもよって、ジェノスの貴族どもと真っ向からぶつかり合ったそうだな！　それでも生きながらえることができたのは、ひたすら運がよかったからだ！　少しは身をつつしめ、この馬鹿者《ばかもの》め！」

「ああ、はい、その……どうもご心配をおかけしまして……」

「……まあ、こうしてきちんと商売を続けていたのだから、そこのところはほめておいてやろう」

と、ひとしきり騒《さわ》いでから、おやっさんはいきなり腕《うで》をのばして俺の胸《むな》もとを小突《こづ》いてきた。

「元気そうだな、アスタよ。宿の主人に聞いたところ、ずいぶん羽振《はぶ》りがいいようではないか」

「はい。無事にみなさんと再会することができて、心から嬉《うれ》しく思っています」

おやっさんの率いるこちらの建築屋は年にいっぺん、緑の月から青の月までジェノスに滞在《たいざい》し、宿場町で家屋の修繕《しゅうぜん》の仕事を受け持つ。それで俺は昨年の緑の月の終わり頃《ごろ》に屋台を出すなり彼《かれ》らとご縁を結ぶことになり、ひと月ちょっとで別離《べつり》することになったのだ。彼らが常宿にしている《南の大樹亭《たいじゅてい》》のナウディスから今年も滞在の予約が入ったと聞かされていたため、俺も彼らの来訪を事前に知ることができたわけだが——それで再会の喜びが薄《うす》れることなど、まったくありえなかったのだった。

「ふん！　緑の月に俺たちがやってくることは、わかりきっていただろうが！　仰々《ぎょうぎょう》しく言葉を連ねるまでもないわ！」

俺がしんみりした顔を見せると、おやっさんはまた仏頂面《ぶっちょうづら》でわめき始める。しかし俺には、そのわめき声さえもが懐かしくてたまらなかった。

「まったく、おやっさんは相変わらずだな。荷車の中ではあれだけそわそわしていたのに、いざ顔をあわせたらけっきょくその有り様か」

と、アルダスがまた笑い声をあげる。

「アスタがジェノスの貴族と面倒《めんどう》を起こしたと聞いたときは、それこそ仕事が手につかないほど慌てふためいていたんだぞ。放っておいたら、一人でジェノスに向かっていきそうな勢いだったからな」

「たわけたことを抜《ぬ》かすな！　お前こそ、どうしようどうしようとずっと慌てふためいていたではないか！」

「そりゃあ慌てるのが当たり前だろう。ただでさえ、森辺の民はジェノスでひどい扱《あつか》いを受けていたようなんだからな」

そんな風に言いながら、アルダスはその瞳にとても優しげな光をたたえた。

「ともあれ、無事に済んだのだから、何よりだ。俺たちは、みんなまたジェノスにやってくる日を心待ちにしていたんだからな」

その後は、他《ほか》の面々も笑顔で挨拶《あいさつ》をしてくれた。

本日ジェノスに到着した建築屋のメンバーは、おやっさんとアルダスを含《ふく》めて八名である。名前までは知らなくとも、ひと月以上もの間、毎日のように通ってくれていた人々だ。それらの人々と挨拶を交わしながら、俺は何度となく喜びを噛《か》みしめることになった。

「それにしても、まさかここまで商売の手を広げているとはな。あの屋根の下の座席も、アスタたちのものなのか？」

「はい。太陽神の復活祭を機に、食堂を準備することになりました。汁物《しるもの》などの木皿を使う料理を売りたかったので、どうしても座席が必要になってしまったのです」

「なるほどなあ。屋台で働いている顔ぶれも、あの頃《ころ》とはずいぶん違《ちが》ってるみたいだ」

建築屋の面々が見知っているのは、ヴィナ＝ルウとレイナ＝ルウ、ララ＝ルウとシーラ＝ルウ、そしてリィ＝スドラぐらいのものである。その中で本日商売に取り組んでいるのは、髪を切って様変わりをしたシーラ＝ルウのみであった。

そして、二台きりであった屋台は六台に増えて、屋根を張った青空食堂までもが準備されている。開店当初のつつましい姿しか知らない彼らには、ずいぶんな変容に感じられたことだろう。俺としても、どれだけ話をしても尽《つ》きないところであったが、そこで後ろに並んだ人々から「おい、まだ待たせるのか!?」というお声をいただいてしまった。

「おっと、うっかり話《はな》し込んじまったな。それじゃあ、料理を買わせていただくか。……しかし、確かにこいつはおやっさんの言う通り、何を買うべきか迷っちまうなあ」

「でしたら、俺が料理を見つくろいましょうか？　料理は六種類ありますので、みなさんがそれぞれ楽しめるように、小分けにして配分いたしますよ」

「お、それは助かるな！　それじゃあ、アスタにおまかせしよう」

ということで、建築屋の面々は手ぶらで座席に向かうことになった。

まずはさんざん待たせてしまったお客さんたちに料理を手渡《てわた》してから、俺は配分を考える。かつての復活祭では《ギャムレイの一座》の人々にもこうして配分を頼《たの》まれたことがあったので、その経験を頼《たよ》りにしようという所存である。

「……あれが、ジャガルの建築屋という人々であったのですね」

俺が思案していると、同じ屋台で手伝いをしてくれていたマトゥアの女衆がにこりと笑いかけてきた。

「アスタも南の民たちも、本当に嬉しそうなご様子でした。リリンの家のシュミラルと同じように、彼らもアスタにとっては大事な存在であるのですね」

「うん。シュミラルを含む《銀の壺《つぼ》》の人たちも、あの建築屋の人たちも、真っ先に屋台の常連さんになってくれたからさ。どうしても、思い入れが強くなっちゃうんだよね」

「とても素晴《すば》らしいことだと思います。よければ、わたしがしばらく仕事を受け持ちますので、アスタが料理を届けてあげてください」

本日の俺に、その申し出を断ることはできなかった。ということで、各々《おのおの》の屋台に必要な数を注文したのち、俺は荷車からお盆《ぼん》代わりの板を引っ張り出して、手ずから給仕《きゅうじ》することになった。

「お待たせしました。何回か往復しますので、少々お待ちくださいね」

何せ八名分の料理であるので、けっこうな量である。建築屋の人々の歓声《かんせい》を聞きながら、俺はいそいそと給仕の仕事に取り組んだ。

本日の日替《ひが》わりメニューは、石窯《いしがま》で作製した『ロースト・ギバ』である。一緒《いっしょ》に蒸《む》し焼きにした野菜と焼いたポイタンをひと切れ添《そ》えて、提供する。以前にもこの献立《こんだて》を売りに出していたことはあったが、森辺に石窯が導入されたことによって、より本格的なものをお届けすることができるようになっていた。

ファの家の残りの二種は、『ケル焼き』と『カルボナーラのパスタ』。ルウの家の屋台からは、『ギバの香味《こうみ》焼き』と『ギバのモツ鍋《なべ》』。そしてマイムの屋台からは、不動のメニューたる『カロン乳仕立ての煮付《につ》け』である。

この中で、小分けにできるのは『ロースト・ギバ』と『カルボナーラ』と『ギバのモツ鍋』のみだ。残りの料理はポイタンの生地《きじ》ごと等分に切り分けて、それぞれを少量ずつ味わっていただくことにした。

「たぶんみなさんだと、これで腹八分目の量になるかと思います。もしもお気《き》に召《め》すようでしたら、あとは各自で追加の注文をお願いいたしますね」

「こいつは豪勢《ごうせい》だな！　これで本当に、一人分のお代は赤銅貨三枚なのか？」

「はい。お一人で二、三種類の料理を楽しめるように、以前よりもひとつずつを小さめに仕上げているのです」

「なるほど。きっと腹の中に収めちまえば、これでも物足りなく感じられるんだろうな」

アルダスを筆頭に、みんな期待に満ちあふれた面持ちである。バランのおやっさんは相変わらず仏頂面であったが、その目は誰よりも爛々《らんらん》と光っていた。

「よし、それじゃあ、いただくか！」

アルダスの言葉を合図に、全員がいっせいに卓《たく》へと手をのばす。その後は、もう火のついたような騒ぎであった。

「おお、こいつはケルの根を使っているのか！　まさかジェノスでケルの根を味わえるとは思わなかった！」

「こっちのこいつは、シムの香草《こうそう》を使ってるんだな。……ううむ、癪《しゃく》だけど美味《うま》いな」

「この汁物は、抜群《ばつぐん》に美味いぞ！　以前に宿屋で食べたやつよりも美味いぐらいだ！」

俺の仕事は果たされたが、なんとも立ち去りがたい心地《ここち》である。

すると、食堂で働いていたユン＝スドラが笑顔でこちらに近づいてきた。

「アスタ。こちらは木皿を洗う仕事も一段落したところですので、わたしが屋台のほうを手伝ってきます。何かあったら声をかけますので、しばらくはこちらで休んでいてください」

「あ、いや、それはさすがに申し訳ないよ」

「いいではないですか。普段は人の倍以上も働いているのですから、こんなときぐらいはわたしたちを頼ってください」

俺はこの緑の月の一日が待ち遠しくて、周囲のみんなにもさんざんその思いをぶちまけていたのである。マトゥアの娘《むすめ》もユン＝スドラも、そんな俺の心情を慮《おもんぱか》ってくれているようだった。

「ありがとう。それじゃあ、お言葉に甘《あま》えさせていただくよ」

「はい。どうぞごゆっくり」

にこりと朗《ほが》らかな笑みを残して、ユン＝スドラは屋台のほうに駆《か》けていく。そこでアルダスが、猛然《もうぜん》と俺を振《ふ》り返ってきた。

「アスタ！　どいつもこいつも、美味くてたまらんぞ！　ずいぶん腕をあげたものだな！」

「ええ。あれから色々な食材を使えるようになったので、かなり献立の幅《はば》を広げることができました。その内の半分は、俺ではなくて別の人たちが作ったものですけどね」

「ああ。さすがにこれだけの数を、アスタが一人で作れるわけはないよな。しかし、何にせよ美味い！　これから二ヶ月もこんな美味いものを食えるなんて、夢みたいだよ」

率直《そっちょく》さを美徳とするのが、ジャガルの民である。その言葉は、真正面から俺に強い喜びを与えてくれた。

「俺はこっちのケルの根を使った料理が一番好みだな！　おやっさんは、やっぱりタウ油の汁物か？」

「……こんなに種類があっては、順番などつけられんわ。とりあえず、こっちの料理は食べにくくてかなわんぞ」

もちろんそれは、おやっさんたちにとって初の体験となる『カルボナーラのパスタ』のことであった。

「あ、それはこう、くるくるっと巻き取って食べてください。木匙《きさじ》の先が三つに割れていますので――」

「そんなまどろっこしい真似《まね》をしていられるか」

おやっさんは小皿に取り分けたパスタを、ひと口でかき込んでしまった。ギバ肉もアリアもナナールも一緒くたである。それを入念に咀嚼《そしゃく》して呑《の》みくだしたのち、おやっさんは「むふう」と満足げな吐息《といき》をついた。

「何だか酒盛りでもしたい気分だな。果実酒でも買っておくべきだったか」

「あ、今日は仕事をされないのですか？」

「半月ばかりも荷台で揺《ゆ》られていたのに、初日からいきなり屋根などにのぼれるものか！　仕事の開始は、明日からだ！」

「だけど、これから仕事の打ち合わせなんだからな。さすがに果実酒はまずいだろう」

そのように述べながら、アルダスも次々と料理をかっさらっていく。この勢いでは、八分目の料理もあっという間に尽きてしまいそうだった。

「ああ、これじゃあまったく足りなそうだな。なんなら、同じ量でも食えちまいそうだ」

「同じ量を食ったら、赤銅貨六枚だぞ。さすがに昼の食事でそんな贅沢《ぜいたく》はできまい」

そう言って、おやっさんはじろりと俺をねめつけてきた。

「しかし、以前は赤銅貨二枚でもそこそこ腹は満ちたものだ。ギバの料理が値上がりしたというのは、本当のことだったのだな」

「あ、はい。城下町からのお達しで、一・五倍の値段に引き上げることになってしまったのです。以前のままの料金だと、カロンやキミュスの料理が売れなくなってしまうから、ということで……」

「ふん！　そんなことは、最初からわかりきっていたことだ。これでカロンの足肉やキミュスの皮なし肉と同じ料金では、他の連中が商売になるまいよ」

相変わらず笑顔を見せようとはしないおやっさんであるが、その顔には隠《かく》しようもない満足感が満ちみちていた。それだけで、俺のほうも大満足である。

「仕事のある日は、これぐらいの量でも十分だろうな。ということは、一人赤銅貨三枚だから、確かに一・五倍の値段だ」

「だけど、お味のほうは倍以上だよ！　これなら損をした気分にもならないな！」

若めのメンバーが、陽気な声を張りあげる。他の面々も、賛同するように満面の笑みであった。

「今日は満腹で動けなくなってもかまわないんだろ？　だったら、追加を頼もうぜ！」

「俺はこっちの木皿の肉をもっと食いたいな」

「俺はカロン乳のやつがいい！」

「汁物もこれじゃあ足りないよな。確かにもうひとそろい、同じ量を食いたいところだ」

俺はなんだか油断をしていると、涙をこぼしてしまいそうであった。ほぼ一年ぶりに再会した面々が、美味い美味いとギバの料理を食べてくれているのだ。ジャガルの民というのは感情が豊かであるので、俺はことさら胸を揺さぶられてしまうのだった。

「とりあえず、もう一枚ずつ銅貨を出すか。それでどれぐらいの量を注文できるか、アスタに教えてもらって――」

と、アルダスがそのように言いかけたとき、往来のほうからただならぬざわめきが伝わってきた。

そちらに目をやったおやっさんは、「何だありゃ？」と眉《まゆ》をひそめる。何気なく視線を向けた俺は、それどころではない驚きに見舞われることになった。北の方角から、ものすごい数の軍勢が押《お》し寄せてきたのである。

軍勢というのは、比喩《ひゆ》ではない。それは白銀の甲冑《かっちゅう》を纏《まと》い、いずれもトトスにまたがった、兵士の群れであったのだった。

「おいおい、戦争でも始まったのか？」

アルダスも、呆《あき》れたようにつぶやいている。宿場町に通じる主街道《しゅかいどう》は道幅《みちはば》が十メートルばかりもあるのだが、その軍勢は五列縦隊で粛々《しゅくしゅく》と進軍しており、はるか彼方《かなた》までその隊列が続いているようだ。少なくとも、百名やそこらで収まる数ではない。復活祭のパレードでも、俺はこれほどの軍勢を目にする機会はなかった。

宿場町の区域に差しかかったところで、その軍勢はぴたりと停止する。すると、その先頭にいた唯一《ゆいいつ》の荷車から身なりのいい男性と護衛役の武官が飛び降りて、急ぎ足で宿場町に駆け込んできた。

それと同時に、南の方角からは衛兵たちがやってくる。普段から宿場町を巡回《じゅんかい》している、護民兵団の衛兵だ。北から駆け込んできた人々と南から駆けつけてきた衛兵たちは、ちょうど青空食堂の真ん前でぶつかることになった。

身なりのいい男性は焦燥《しょうそう》感もあらわに何事かを囁《ささや》いており、衛兵たちは青い顔でそれを聞いている。そして、それを遠巻きにした宿場町の人々は、わけもわからぬまま呆然《ぼうぜん》と立ち尽くしていた。

その間、トトスにまたがった軍勢のほうは、ぴくりとも動かない。まるで、ロボットか何かのようだ。なおかつ彼らは、明らかにジェノスの衛兵たちよりも立派な甲冑に身を包んでいた。

「ジェノスであんな軍勢を見るのは、初めてのことだな。いったい何があったっていうんだろう」

またアルダスが低くつぶやくと、あらぬ方向からそれに答える者がいた。

「あれは、王都から訪《おとず》れた視察団の護衛部隊です。彼らのために宿屋を準備するように、要請《ようせい》しているところですね」

俺が愕然《がくぜん》とそちらを振り返ると、旅用のフードつきマントを纏った少年がちょこんと立ち尽くしている。その少年はにこにこと笑いながら、かぶっていたフードを背中のほうにはねのけた。

「おひさしぶりですね、アスタ。お元気そうで何よりです」

「レイト！　いったいいつジェノスに戻《もど》ってきたんだい⁉」

「たった今ですよ。ああして街道をふさがれてしまったので、雑木林の裏から回り込んできました」

それは、数ヶ月前にジェノスを離《はな》れて以来、まったく音沙汰《おとさた》のなかった《守護人》カミュア＝ヨシュの弟子《でし》たるレイト少年であった。亜麻色《あまいろ》の髪に鳶色《とびいろ》の瞳を持つ少年は、なおもにこやかに微笑みながら、こう言った。

「カミュアは視察団の本隊とともに、城下町に入りました。アスタ、カミュアからの伝言をお伝えいたします」

「で、伝言？」

「はい。王都の視察団とも護衛部隊とも、決して悶着《もんちゃく》を起こさないように、とのことです。十分に用心をして、万全《ばんぜん》の態勢でこの苦難を乗り越《こ》えてほしいと、カミュアはそのように言っていました」

「この苦難って、いったい……？」

呆然とつぶやきながら、俺は北の方角に立ちはだかる軍勢を振り返る。

よく見ると、先頭の右端《みぎはし》に陣取《じんど》った兵士は、その手に巨大《きょだい》な旗を掲《かか》げていた。緋色《ひいろ》の生地に、銀色の獅子の紋章《もんしょう》――のちに聞いたところによると、それこそがセルヴァの王都アルグラッドを示す、神聖なる銀獅子旗というものであったのだった。

2

その後の宿場町は、てんやわんやの騒ぎであった。

といっても、宿場町を訪れた軍勢が何か騒ぎを起こしたわけではない。彼らはしばらくジェノスに留《とど》まるので、その宿泊《しゅくはく》する場所を準備してもらいたいと、そのように要請してきたのだった。

しかし、のちに聞いたところによると、視察団の護衛部隊の人数は二百名にも及《およ》んだのだ。その人数の宿をいきなり準備しろなどというのは、部外者の俺でも無茶《むちゃ》な申し出だとしか思えなかった。

むろん、ジェノスの宿場町には数多くの宿屋が存在する。商会の寄り合いには三十名ていどのご主人が集まっていたのだから、最低でもそれぐらいの数は存在するということだ。また、中には複数の宿屋を経営するご主人もいるのだと聞くし、商会に参加しないもぐりの宿屋などというものも存在するらしい。それだけの数の宿屋が存在するからこそ、ジェノスは数多くの旅人を迎え入れることがかなうのである。

しかし、それでもなお、これは危急の事態であった。どれだけ数多くの旅人が来訪するジェノスにおいても、いっぺんに二百名もの一団がやってくることはまずありえなかったのだ。

しかも彼らは、少人数で分かれることを肯《がえ》んじなかった。最低でも十名、可能であれば二十名を一組として宿泊できるようにと条件をつけてきたのである。寝所が十も二十も空いているのは、よほど流行《はや》っていない宿屋だけだ。この突如《とつじょ》として降りかかってきた難題に対処するために、宿屋のご主人がたはたいそう頭を悩《なや》ませることになってしまったのだった。

「けっきょくうちでは、二十名の兵士様をお迎えすることになってしまいました。そんなに部屋の空きはなかったので、何組かのお客様には余所の宿屋に移ってもらうことになってしまったのです」

商売を終えた俺たちが屋台を返却《へんきゃく》しに行くと、テリア＝マスは途方《とほう》に暮れた面持ちでそのように説明してくれた。ミラノ＝マスは、他のお客への対応でてんてこまいらしい。二百名の兵士たちはまだ街道のほうで待機しているのだが、彼らが動きだす前にすべての準備を整えなければならないのだ。

「まったく、はた迷惑《めいわく》な話だよね！　王都の視察団だか何だか知らないけど、いったい何様のつもりなんだろう！」

そのように怒《いか》りの声をあげたのは、テリア＝マスを心配して駆けつけていた《西風亭《せいふうてい》》のユーミである。貧民窟《ひんみんくつ》に位置する《西風亭》は王都の人間を宿泊させるのに適切ではないという判断で、今回の依頼《いらい》からは除外されたのだという話であった。

「ま、うちに偉《えら》ぶった兵士どもなんかが押し寄せてきたら、その場で血を見る騒ぎになりそうだからね！　どれだけ銅貨を積まれたって、あんな連中を受け入れるのはまっぴらさ！」

「はい。兵士様を受け入れる宿屋には特別な褒賞《ほうしょう》が与えられるという話ですが……わたしも父も、できることならば関《かか》わらずにいたかったです」

貴族の言いつけで上等なお客を招き入れるよりも、馴染《なじ》みのお客を大事にしたかった、ということなのだろう。テリア＝マスは、見ているこちらが気の毒になるぐらい悄然《しょうぜん》としてしまっていた。

「だいたいさ、そんな大人数で押しかけるときは、事前に使者でも走らせて、予約を入れるもんじゃないの？　それぐらいのことが、どうしてあいつらには考えられないんだろうね！」

「ええ。これまでに通ってきた町に対しては、あらかじめ使者を走らせていましたよ。そうでなければ、どの町でもなかなか二百名もの人間を宿泊させることはできなかったでしょうからね」

そのように答えたのは、レイトであった。いったん姿を消した彼は、俺たちの商売が終わる頃合《ころあ》いを見計らって、また合流してきたのである。

「ただ、最終の目的地であるジェノスに対してだけは、使者を走らせていませんでした。カミュアに案内役などを依頼したのも、おそらくはジェノスにこの話を伏《ふ》せておきたかったからなのでしょう。ジェノスの侯爵《こうしゃく》家とカミュアが懇意《こんい》にしていることは、もう王都の人々にも知れ渡《わた》っていましたからね。案内役を依頼することで、カミュアの動きを封《ふう》じたということです」

「どうしてそんな風に、隠しだてしなくちゃならないのさ？　王都の連中は、ジェノスに恨《うら》みでもあるわけ？」

「恨みがあるわけではないのですが、そこのところはちょっと複雑なのですよ」

ユーミと言葉を交わすレイトの姿を、テリア＝マスは感慨深《かんがいぶか》そうな眼差しで見守っている。

レイトは幼少期、この《キミュスの尻尾亭《しっぽてい》》でテリア＝マスとともに育てられていたのである。

しかし、レイトがまだジェノスに留まっていた当時、テリア＝マスは森辺の民を恐《おそ》れてなかなか姿を見せようとしなかったので、俺はこの両名が顔をそろえている姿を見るのは初めてのことだった。

「……それで、これは王都の護衛部隊を受け入れる宿屋に、こっそりと根回ししていただきたいのですが――」

と、レイトがテリア＝マスを振り返る。

「王都の軍勢といっても、このたびの任務に参加しているのは傭兵《ようへい》の集まりです。下手な無法者よりも気の荒《あら》い人間がそろっていますので、そのつもりで対応するようにとお伝え願えませんか？」

「そうなの……うん、わかったわ。ありがとうね、レイト」

「いえ。僕《ぼく》にとっても、ジェノスは大事な故郷ですから」

レイトはにこにこと笑っていても、内心を読み取ることが難しい。しかし、それと相対するテリア＝マスのほうは、それこそ弟を見るような目つきでレイトを見ていた。

「それでは、くれぐれもお気をつけて。ミラノ＝マスにもよろしくお伝えください」

「え、レイトはもう行ってしまうの？」

「はい。僕はこれから、森辺の集落に向かわないといけないのです」

そうして俺たちはテリア＝マスとユーミに別れを告げて、森辺の集落を目指すことにした。

レイトは徒歩であったので、ギルルの荷車に同乗させる。ざわめきに満ちた宿場町を後にして、森辺に通ずる緑の深い小道に差しかかったところで、俺は胸中の疑念を吐《は》き出させてもらうことにした。

「レイト、さっきの話だけどさ。ジェノスにこの話を伏せておきたかったたっていうのは、どういう意味なんだい？」

「ええ。それは、到着の期日を教えてしまうと、ジェノスの貴族たちが用心をして前工作をしたり、口裏を合わせたりするのではないか、という考えであったようです」

「口裏を合わせる？」

「ええ。昨年に起きた、トゥラン伯爵家《はくしゃくけ》と森辺の民にまつわる騒動《そうどう》や――その他にも、あれこれジェノスの貴族たちをつつき回そうという目論見《もくろみ》なのでしょうね」

ギルルを運転する俺の背中に向かって、レイトはそのように語り続けた。

「もともと王都の視察団は、年に一回か二回はジェノスを訪れていました。しかし、これほどの軍勢を引き連れてきたことは、かつてありません。それほど今回は、本気であるということなのでしょう」

「ほ、本気というのは、どういう意味かな？」

「だから、意にそまぬ場合は武力の行使も辞さない、ということですよ。まあ、たかだか二百名の兵士でジェノスを陥落《かんらく》させることはできないでしょうが、とにかく威嚇《いかく》をしているわけですね」

それは何とも、剣呑《けんのん》な話であった。しかもレイトは、森辺の民も他人事ではないといった口ぶりである。

「でもさ、トゥラン伯爵家にまつわる騒ぎが起きたのは、もう一年近くも前の話じゃないか。それなのに、今さらそれを蒸し返そうっていうつもりなのかい？」

「前回の視察の折に、何か納得《なっとく》のいかない話でもあったのでしょうね。だから今回は、徹底的《てっていてき》にその話も蒸し返されると思います。それで、森辺の族長やアスタたちに注意を喚起《かんき》したかったのですよ」

緊迫《きんぱく》感のないゆったりとした声音《こわね》で、レイトはそのように述べたてた。

「王都の貴族はジェノスの貴族よりも居《い》丈高《たけだか》で、護衛部隊は気の荒い傭兵の集まりです。森辺の民にとってはこれまで以上の忍耐《にんたい》を強《し》いられるかと思いますが、どうか穏便《おんびん》にやりすごしてください」

「……とりあえず、ご忠告は胸に刻みつけておくよ。それで、カミュアは城下町なんだね？」

「はい。視察団の目をすりぬけて、メルフリードやポルアースなどに助言をして回っているのでしょう。あちらはあちらで、大変な騒ぎになっているはずですよ」

それからレイトは、ふいに「ああ」と声をあげた。

「もうひとつ伝言があったのを忘れていました。早くアスタのギバ料理を堪能《たんのう》したいよ……だそうです。城下町のほうが少し落ち着いたら、カミュアもきっと屋台のほうに顔を出すことでしょう」

「うん。再会の日を心待ちにしているよ」

カミュア＝ヨシュのとぼけた笑顔を思い出しながら、俺《おれ》はそんな風に答えてみせた。

それにしても――これは、息もつかせぬ急展開である。もとより王都の視察団がジェノスを定期的に来訪しているという話は周知の事実であったのだが、それがこのような形で森辺や宿場町にまで波紋《はもん》を広げてこようとは、俺もまったく予測できていなかったのだった。

俺が王都の視察団について初めて聞き及んだのは、おそらく雨季のさなかであろう。ジェノスがあまりに力をつけると、国王の支配から脱《だつ》して独立国家を僭称《せんしょう》しかねない――王都の人間はそういう厳しい目でジェノスの様相をうかがっているため、身をつつしまなくてはならない――サウティの集落を訪れたメルフリードやポルアースが、そんな風に語っていたのである。

それで、王都の視察団は雨季が明ける頃に来訪するだろうから、それまでは森辺のかまど番を城下町に招くことも差し控《ひか》えようという話になった。ただでさえ特殊《とくしゅ》な存在である森辺の民が、視察団の注目を集めてしまわないようにという配慮《はいりょ》である。しかしそれから何の音沙汰もなく、あっという間にふた月ほどの日が過ぎて――来訪するなり、このような騒ぎが生じたというわけであった。

（どれだけこっちが身をつつしもうとも、王都のお人らは森辺の民に注目しちゃってるみたいだな。こうなったら、腹をくくって対処するしかないんだろう）

俺がそのように思案している間に、荷車はルウの集落に到着した。

「では、僕はこの場で族長の帰りを待たせていただこうかと思います。ここまで運んでいただいて、どうもありがとうございました」

「うん。レイトも気をつけてね」

今日はファの家で勉強会をする日取りであったので、俺たちはここでお別れであった。あらためてギルルの手綱《たづな》を取ると、それを待ちかまえていたかのようにトゥール＝ディンが声をかけてくる。

「あの、アスタ……今日は残念でしたね」

「え、何が？」

「いえ、その……今日はせっかく、ジャガルの人々とひさびさに再会できたのに……このような形で、水を差されてしまいましたから……」

「ああ、うん。しかもレイトまで現れたもんだから、まさしく千客万来《せんきゃくばんらい》だったね。なんだか気持ちの整理が追いつかないよ」

「……わたしは何だか、口惜《くちお》しいです。一日でも日がずれていれば、アスタは心置きなく再会の喜びにひたれたのでしょうし……」

「ありがとう。トゥール＝ディンは、優《やさ》しいね」

ギルルを軽快に走らせながら、俺は一人で微笑むことになった。

「そ、そんなことはありません」と、トゥール＝ディンは取り乱した声をあげる。

「大丈夫《だいじょうぶ》だよ。バランのおやっさんたちとは、これから二ヶ月もご一緒できるんだからね。明日からも、俺は存分にその喜びを噛みしめさせていただくよ」

「は、はい……テリア＝マスたちも、無事に日々を過ごせるといいですね」

そう、俺としてもまずはそちらのほうが懸念の種であった。王都の貴族の護衛部隊という肩書《かたが》きを持った荒くれ者の集団など、どう考えたって厄介《やっかい》であるに違いない。そんな連中を十名から二十名ずつも迎え入れなければならない宿屋の人々こそ、災難の極《きわ》みであった。

（でも、屋台から見えた兵士たちの姿は、まるでロボットみたいに整然としてたよな。あれの中身が荒くれ者だなんて、ちょっと想像するのが難しいんだけど……いったいどんな連中なんだろう）

そんなことを考えている間に、荷車はファの家に到着した。

家の前には、六名の女衆が待ちかまえている。フォウの血族はスドラに赤児《あかご》が生まれた関係で色々とせわしないため、本日集まってくれたのはガズとラッツの血族たちであった。

「どうもお疲《つか》れ様《さま》です。では、まず商売の下ごしらえから取りかかりましょう」

どれほどの変転に見舞われても、俺たちは自分の仕事を果たすしかない。だけどやっぱり他の女衆にとっても今日の騒ぎは大ごとであったらしく、作業中はその話題でもちきりであった。

「わたしには、いまひとつ状況《じょうきょう》が呑《こ》み込めません。スン家とトゥラン伯爵家の大罪人を裁いた一件について、余所《よそ》の人間から文句をつけられるいわれなどあるのでしょうか？」

そのように言いだしたのは、屋台の商売から継続《けいぞく》して下ごしらえも手伝ってくれていたフェイ＝ベイムであった。俺よりも年長で、父親ゆずりの四角い顔をした、実直で気骨のある女衆だ。

「俺にもつかみきれない部分が多いのですが、カミュア＝ヨシュが注意を呼びかけてきたということは、やっぱり用心するべきなのだと思いますよ」

「カミュア＝ヨシュですか。その名は、家長からも聞いています」

カミュア＝ヨシュとともにサイクレウスらの大罪を暴《あば》いたとき、彼女《かのじょ》の父親たるベイムの家長もその場に居合わせていたのである。それももはや、十ヶ月以上は昔の話であるはずだった。

「でも、森辺の民もジェノスの貴族たちも、これが正しいと信じて進むべき道を選んだのですから、何を言われても堂々と振る舞《ま》えばいいのだと思いますよ」

そのように述べてから、俺は切り分けたギバ肉を詰《つ》め込んだ木箱に蓋《ふた》をした。

「こっちはこれで終了《しゅうりょう》です。パスタとカレーの素のほうはどうですか？」

「はい。あとは干して固めるだけです」

「それじゃあひと休みしたら、一昨日の続きに取りかかりましょう」

一昨日の続きというのは、城下町から届けられた新しい食材の取り扱いについてであった。《黒の風切り羽》がバルドという土地から持ち込んできた、いくつかの食材である。その中から、備蓄《びちく》にゆとりのあるものだけが森辺にも届けられたのだった。

「とりあえず、ティンファとレミロムに関しては、もう問題もありませんよね」

「はい。それほど取り扱いの難しい野菜ではないようですので、あまり値の張る食材でないのなら、こちらの家でも買わせていただきたいと思いました」

ティンファとレミロムは、ヴァルカスが《銀星堂》の料理で使用していた野菜であった。ティンファは真っ白な色をした葉菜で、レミロムは濃《こ》い緑色をした花序――つまりは、花の咲《さ》く前のつぼみだ。遠方から運ばれてくるそれらの野菜は腐《くさ》らないように干し固められていたが、水で戻すと瑞々《みずみず》しさを取り戻す。そしてヴァルカスの教えの通りに軽く茹《ゆ》でてみると、それぞれ白菜とブロッコリーに似た味わいを確認することができた。

ヴァルカスなどはそれらをパナムの蜜《みつ》やミンミの実などで甘く仕上げていたが、ただ煮込《にこ》んだだけでも十分に美味である。というか、どちらもそれほど主張の強い野菜ではなかったので、他の野菜にはない独特の食感を素直《すなお》に楽しむことができた。

「残る食材はふたつ、ブレの実と魚の煮干《にぼし》ですね。とりあえず、この魚の煮干はかなり上質の出汁《だし》が取れるようです」

それはアネイラという魚の煮干で、ヴァルカスが不可思議な汁物料理で使用していた。

俺たちがこれまで使っていたのは王都から届けられる海魚の乾物《かんぶつ》であり、カツオブシと似た風味を有している。形状も、魚の身を切ってから干し固めたもので、ガチガチに固かった。いっぽうアネイラは、生きていた頃の姿のまま、煮干にされている。体長は十二、三センチで、綺麗《きれい》な銀色の鱗《うろこ》があり、これを煮込むと甘くてすっきりとした上品な出汁が取れるのだ。俺の印象としては、「あご」と呼ばれるトビウオの煮干に近いように感じられた。

「先日、ルウ家で試《ため》してみたのですが、頭と腹のワタは取ってから煮込んだほうが、濁《にご》りもなくて味もいっそうすっきりするようですね。これまでの魚の出汁とは、また別の美味しさだと思います」

「でも、魚ってやつは値が張るんだろう？　あたしらも、祝宴《しゅくえん》ぐらいでしか魚や海草だとかの乾物は使ってないからねえ」

「値段のほうは、バルドという土地との取り引きが正式に始まるまで、まだつけられないそうです。ただ、バルドは王都よりも近いですし、この魚は収獲量《しゅうかく》がものすごいそうですから、それほど高値にはならないんじゃないかという話でした」

ともあれ、俺たちの手もとには試供品ていどの量しか渡されていない。小さき氏族のかまど番にくわしい取り扱いを教えるのは、値段が定まってからでも遅《おそ》くはないように思われた。

「あとはこのブレの実ですが……もしかしたら、これは菓子《かし》のほうが向いているかもしれません」

ブレの実は、小さくてまん丸い赤褐色《せきかっしょく》の豆であった。形状や大きさは、タウの実に似ている。あちらは大豆のような豆であったが、こちらは小豆《あずき》に似ているように思えたのだ。

「もちろん、タウの実と同じように、煮込むだけで普通《ふつう》に食べられはするのですけどね。砂糖と一緒に煮込んだらいい感じに仕上げられるんじゃないかと、俺は期待しています」

「それが菓子の材料になるのでしたら、またトゥール＝ディンの腕の見せどころですね」

ユン＝スドラの言葉に、トゥール＝ディンが顔を赤くする。

さらに何か言いかけてから、ユン＝スドラは「あれ？」と首を傾《かし》げた。

「荷車の音が聞こえてきますね。南の方角です」

「荷車？　いったい何だろう？」

俺はいくぶん気持ちを引きしめつつ、格子《こうし》つきの窓から外を覗《のぞ》いた。まさか、町から何者かがやってきたのでは——と、警戒心《けいかいしん》をかきたてられたのだ。

しかし、速度を落としてかまど小屋のほうに近づいてきた荷車には、とても馴染み深《ぶか》い人物が座している。俺はほっと安堵《あんど》の息をつきつつ、かまど小屋の出口に向かった。

「リャダ＝ルウでしたか。いったいどうされました？」

「ああ、仕事の邪魔《じゃま》をしてしまったな。いちおうアスタにも伝えておこうと思ったのだ」

それは、ルウの分家の先代家長リャダ＝ルウであった。いまだ四十歳《さい》ていどの壮年《そうねん》であるが、ギバ狩《が》りの仕事で足を痛めたために狩人《かりうど》の仕事から退き、息子《むすこ》のシン＝ルウに家長の座を譲《ゆず》った御仁《ごじん》である。リャダ＝ルウは御者台《ぎょしゃだい》に陣取ったまま、鋭《するど》くも沈着《ちんちゃく》な眼差《まなざ》しを俺に向けてきた。

「さきほど、城下町から使者がやってきた。王都から訪れた貴族たちが、森辺の族長との対話を求めているらしい」

「そうですか。本日到着《とうちゃく》したばかりだというのに、ずいぶんせわしない話ですね」

「うむ。せわしないにも、ほどがあろうな。族長たちは、明日の中天までに城下町を訪れるように言いつけられてしまった」

「明日の中天？　でも、族長たちには狩りの仕事が……」

俺がそのように言いかけると、リャダ＝ルウの背後から小さな人影《ひとかげ》がひょこりと覗いた。ついさきほど別れたばかりの、レイトである。

「ジェノスの貴族が森辺の族長を呼びつける際は、狩人の仕事をさまたげないように配慮していたそうですね。だけど王都の人々は、そのようなことを慮る気持ちもないようです」

「ど、どうしてさ？　ギバ狩りの仕事は、ジェノスの豊かさを守るための大切な仕事だろう？」

「それよりも、まず王都の人間の命令に従うかどうかを試しているのではないでしょうか。森辺の民の君主はジェノス侯爵ですが、ジェノス侯爵の君主はセルヴァの国王です。その国王の代弁者たる自分たちの命令こそが最優先されるべき、というのが彼《かれ》らの考えなのですよ」

聞けば聞くほど、馬鹿《ばか》らしい話である。リャダ＝ルウは、静かに双眸《そうぼう》を光らせていた。

「城下町からの使者も、そのように述べていた。その使者は、メルフリードという貴族の配下の者でな。森辺の民が不服に思うのは承知しているが、悶着を避《さ》けるために従ってもらいたいと、メルフリードはそのように言っていたそうだ」

「そうですか……それでは、従わないわけにもいきませんね」

「うむ。だから俺は、これからザザ家にその旨《むね》を伝えてくる。サウティ家には、バルシャとララ＝ルウに向かってもらった」

あくまで沈着に述べながら、リャダ＝ルウは鋭く眼光を瞬《またた》かせる。

「どうにもこれは、サイクレウスという貴族が健在であった頃《ころ》を思い出してしまうな。グラフ＝ザザが短慮《たんりょ》を起こさぬように、俺は直接この言葉を伝えるつもりだ」

「僕も事情を説明するために、ご一緒させていただきました。王都の貴族の厄介さを、入念に伝える必要があるでしょうからね」

そうして二人は、早々に立ち去っていった。

いつの間にか隣《となり》に立っていたトゥール＝ディンが、こらえかねたように俺の腕《うで》に取りすがってくる。

「だ、大丈夫なのでしょうか、アスタ……？」

「大丈夫だよ。族長たちなら、きっと大丈夫だ」

俺は、そのように答えるしかなかった。


「……本当に大丈夫なのか？」

その日の、夜である。

晩餐《ばんさん》を取りながら今日一日の出来事を伝え終わると、アイ＝ファの眉間《みけん》には深い皺《しわ》が寄せられることになった。

「大丈夫だよ。貴族との会見にはガズラン＝ルティムも同行するはずだし、きっと丸く収めてくれるはずさ」

「そちらの話ではない。私は、お前のことを案じているのだ」

「え？　今のところ、俺には何の苦労もないけれど」

「しかし、宿場町には二百名もの無法者があふれかえっているのだろうが？　そんな中、護衛の狩人も連れずに商売をして大丈夫なのか？」

「無法者じゃなくて、護衛部隊の兵士たちな。……まあ、荒くれ者の傭兵たちだから気をつけろとは言われてるけど」

「それでは、ちっとも大丈夫ではないではないか！」

アイ＝ファは座《すわ》ったまま、じたばたと足を踏《ふ》み鳴らす。とても愛くるしい仕草であるが、今はそれよりもアイ＝ファの心配を解きほぐすのが先決だった。

「それに関しては、リャダ＝ルウとバルシャに護衛役を頼むことになりそうだよ。日中に手が空いているのは、その二人だけだしな」

「……わずか二名の護衛役か。相手が二百名では、さすがに荷が重かろう」

「だけど、俺たちが王都の連中にからまれる筋合いはないだろう？」

「その筋を通さないのが、悪辣《あくらつ》なる貴族のやり口であろうが？　確かにこれは、サイクレウスらが健在であった頃を思い出させるな」

もりもりと食事を進めながら、アイ＝ファの眼光は炯々《けいけい》と燃えさかっていく。なんというか、全身の毛を逆立てた山猫《やまねこ》がうなり声をあげながら食事をがっついているような様相であった。

「あと半月もすれば、ファの家も休息の期間に入っていたものを……くそっ、なんと忌々《いまいま》しい連中だ」

「ま、まあ落ち着けよ、アイ＝ファ。王都の貴族がどんなに傲慢《ごうまん》でも、いきなり刀を突《つ》きつけてきたりはしないだろうからさ」

「……どうしてお前に、そのようなことがわかるのだ？」

「それは俺たちが、罪人でも何でもないからさ」

半分は自分に言いきかせるような心地で、俺はそのように答えてみせた。

「俺も王都の貴族がどんな性根《しょうね》をしているかなんてわからないけど、それを知っているカミュアが『決して悶着を起こさないように』っていう助言をしてくれたんだ。レイトなんかも、短慮を起こさずに冷静に対処してくれって言ってたしさ。だから、相手がどんなに高圧的でも、こちらがきちんと礼儀《れいぎ》や節度を守って対応すれば、さしあたって危険はないって意味なんだと思うんだ」

「うむ……それはそうかもしれんが……」

「俺たちは、正しい道を進んでいると自分たちで信じている。サイクレウスのときと同じように、油断はしないように用心はしつつ、自分たちの信念を押し通せばいいんじゃないのかな」

「……その言葉に間違《まちが》いはないと思う」

敷物《しきもの》に木皿を下ろしたアイ＝ファは、にわかにぐっと顔を近づけてきた。

「ただ、私はお前の身が心配であるのだ、アスタ」

「うん。決して危ない真似はしないと約束するよ」

アイ＝ファが「うむ」とうなずくと、あまりに至近距離《きょり》であったため、おたがいの額がこつんと触《ふ》れることになった。そのままアイ＝ファは動きを止めて、俺の額に自分の額を押しつけてくる。

「……うっかり、その身に触れてしまった」

「う、うん。うっかり屋さんだな、アイ＝ファは」

アイ＝ファはぐりぐりと俺の額を蹂躙《じゅうりん》してから、身を引いた。

その瞳《ひとみ》には、さまざまな感情がもつれあっているように見えた。

「危険を感じたら、商売の途中《とちゅう》でも森辺に戻るのだぞ。人間の生命は、銅貨では買えぬのだからな」

「うん。必ず無事に戻ると約束するよ」

そうして、さまざまな波乱に満ちあふれた緑の月の一日は、ようやく終わりを迎《むか》えることになった。

あるいは――さまざまな波乱に満ちあふれた緑の月は、そうして始まることになったのだった。

3

翌日――緑の月の二日である。

護衛役には、やはりリャダ＝ルウとバルシャが選出されることになった。ルウとファに関わりのある人間で、ギバ狩りの仕事に参加せず、なおかつ腕が立つ人間というのは、その両名しか存在しなかったのだ。

しかしリャダ＝ルウは狩人の仕事から身を引いたとはいえ、かつてはルウ家でも屈指《くっし》の実力を有していた人物である。足の筋を痛めてしまったために、跳《と》んだり走ったりすることはできないものの、刀の扱《あつか》いに関してはまったく腕も落ちていないという話であった。

いっぽうのバルシャは、森辺の狩人に比べると一段落ちてしまうが、やはりマサラの山でガージェの豹《ひょう》を相手にしていた屈強《くっきょう》の狩人である。なおかつ、義賊《ぎぞく》《赤髭党《あかひげとう》》の一員としてさまざまな町を巡《めぐ》っていた彼女は非常に世慣れているために、こんな際の護衛役には適任なのではないかと思われた。

何にせよ、相手が二百名の軍勢ではどれほどの護衛役をつけても安全とは言いきれないし、また、そんな連中に難癖《なんくせ》をつけられる筋合いは本来どこにもない。王都の人々がどれほど傲岸《ごうがん》かつ高慢《こうまん》であったとしても、王国の法というやつをないがしろにしたりはしないはずだ——という思いのもとに、俺たちは屋台の商売を敢行《かんこう》することに相成ったのだった。

「……今のところ、町でおかしな騒《さわ》ぎが起きた様子はないね」

宿場町に下りたのち、《キミュスの尻尾亭》を目指して歩いていると、バルシャがそんな風につぶやいた。

「ま、王都の兵士なんかが滞在《たいざい》していたら、無法者のほうが大人しくなっちまうもんだろうからさ。普段《ふだん》よりも平和になるほうが当たり前なんだけどね」

「心配なのは、それが気の荒い傭兵の集まりというところですね」

「うーん。だけどさ、傭兵っていっても王都の軍なんだろう？　しかも、戦で捨《す》て駒《ごま》にされるような連中ならともかく、ここまで貴族たちを護衛してきた連中なら、ちっとは人間がましいやつらが集められてるはずだけどね。そうじゃなかったら、貴族たちだって安心して護衛を任せられないだろうからさ」

それは確かに、バルシャの言う通りなのかもしれない。しかし俺たちは、商売を始める前からいきなり警戒心をかきたてられることになった。《キミュスの尻尾亭》に到着して、受付のカウンターで人を呼ぶと、真っ青な顔をしたテリア＝マスが飛び出してきたのである。

「お、おはようございます、みなさん。さ、早く表のほうに――」

「ど、どうしたんですか、テリア＝マス？　まるで病人のような顔色ですよ」

「お、お話は、外で……今なら、兵士様たちもまだ眠《ねむ》っておられますから……」

俺たちは半ば背中を押されるようにして、宿屋の外に連れ出された。

そうして裏手の倉庫に案内されながら、テリア＝マスに事情をうかがう。

「実は……昨晩、兵士様たちと別のお客様たちで、大変な騒ぎになってしまったのです……」

「大変な騒ぎ？　いったいどうしたのです？」

「くわしくはわかりませんが、お客様の一人が兵士様に文句をつけたようで……最後には、宿中の人間を巻き込む乱闘騒《らんとうさわ》ぎになってしまいました」

そうしてテリア＝マスは、血の気を失った頬《ほお》に弱々しく手の平を当てた。

「それでその……お客様を静めようとした父さんも、その騒ぎに巻き込まれてしまって……頭と肩《かた》に手傷を負ってしまったのです……」

「ええ？　ミ、ミラノ＝マスは大丈夫なのですか？」

「はい……頭のほうは大した怪我《けが》でもなかったのですが……左の肩は骨が外れてしまって、今も部屋で休んでいます」

俺が言葉を失うと、テリア＝マスは、「大丈夫です」と弱々しく微笑《ほほえ》んだ。

「医術師が言うには、半月も安静にしていれば問題なく回復するだろうということでしたので……何も心配はいりません」

「で、でも、その間はテリア＝マスが宿を取り仕切らなければならないのでしょう？　騒ぎを起こした兵士たちは、別の宿に移されたのですか？」

「いいえ。むしろ、他《ほか》のお客様たちが宿を移ってしまいました。……兵士様たちに非のある話でもありませんでしたので……」

「本当かい？　王都の人間だからって、お目こぼしをされたんじゃないだろうね？」

バルシャが言葉をはさむと、テリア＝マスは「はい」とうなずいた。

「わたしも父さんも最初は厨《くりや》にこもっていましたので、自分の目で確かめたわけではないのですが……おそらく貴族や武官といったものを嫌《きら》うお客様が、兵士様に難癖をつけたのだと思います。昨晩は、ちょっと気の荒そうなお客様も多かったので……」

「そうかい。それじゃあ、傭兵どものほうをしょっぴくわけにはいかないね」

そのように述べながら、バルシャはぽんとテリア＝マスの肩を叩《たた》いた。

「親父《おやじ》さんは気の毒だったね。あんたは大丈夫なのかい？」

「はい。父さんの分まで、仕事をやりとげたいと思います」

「本当に大丈夫ですか？　何かお力になれることがあったら、遠慮《えんりょ》なく言ってください」

俺の言葉に、テリア＝マスは「いえ」と首を横に振《ふ》った。弱々しいながらも、その面には微笑みがたたえられている。

「宿のお客様が騒ぎを起こすのは、これが初めてのことではありません。父さんが動けない間は、わたしが《キミュスの尻尾亭》を守ってみせます」

テリア＝マスは、俺と同じ十八歳のはずである。普段はちょっと内向的で、おどおどとしたところを見せなくもない彼女であるが、その瞳に迷いや怯《おび》えの光はなかった。

「まったく、王都の兵士などというものはロクでもないな！　あんな連中は、甲冑を脱《ぬ》いでしまえば町の無法者と一緒《いっしょ》だ！」

しばらくの後、屋台の商売が開始されてから、そのようにわめいていたのはバランのおやっさんであった。

「初めて訪れた町で、でかい顔をしおって！　あんな連中は、道端《みちばた》に天幕でも張らせてその中に押し込めておけばいいのだ！　あんな連中と一緒では、せっかくの料理もまずくなってしまうわ！」

「まあまあ、落ち着けよ、おやっさん。どこで誰《だれ》が聞いてるかもわからないんだからさ」

苦笑《くしょう》を浮《う》かべたアルダスが、おやっさんをたしなめる。こういう光景も、俺にはとても懐《なつ》かしいものであった。しかし今は、感慨《かんがい》にふけってもいられない。

「やっぱり《南の大樹亭》でも、王都の兵士たちを宿泊させることになったのですね。何か騒ぎにはなりませんでしたか？」

「騒ぎというほどのものではないな。少なくとも、衛兵を呼ばれるようなことにはならなかったしさ」

《南の大樹亭》は、ジャガルの民の御用達《ごようたし》の宿屋であるのだ。それで、ジャガルの民には直情的な方が多いので、俺としても心配しないわけにはいかなかった。

「ただ、西の王都の連中というのは、南の民を嫌う人間が多いんでな。そういう意味では、いつ血を見る騒ぎになってもおかしくはなかったよ」

「え、そうなのですか？　でも、セルヴァとジャガルは友好国なのでしょう？」

「ああ。だけど、そこにゼラド大公国ってやつがからんでくると、いささか事情が違《ちが》ってきてな」

それは俺にとって、初めて聞く国の名前であった。というか、この大陸は四大王国に支配されているという話であったので、それ以外に「国」が存在するとは思っていなかったのだ。

「ゼラドってのは、いわゆる独立国家ってやつなんだよ。西の王都を放逐《ほうちく》された王家の人間が樹立したとか何とかで、西の王都とジャガルの中間ぐらいの位置に都をかまえているんだ。で、西の王都よりも近い分、ジャガルはそのゼラド大公国とゆかりが深いってわけなのさ。ゼラドの人間だって、友好国たるセルヴァの民であることに違いはないしな」

そしてセルヴァの王都アルグラッドは、現在もゼラド大公国と交戦中であるらしい。その戦に関して、ジャガルは完全に不干渉の立場を取っているが、そもそもゼラドが独立できるほどの力を得ることができたのは、ジャガルとの交易あってのことなのだという話であった。

「だからまあ、西の王都の兵士連中なんかは、ジャガルに対して敵対心を持つことになっちまったわけだな。王都の兵士なんて初めて見たけど、そいつがただの風聞じゃないってことは実感できたよ」

「そうだったのですか……それでは、なおさら心配ですね……」

「なあに、そうは言っても、ジャガルを敵に回すことはできないんだからな。そんなことしたら、ジャガルがゼラド大公国と本格的に手を組んで、西の王都を滅《ほろ》ぼしちまうかもしれないだろ？　だから、せいぜい嫌味《いやみ》ったらしい言葉を投げかけてくるぐらいだよ」

そう言って、アルダスはにっと白い歯を見せた。

「だいたい、ネルウィア育ちの俺たちは、ゼラドも王都も関係ないんだ。そんなトトスでひと月以上もかかる場所でのもめごとなんて、知ったこっちゃないよ。宿屋でくだを巻いてる連中だって、それぐらいのことはすぐに理解できるだろうさ」

「ふん！　あんな馬鹿どもと殴《なぐ》り合っても、銅貨一枚の得にもならんからな！」

「そうそう。何がどう転んだって、俺たちのほうから喧嘩《けんか》をふっかけたりはしないよ。それでジェノスを追い出されたりしたら商売にならないし、アスタたちの料理も食べられなくなっちまうしな」

アルダスは笑顔《えがお》のまま、おやっさんを見下ろした。

「おやっさんもさ、さっきは料理がまずくなるなんて言ってたけど、そんなこともなかったろう？　宿屋でのギバ料理も最高だったよな」

「うむ！　去年と同じ献立《こんだて》だったが、味は格段によくなっていた！　それは、ほめておいてやろう！」

「ど、どうも、恐縮《きょうしゅく》です」

「それに、ナウディスの料理もなかなかだったな。まさかナウディスまであんな立派なギバ料理を作れるようになっていたとは驚《おどろ》きだよ」

アルダスたちにとっては、王都の兵士たちなどよりそちらのほうが大きな関心ごとであるようだ。それをありがたく思いながら、俺も殺伐《さつばつ》とした話は打ち切らせていただくことにした。

「ちょうど昨日は休み明けだったので、『ギバの角煮《かくに》』の日取りであったのですよね。あれは売り切れるのが早いという話でしたが、みなさん注文することはできましたか？」

「ああ、あれは格段に美味《うま》かった！　昨日は宿でずっと仕事の話をしていたから、食いっぱぐれることもなかったよ。そうか、今後は売り切れに気をつける必要があるんだな」

「ふん！　あの料理が出されるのは、六日に一度という話だったな？　だったら、その日だけとっとと仕事を切り上げればいいのだ！」

おやっさんの元気なわめき声で、俺もようやく「あはは」と笑うことができた。たぶんこれが、本日宿場町に下りて初めての笑いであったことだろう。

「それでは、ご注文を承《うけたまわ》ります。今日の日替《ひが》わり料理は『ギバの揚《あ》げ焼き』といって、ジャガルのみなさんにもおすすめですよ」

「ああ、この香《こう》ばしい匂《にお》いがたまらないな！　そいつは、人数分もらおう！」

おやっさん率いる建築屋の本隊は八名であったが、彼らは現地で作業員を増員するので、今日は二十名ばかりにふくれあがっている。その全員分の『ギバの揚げ焼き』を仕上げるのは、なかなかの大仕事であった。

それを待っている間、ふたつ隣の屋台で働いていたレイナ＝ルウがおやっさんたちに呼びかけてきた。

「この時間は、『ギバの香味《こうみ》焼き』ではなく『ぎばばーがー』を売りに出しています。たしか、『ぎばばーがー』をあまり好いていない方々もおられたはずですよね？」

「うん？　俺たちが好いていない料理って……ああ、そいつは刻んだ肉を丸めて焼いた料理のことかい？　確かにおやっさんなんかは、さんざん文句をつけていたな」

そのように答えてから、アルダスは「ああ」と笑《え》みくずれた。

「娘《むすめ》さん、あんたのことは覚えてるぞ。昨日は見かけなかったように思うが」

「はい。わたしは一日置きに屋台の仕事を受け持っています」

「そうかそうか。しかし、よく去年の話なんて覚えていたな？」

「はい。町の人々と交流するのはあれが初めてであったので、わたしも強く印象に残っています」

そう言って、レイナ＝ルウは屈託《くったく》のない微笑《びしょう》を浮かべる。

アルダスも笑顔でうなずいてから、俺のほうに顔を寄せてきた。

「おい、アスタ。何だか他の娘たちも、のきなみ表情がやわらかくなった気がするな。ずいぶん可愛《かわい》らしい顔で笑うもんだから、びっくりしちまったぞ」

「そうですね。一年近くも商売を続けてきて、町の人たちに対する見方がずいぶん変わってきたのだと思います」

俺がそのように答えると、アルダスはいっそう愉快《ゆかい》そうに笑った。

「そういうアスタも、ずいぶん変わったように思うぞ。表情はやわらかいのに、なんていうか……以前よりも、肚《はら》の据《す》わった顔をしているな。角が取れて丸くなったのに、そのぶん頑丈《がんじょう》になった感じだ」

「ええ？　以前の俺って、そんなに角がありましたか？」

「いや、礼儀なんかはわきまえていたが、けっこう挑《いど》むような目つきをしていたと思うぞ。別に、悪い意味ではないけどな」

言われてみれば、開店当初と現在では、俺の心持ちもずいぶん変化しているはずだった。あの頃《ころ》はスン家やサイクレウスの存在に気を張りつつ、なんとしてでもこの商売を成功させようという意欲に燃えていたのだ。町の人々との関係性も不安定なものであったし、俺自身、手探《てさぐ》りで生きているような部分が大きかったのだった。

「ま、十七、八歳なら成長するのが当たり前だ。お前さんはもういっぱしの商売人だよ、アスタ」

そのような言葉を残して、アルダスは青空食堂に向かっていった。

『ギバの揚げ焼き』の木皿を受け取りながら、おやっさんは「おい」と顔を近づけてくる。

「確かにお前さんは、大した商売人だ。だから、もう稼《かせ》ぎの足しにならないような厄介事には首を突っ込むんじゃないぞ？」

「……それは、王都の兵士たちのことですね？」

「ああ。あいつらはギバの料理にも興味はなさそうだったから、この屋台に近づいてくることもないかもしれんが、あんな連中には関《かか》わるもんじゃない」

そうしておやっさんや他のメンバーも、各自の料理を手に立ち去っていった。

さまざまな感慨に胸を揺《ゆ》さぶられつつ、俺は新たな肉を鉄鍋《てつなべ》に投じる。

それからしばらくして、太陽が中天に近くなった頃、通りの南側から見慣れた人物が姿を現した。城下町に向かう、森辺の族長の一行である。グラフ＝ザザたちは北側の道で城下町に向かったらしく、荷車は一台のみであり、手綱を引いているのはガズラン＝ルティムであった。

時ならぬ森辺の狩人の登場に、町の人々はちょっとざわめく。しかし、ガズラン＝ルティムは俺たちのほうに穏《おだ》やかな微笑を投げかけつつ、そのまま通りを抜《ぬ》けていった。

「あの荷台の中には、ドンダ＝ルウもいるんだよね？」

と、護衛役のバルシャが背後から呼びかけてくる。

「ええ。それにダリ＝サウティと、フォウとベイムの家長たちもいるはずですよ。貴族との会合では、三族長と二人の家長、それにガズラン＝ルティムが同行することになっていますので」

「ふん。ザザ家ってのも合わせれば、六名もの狩人がこんな時間に森辺を離《はな》れることになっちまったわけだね。あたしなんかは、もっと頻繁《ひんぱん》に休んでもいいんじゃないかって思ってるぐらいだけど、本人たちにしてみれば癪《しゃく》だろうねえ」

俺の心情も、バルシャと似たようなものであった。

六名の狩人が一日ぐらい休んでも、ギバ狩りの仕事にそれほど大きな支障が生じるわけではないのだろう。しかし、王都の貴族たちが嫌《いや》がらせのようにギバ狩りの仕事を邪魔しようとすることには、腹が立って当然だと思えた。

（いったい今日は、どんな話し合いになるのかな。やっぱりその場には、マルスタインなんかも同席するんだろうか。メルフリードとポルアースには、なんとか同席してほしいところだけど……ううん、心配だなあ）

そうして俺が溜息《ためいき》をつきかけたとき、「アスタ様」と呼びかけられた。俺を様づけで呼ぶ相手など、そうそういない。それはダレイム伯爵家の侍女《じじょ》にしてヤンの調理助手たる、シェイラであった。

「ああ、シェイラ。今日はいったいどうされたのですか？」

「はい。アスタ様とトゥール＝ディン様にお話があって参りました」

「え？　わ、わたしですか？」

隣の屋台で『ケル焼き』の販売《はんばい》を受け持っていたトゥール＝ディンが、びっくりまなこで振り返る。

「はい。お時間は取らせませんので、少々よろしいでしょうか？」

シェイラもなんだか、元気のない顔をしている。俺とトゥール＝ディンはそれぞれの相方に屋台を任せて、シェイラと相対した。

「実はですね、トゥール＝ディン様がオディフィア姫《ひめ》にお届けしている菓子についてなのですが……」

「あ、はい。約束の日は、明日のはずでしたよね」

「はい。そちらの菓子は、しばらく《タントの恵《めぐ》み亭《てい》》まで届けていただきたいのですが……それで問題はありませんでしょうか？」

トゥール＝ディンは、不安げな面持《おもも》ちで「はい」とうなずいた。

「こちらはまったく問題ありませんが……城下町で、何かあったのですか？」

「はい。みなさまもご存じの通り、現在は王都からの視察団の方々が城下町に留《とど》まっておりまして……それでそちらの方々が、ジェノスの内情にきわめて厳しい目を向けておられるようなのです」

シェイラもまた溜息でもつきそうな面持ちで、そう述べた。

「ですから、ジェノス侯爵《こうしゃく》家の人間がわざわざ宿場町まで出向いて、森辺の民から菓子を買いつけているという話も、あまり公にしないほうがいいのではないかと……そういう話に落ち着いたわけなのです」

「そ、そうなのですか……はい、了解《りょうかい》いたしました。わたしはオディフィアに菓子をお渡《わた》しすることさえできれば、あとは何でもかまいません」

「ありがとうございます。……本当は、視察団の方々がジェノスを去るまで、トゥール＝ディン様の菓子を買いつけることも控えるべきではないか、という話になったぐらいなのです」

そう言って、シェイラはついに溜息をついた。

「ただ……それを聞いたオディフィア姫は、不平の言葉を述べることもできず、ただぽろぽろと涙《なみだ》を流されていたそうで……それでメルフリード様も、このような形で菓子を買いつけることに決めてくださったのです」

「そうですか……」と答えながら、トゥール＝ディンはうつむいてしまった。

「アスタ様がアリシュナ様にお届けになられている料理に関しても、これまで通りにわたくしどもが責任をもってお受け渡しさせていただきます。また何か問題が生じるようでしたら、わたくしがこちらに参りますので……今後もどうぞよろしくお願いいたします」

「はい。こちらこそ、よろしくお願いいたします」

シェイラは一礼して、俺たちの前から立ち去っていった。

手の甲《こう》で目もとをぬぐっているトゥール＝ディンに、俺は「大丈夫かい？」と呼びかける。

「は、はい。すみません。オディフィアが泣いている姿を想像したら、わたしまで涙があふれてきてしまって……」

そうしてトゥール＝ディンは面をあげると、けなげという言葉がぴったりの表情で微笑んだ。

「でも、菓子を届けることが禁じられなくてよかったです。明日もせいいっぱい、オディフィアに喜んでもらえそうな菓子を作りたいと思います」

「うん、そうだね」と、俺《おれ》も微笑み返してみせた。

そのとき――通りのほうから、不穏《ふおん》なざわめきが伝わってきた。

とたんに、背後から「アスタ！」と呼びかけられる。

「話が終わったんなら、こっちに戻《もど》ってきてもらえるかい？　あんまり散らばってると、あたしらの仕事が面倒《めんどう》なんでね」

それは、バルシャの声であった。

わけもわからぬまま、俺はトゥール＝ディンとともに屋台へと帰還《きかん》する。その間にも、不穏なざわめきはゆっくりこちらに近づいてきているようだった。

「眠りこけてた傭兵《ようへい》どもが、目を覚ましたみたいだね。こんな時間まで寝《ね》ていられるなんて、優雅《ゆうが》なご身分じゃないか」

屋台の背後に控《ひか》えていたバルシャはふてぶてしい笑みを浮かべながら、通りの南側に目をやっていた。往来を歩いていた人々は、慌《あわ》てた様子で道の端《はし》に寄っている。そうして生まれた隙《すき》間《ま》から、十名ばかりの男たちがこちらに近づいてくるのが見えた。

甲冑《かっちゅう》などは、纏《まと》っていない。ただし全員が同じ様式のお仕着せを纏っており、腰《こし》には立派な長剣《ちょうけん》をさげている。それが甲冑を脱いだ王都の兵士たちなのだと察することは難しくなかった。

男たちは下卑《げび》た笑い声を響《ひび》かせながら、横に広がって歩いている。

そして――その一団は迷うそぶりもなく、俺たちの屋台の前に立ち並んだ。

「ふん、こいつがギバ料理の屋台だったのか。昨日も見かけたが、ずいぶん大々的に店を広げているもんだな」

どうやらリーダー格であるらしい男が、大声でそのように述べたてた。

屋台の前に並んでいたお客さんたちは、蜘蛛《くも》の子を散らすように四散してしまう。

そんなことは気にかけた様子もなく、その男はさらに驚くべき言葉を口にした。

「それで、お前が森辺の集落とやらに住みついたという渡来《とらい》の民、ファの家のアスタか。こいつはまた、ずいぶん可愛らしいお顔をした坊《ぼう》やだな」

その男は真《ま》っ直《す》ぐに俺のことをねめつけながら、そのように言い放ったのだった。

4

「……俺に何かご用でしょうか？」

内心の動揺《どうよう》を押《お》し隠《かく》しつつ、俺はそんな風に答えてみせた。

男は答えず、にやにやと笑っている。こうして見ると、それはまだずいぶんと若そうな男であった。偉《えら》そうにしているのでリーダー格と見なしたのであるが、年齢《ねんれい》などはまだ二十歳《はたち》を少し過ぎたぐらいに見える。黒褐色《こつかつしょく》の髪《かみ》に、黒い瞳、そして象牙色《ぞうげいろ》の肌《はだ》をした、精悍《せいかん》な顔立ちの若者だ。

しかし身長は百八十センチ以上もあり、体格もきわめてがっしりとしている。ダルム＝ルウよりも大柄《おおがら》で、ジザ＝ルウよりは細身である、といったぐらいであろうか。宿場町ではなかなか見かけることもない、鍛《きた》えぬかれた身体つきをしていた。

その身に纏っているのは、ちょっと風変わりな装束である。キルティング素材、というべきか、中に綿でも詰まっていそうなごわごわとした装束で、腰には革《かわ》のベルトをぎゅっと巻いている。それできっと、ジェノスの気候では暑苦しいのだろう。胸《むな》もとの紐《ひも》はほどいてはだけており、長い袖《そで》も腕まくりしている。その場にいる全員がそういった格好で、そして腰にはいずれも立派な長剣をさげていた。

（こいつは……けっこうな迫力《はくりょく》だな）

迫力のある人間などというものは、俺も森辺の狩人で見慣れている。しかしこの若者は、それとも雰囲気《ふんいき》の異なる独特の迫力を有していた。西の民にしては彫《ほ》りの深い顔立ちをしており、どちらかといえば男前の部類かもしれない。しかし、その黒い瞳は猛禽類《もうきんるい》のように鋭く光っており、ふてぶてしい笑みを浮かべたその顔には、何にも屈《くっ》しない意思の力のようなものが感じられた。

「なるほどなあ。こいつは確かに、うろんな坊やだ」

若者が、ようやく口を開いた。他の男たちは、無言でにやにやと笑っている。そんな姿からも、町の無法者とはひと味異なる迫力が感じられた。

「あの、俺に何かご用事なのでしょうか？　今は商売の最中なのですが」

「そんな商売なんざよりも、大事な話をしようってんだよ。見かけによらず、気丈《きじょう》な坊やだな」

すると、俺のかたわらに控えていたバルシャが「ちょいと」と声をあげた。

「あんたたちは、王都からやってきたっていう兵士さんたちなんだろう？　そんなお人らが、どうしてアスタの商売を邪魔しようってんだい？」

「うん？　そういうお前は、何者だ？」

「あたしは、アスタの連れだよ。あたしも森辺の集落でお世話になってる身でね」

「なるほど。それじゃあ、お前が《赤髭党》の生き残り、マサラのバルシャってやつか」

　バルシャは、用心深そうに目を光らせた。

「……まあ、王都のお人らにも、あたしと息子の話は伝わってるんだろうからね。何も驚きゃしないよ」

「だったら、お前は引っ込《こ》んでな。今のところ、お前に用事はないからよ」

　そうしてその若者は、また俺のほうに視線を突きつけてきた。

「いちおう名乗りをあげておくか。俺はアルグラッド第一遠征《えんせい》兵団、第四部隊所属の百獅子《ひゃくじし》長、ダグってもんだ。それでこいつは――」

　と、言いかけて、ダグと名乗った若者はきょろきょろと視線をさまよわせた。

「あれ？　イフィウスのやつはどこに行きやがった？　さっきまで、俺の後ろを歩いてたよな？」

「おおい、うちの大将がお呼びだよ」

　男の一人が後方に呼びかけると、細長い人影がゆらりと屋台の前に姿を現した。その異様きわまりない風体《ふうてい》に、俺は思わず息を呑《の》んでしまう。

「おお、いたいた。こいつは同じく、百獅子長のイフィウスだ。こんな見てくれだが、いちおうは貴族様の血筋なんで、下手に逆らうと痛い目を見るぜ？」

それは確かに、ただ一点を除けば貴族らしい風貌《ふうぼう》かもしれなかった。淡《あわ》い栗色《くりいろ》の髪を長くのばしており、切れ長の目は鳶色《とびいろ》だ。きっと西の民なのだろうが、もともと色素が薄《うす》いのだろう。肌の色も、ずいぶん白く感じられる。

身長はダグよりも五センチほど小さく、その代わりにすらりとした体格をしている。印象としては、サトゥラス伯爵家《はくしゃくけ》のレイリスに似ているかもしれない。細身なれども弱々しさはまったく感じられず、いかにも貴族の剣士《けんし》といった風格だ。それにきっと、端整《たんせい》な顔立ちでもあるのだろう。切れ長の目は睫毛《まつげ》が長く、下顎《したあご》の線などはすっと引き締《し》まっており、中性的な美貌《びぼう》と言いたくなるような造作だ。

だけど俺には、はっきりとそう言い切ることができなかった。何故《なぜ》ならば、その人物は顔の一部を――目の下から上唇《うわくちびる》までを、金属の仮面ですっぽりと隠していたためである。

両方の頬と鼻と上唇だけを覆《おお》う奇妙《きみょう》な仮面であり、鼻のあるべき場所にはトトスのくちばしのような突起《とっき》がにゅっと突き出ている。なまじ顔の造作が貴族めいて端麗《たんれい》であるだけに、その奇妙な仮面はたいそう不気味に感じられてしまった。

そして、奇妙な呼吸音がする。あの、有名なＳＦ映画の悪役キャラクターみたいに、シュコーシュコーと常に耳障《みみざわ》りな呼吸音を撒《ま》き散らしているのだ。それはおそらく、鼻呼吸の音色が金属の仮面に反響《はんきょう》しているのだろうと思われた。

「百獅子長ってのは、百の兵士の長ってことだ。この宿場町に陣取《じんど》った百人は俺の部下で、残りの百人はこのイフィウスの部下ってことだな。俺たちの上官である第四部隊長閣下は城下町で歓待《かんたい》されているから、宿場町の兵士は俺たちが責任をもって取り仕切ることになる」

そう言って、ダグは逞《たくま》しい腕を胸の前で組んだ。

「自己紹介《じこしょうかい》は、こんなもんで十分だろう。それじゃあ今度はお前の話を聞かせてもらおうか、ファの家のアスタ」

「……俺の話ですか？」

「ああ。お前はいったい何者なんだ？　渡来の民なんてのは、口からでまかせの嘘《うそ》っぱちなんだろう？」

不敵に笑いながら、ダグの双眸は炯々と光っている。何も見逃《みのが》すまいという、猛禽《もうきん》のような眼光だ。

「渡来の民ってのは、マヒュドラの血族なんじゃないかと言われるぐらい図体《ずうたい》のでかい一族だ。それでもって、赤毛で碧眼《へきがん》で白い肌ってのが定番だな。中には金色の髪や茶色い目をしているやつもいるらしいが、とにかく全員が天を突くような大男だ。お前みたいな可愛らしい坊やが、渡来の民なわけがねえ」

「いや、それは……」

「もっとも、そいつは北氷海から訪《おとず》れる青き竜神《りゅうじん》の民ってやつでな。大陸の外からやってくるのはそいつらが一番多いから、渡来の民すなわち青き竜神の民っていうのが定説になっちまった。そいつら以外にも、外海からやってくる一族はいなくもない。シムの民みたいに真っ黒な肌をしたディロイアの女海賊《かいぞく》どもだとか、得体の知れない品で商売をするボッドの民だとか、王都の西側にあるダームの港町では色々と愉快な連中を見ることができるもんさ」

そう言って、ダグは片方の眉《まゆ》を吊《つ》り上げた。

「だけどお前は、そういう愉快な連中ともちっとも似ていない。だいたい、その若さの渡来の民にしては西の言葉が巧《たく》みすぎる。……だから俺は、こんな風に尋《たず》ねているんだよ。お前はいったい何者なんだ、ってな」

「……最初に言っておきますと、同じような問答はジェノスの貴族の方々ともすでに交《か》わしています」

俺はようよう、言い返してみせた。

「そのときと、同じ言葉でしかお答えすることはできません。俺は確かにこの大陸の生まれではありませんが、気づいたらモルガの森で倒《たお》れていたんです。自分がどうやってこの地を訪れたのか、自分でもまったくわからないのです」

「ふん……確かに俺も、そんな風に聞いてるよ」

まったく感銘《かんめい》を受けた様子もなく、ダグはせせら笑った。

「それじゃあお前は、そのふざけた言葉を取り消すつもりもないってんだな？　大陸の外で生まれたのに、気づいたら大陸のど真ん中で倒れていたなんて、そんな話を誰が信じられるってんだ？」

「そうですね。自分でも馬鹿《ばか》げた話だと思います。でも、それ以外に説明のしようがないんです」


そこで、俺の頭に『星無き民』という言葉がよぎった。

だが、俺は『星無き民』が何なのかも正しくは理解できていない。そんな状態でその言葉を口にしても、あまり意味はないように思われた。

「俺は、日本という島国で生まれました。アムスホルンという大陸の名前は聞いたこともありません。それなのに、どうして自分がこの地にいるのか――それに、どうして苦労もなく言葉が通じているのか、俺にもさっぱり事情がわからないのです」

「ふん。そうだとすると、お前は根っからの大嘘《おおうそ》つきか――あるいは、頭の中身がぶっ壊《こわ》れちまってるかの、どっちかだろうな」

ダグは、頑丈そうな下顎を指先で撫《な》でさすった。

「まあいい。そいつを問い詰《つ》めるのは、俺の仕事じゃねえや。今頃《いまごろ》は、城下町でも森辺の族長とやらが同じ質問を受けているだろうしな」

「……王都の方々に納得《なっとく》していただけるように祈《いの》っています」

「ふん。どこの神に祈るんだかな」

そうしてダグは、ようやく俺以外の森辺の民へと視線を巡らせていった。

「それにしても、森辺にはずいぶん上等な女がそろってるんだな。ひと月もかけて行軍してきた俺たちには、目の毒だぜ」

森辺の女衆がそんな風に揶揄《やゆ》されるのも、ずいぶんひさびさであるように思えた。心配になって、俺もみんなのほうに視線を向けてみると――レイナ＝ルウを筆頭に、森辺の女衆はとても沈着《ちんちゃく》に、かつ冷ややかに王都の兵士たちを見据《みす》えていた。

「それじゃあ、邪魔《じゃま》したな。今の内に、せいぜい稼いでおくがいいさ。お前たちに、後ろ暗いところがねえならな」

「……森辺の民に、後ろ暗いところなど何もありませんよ」

俺がそのように答えてみせると、ダグは「そりゃ幸いだ」と口もとをねじ曲げた。そうしてダグがきびすを返すと、仲間の兵士たちも無言でつき従っていく。百獅子長のイフィウスとやらも、シュコーシュコーと不気味な呼吸音を響かせながら、それに追従していった。

「あれはずいぶんと厄介《やっかい》な連中ね。町の無法者などとは、比べ物にならないわ」

と、兵士たちが十分に遠ざかったところで、今日の相方であるヤミル＝レイがそんな風に言った。バルシャも「そうだねえ」と難しい顔をしている。

「やっぱりあれは、無法者じゃなくって軍人だね。町の衛兵なんざより、よっぽど厳しく鍛えられてるよ。……おや、リャダ＝ルウ、おつかれさん」

もう一人の護衛役たるリャダ＝ルウは、青空食堂のほうに陣取っていたのだ。右足を引きずりながらこちらに近づいてきたリャダ＝ルウは、ひどく深刻な面持ちをしていた。

「アスタよ。お前と言葉を交わしていたあの男は、いったい何者だ？」

「はい。あれはダグという名前で、兵士たちを束ねる百獅子長という立場にあるそうです。宿場町に滞在している中では、彼《かれ》ともう一人のイフィウスという人物が指揮官であるようですね」

「なるほど、あれが兵士たちの長か」

リヤダ＝ルウは、厳しい眼差《まなざ》しで俺とバルシャの顔を見比べた。

「バルシャよ。俺とお前の二人では、用心が足らんようだ」

「うん？　そいつは、どういう意味だい？」

「……もしもあやつらが刀を向けてきた場合、俺たちだけでは同胞《どうほう》を守ることができん。あのダグという男と、それに奇妙な面をつけていた男――あれは、森辺の狩人にも劣《おと》らぬ手練《てだれ》だ」

「そうかい。あたしもそんな感じがしてたんだよね。こいつとまともにやりあったら、生命がないってさ」

「うむ。明日からは、もっと多数の狩人を護衛につけるべきであろう。俺のように手傷を負った男衆ではなく、まともな力を持った狩人をな」

俺は、心から驚くことになった。確かに異様な迫力を持つ男たちではあったが、リヤダ＝ルウにそこまで言わしめるほどとは思っていなかったのだ。

（俺の想像よりも、好戦的ではなかったみたいだけど……そのぶん、得体が知れないな）

そして彼らは、俺の存在を取り沙汰《とざた》していた。というか、俺の顔を拝むために、わざわざ屋台まで出向いてきたのだろう。それもまた、新たな不安材料と言わざるを得なかった。


そうして、また夜である。

その夜、アイ＝ファは昨晩以上に怒《いか》りの念をあらわにすることになった。

「どうして今さら、アスタのことまで取り沙汰されなければならんのだ！　アスタがどこの生まれであろうと、誰の迷惑《めいわく》になる話でもないだろうが！」

本日起きた出来事は、すべて伝え終えていた。さらに俺たちは、フォウの家長たるバードゥ＝フォウから会見の顛末《てんまつ》も聞かされている。城下町における会見の場においても、やはり俺の素性《すじょう》は厳しく問い質《ただ》されたのだという話であった。

「しかも話は、それだけでは終わらなかった。王都の貴族たちは、ジェノス侯爵マルスタインと森辺の民が結託《けったく》してトゥラン伯爵家を陥《おとしい》れたのではないか、とまで言っていたのだ」

夕暮れ時、バードゥ＝フォウは自らファの家まで出向いてきて、そのように語ってくれたのだった。

「というか、トゥラン伯爵家を邪魔に思ったマルスタインが、森辺の民を使って失脚《しっきゃく》に追い込んだ……とでも言うべきなのであろうか。とにかく、そういう話であったのだ」

「馬鹿げている！　トゥラン伯爵家とスン家が過去に大罪を犯《おか》していたという話には、証も示されていたではないか！」

狩《か》りの仕事から帰ったばかりであったアイ＝ファは、そのときも憤慨《ふんがい》しまくっていた。いっぽうのバードゥ＝フォウは数時間にも及《およ》んだ会見のせいで、ぐったりとしていたように思う。

「実際のところ、あやつらがどこまで本気でそのように述べていたのかはわからなかった。ただマルスタインに難癖をつけたいだけのようにも見えたし……そもそも貴族の片割れは、ずっと果実酒を口にしていたしな」

「何だそれは！　大事な話し合いの場で、しかも日の高い内から酔《よ》っ払《ぱら》っていたというのか!?」

「うむ。だから余計に、真情がわからなかった。あれほど不毛な話し合いもなかろう」

しかも王都の貴族たちは、明日もまた中天から族長たちを呼びつけたのだという話であった。族長らもギバ狩りの仕事の重要性を説き、せめて時間を朝方にしてはもらえないかと提案したが、それも一蹴《いっしゅう》されたらしい。

「どうして俺が、お前たちなどのために早起きせねばならんのだ？」

酔っ払っていたほうの貴族は、そのように言い放っていたそうだ。

夕暮れ時に聞かされたその話をまた思い出したのか、アイ＝ファは怒りの形相で回鍋肉《ホイコーロー》風の炒《いた》め物をかき込んでいる。そしてそれを呑み下してから、ぎろりと俺をねめつけてきた。

「……それで、屋台の護衛役に関しては、どうなったのだ？」

「ああ。ドンダ＝ルウは、夜まで待てと言っていたそうだよ。他の狩人たちが森から帰ったら、どうするべきか話し合ってくれるそうだ」

そこで俺は、深々と嘆息《たんそく》をこぼすことになった。

「でも、今回ばかりはちょっと厳しいかもしれないな。ただでさえ、ドンダ＝ルウとガズラン＝ルティムは城下町に向かわなきゃいけないし、これ以上は狩人を休ませたくないと考えるかもしれない」

「……そうしたら、お前はどうするのだ？」

「うーん。王都の兵士たちが、理由もなく刀を向けてくることはないと思うんだけどさ。でも、以前のサンジュラの例もあるし……二百名の相手に対抗《たいこう》するってのは最初から難しいとしても、相手方に森辺の狩人にも匹敵《ひってき》する人間が二人もいるって聞かされちゃうと……しっかりとした護衛役もなしに商売を続けるのは……差《さ》し控えるべきなのかな……？」

「聞いているのは、私のほうだぞ」

「わかってるよ。俺だって、苦しいところなんだ」

「ふん。このようなことで商売の手を止めるのは、無念でたまらないのだろうな」

そのように述べてから、アイ＝ファはぐぐっと顔を近づけてきた。

その青い瞳《ひとみ》は、敵を目前に迎《むか》えているかのように、爛々《らんらん》と燃えている。

「案ずるな。私とて、同じぐらい無念に思っている。かえすがえすも、休息の時期でなかったのが無念だ」

「ああ。あと半月ぐらいで休息の時期だと考えたら、なおさらにな。まあ逆に考えると、あと半月ていどでアイ＝ファたちに護衛役をお願いすることができるわけだけど――」

と、俺が言いかけたところで、玄関《げんかん》の戸板が叩かれた。

「何者だ！」と、アイ＝ファが刀をひっつかむ。

「スドラの家長ライエルファム＝スドラと、分家の家長チム＝スドラだ。アイ＝ファとアスタに話がある」

アイ＝ファはふっと息をつき、玄関口《げんかんぐち》に向かっていった。

「晩餐《ばんさん》の最中にすまなかったな。急いで話したいことがあったのだ」

土間にまで入室したライエルファム＝スドラが、頭を下げてくる。同じ場所で身を休めていたトトスのギルルと猟犬《りょうけん》のブレイブは、時ならぬ客人たちをきょとんと見やっていた。

「このような時間に、いったいどうしたのだ？　城下町での話なら、すでにバードゥ＝フォウに聞いているぞ」

「ああ。それとは別の話だ。申し訳ないが、トトスと荷車を貸してもらえないだろうか？」

「ギルルと荷車を？　何故《なぜ》だ？」

「ルウの集落に向かおうと思っている。明日からの、宿場町での仕事について告げたいことがあるのだ」

小猿《こざる》めいた顔に真剣《しんけん》な表情をたたえたまま、ライエルファム＝スドラはそう言った。

「もしもルウ家から護衛役を出すのが難しければ、俺たちスドラの四名がその仕事を果たしたいと考えている。その了承《りょうしょう》を、族長ドンダ＝ルウにもらおうと思ってな」

「なに？　しかしお前たちにも、ギバ狩りの仕事が――」

「スドラの狩《か》り場《ば》は、ついに森の恵みも食い尽《つ》くされてしまった。だから明日から収穫祭《しゅうかくさい》までは、フォウかスンの狩り場で働こうかと考えていたところであったのだ」

チム＝スドラも、ライエルファム＝スドラの隣《となり》でうなずいている。

「しかし、フォウの家でも手が足りていないわけではないし、スンの家に通っていたのは、もともと習わしにもそぐわない話だ。ならば、俺たちこそが宿場町での仕事を果たすべきなのではないかと、さきほどまでバードゥ＝フォウらと話し合っていた」

「いや、しかし……本当にそれでいいのだろうか？」

「何も問題はあるまいよ。俺たちはもはやフォウの眷族《けんぞく》であるのだから、狩り場の実りが尽きたからといって、自分たちだけで収穫祭を行うこともできん。それに……俺たちがフォウの狩り場で仕事を手伝うと、いっそう収穫祭の時期が後ろにずれこんでしまいそうであったのだ」

そうしてライエルファム＝スドラは、くしゃっと猿《さる》のように笑った。

「そうすると、今度はファやリッドやディンなどと収穫祭の日が合わなくなってしまう。だったら、なおさら俺たちはギバ狩りの仕事から外れるべきであろう。ただ仕事を休むのではなく、同胞を守るために休むという話であれば、母なる森も許してくれるはずだ」

「そうか……」と、アイ＝ファは息をついた。

「その申し出は、ありがたく思う。私もこのようなことで商売の手を止めるのは、無念であったからな」

「ああ。森辺の民は何も悪いことなどしていないのだから、すごすごと引き下がる筋合いはないはずだ。ドンダ＝ルウも、きっと俺たちの言い分を認めてくれるであろう」

「しかし、決して無茶《むちゃ》をするのではないぞ、ライエルファム＝スドラよ。お前には、大事な子が生まれたばかりであるのだからな」

「うむ。それは俺自身が一番よくわかっている」

そうしてライエルファム＝スドラは、ギルルのほうに目をやった。

「では、トトスと荷車を借り受ける。悪いがもうひと働きしてもらうぞ、ギルルよ」

「あ、ライエルファム＝スドラ。本当にありがとうございます」

俺も慌てて声をあげると、ライエルファム＝スドラはまた小猿のような笑みを浮《う》かべた。

「気にするな。仕事とはいえ、アスタと長き時間を過ごせるのは、俺たちにとっても嬉《うれ》しいことだ」

ギルルの手綱《たづな》を引いて、ライエルファム＝スドラとチム＝スドラは玄関を出ていった。戸板に閂《かんぬき》を掛《か》けてから、アイ＝ファがぐるりと俺を振《ふ》り返る。

「……かえすがえすも、休息の時期でなかったのが口惜《くちお》しいところだ」

「え？」

よく見ると、アイ＝ファの唇《くちびる》はおもいきりとがりまくっていた。

俺は思わず、「ああ」と笑ってしまう。

「そうだな。俺もアイ＝ファと一緒《いっしょ》に町に下りたかったよ」

「ふん！　ライエルファム＝スドラと絆《きずな》を深める機会を得て、お前の側に不満はなかろう！」

「もちろん、それはそれで嬉しいけどさ。……困ったな。そんなにすねるなよ」

「すねてなどおらん！」と、アイ＝ファは足を踏《ふ》み鳴らした。

「何にせよ、森辺の狩人と同等の力量を持つ者たちというのは、捨ててはおけん！　私も狩り場のギバを狩り尽くしたら、護衛役に加わるぞ！　明日からは、これまで以上にギバどもを狩りまくってくれるわ!」

「え? だけど、森に恵みが実っている限り、ギバはあちこちから寄ってくるものなんだろう? それじゃあ、アイ＝ファが頑張《がんば》れば頑張るほど、休息の時期が遅《おそ》くなるのでは……？」

「やかましい！　今のは――もののたとえだ！」

もともと気が立っていたアイ＝ファであるので、いちいちエキサイトしてしまうらしい。しかしそれも俺の身を案じるあまりの挙動と思えば、胸が熱くなってしまった。

ともあれ、そんな具合に緑の月の二日目は過ぎていった。

しかし、大変な騒動《そうどう》づくしであった緑の月は、むしろこれからが本番であったのだった。

第二章★★★《キミュスの尻尾亭》の苦難

1

スドラの家で護衛役を受け持ちたいというライエルファム＝スドラの申し出は、無事に受け入れられることになった。

もともとその役目を負っていたリャダ＝ルウとバルシャを合わせて、本日からは六名もの護衛役に同行してもらえることになったのだ。屋台の商売でこれほどの護衛役をお願いするというのは、それこそ太陽神の復活祭以来であろう。

なおかつ、屋台の人員だけでも十四名という人数であったため、今後は四台もの荷車が必要となる。ファの家は金の月に三台の荷車を新たに購入《こうにゅう》していたし、ルウ家のほうでもレイとルティムがもともと所有していたトトスに引かせるための荷車を購入していたので、さしあたって問題はなかったものの――これはなかなかの物々しさだ。俺たちも、十分に気持ちを引き締めて宿場町に下りることになった。

そうして《キミュスの尻尾亭》まで出向いてみると、そこで待ち受けていたのは昨日以上に憔悴《しょうすい》したテリア＝マスである。テリア＝マスは昨日以上に青ざめた顔をしており、しかもその目を赤く泣きはらしていたのだった。

「ど、どうしたのですか、テリア＝マス？　また王都の兵士たちが騒《さわ》ぎでも起こしたのですか？」

「いえ、大したことではありません。アスタたちはお気になさらないでください」

テリア＝マスは、それでも気丈に微笑《ほほえ》んでいた。しかし、そのような姿で微笑まれても、痛々しさがいや増すばかりであった。

「とうてい何もなかったとは思えません。テリア＝マス、わたしたちでよければ何でも遠慮《えんりょ》なく相談してください」

そのように声をあげたのは、俺と一緒に裏手の倉庫へと案内されていたシーラ＝ルウであった。

「わたしたちは、友ではないですか。テリア＝マスのそのように打ちひしがれた姿を見せられて、捨て置くことなどはできません」

テリア＝マスが「でも……」とうつむくと、横合いから小さな人影《ひとかげ》がひょこりと現れた。

「昨晩も、王都の兵士たちが騒ぎを起こすことになったのですよ。ただ、彼らに責任のある話だとは言いきれないのが、非常に残念なところです」

それは、昨日の昼から姿を隠していたレイトであった。護衛役として追従していたライエルファム＝スドラが、そちらに向かって「おい」と鋭《するど》く声をあげる。

「気配を殺して俺たちに近づくな。危《あや》うく刀を抜きかけてしまったではないか」

「それは失礼いたしました。あなたがたこそ見事に気配を殺されていたので、僕《ぼく》も姿を現すまで狩人《かりうど》の方々がご一緒とは思っていませんでした」

レイトは、今日もにこにこと笑っている。ただ、その瞳には普段《ふだん》といささか異なる光がちらついているように感じられなくもなかった。

「昨晩はですね、王都の兵士たちにうっかり生焼けの肉を出してしまったのですよ。ね、テリア＝マス？」

「レ、レイト。そのような話を森辺のみなさんにお聞かせしても、しかたがないでしょう……？」

「そんなことはありませんよ。王都の兵士たちがどういった存在であるかを知るためには、どのような話でも無駄《むだ》にはならないはずです」

そう言って、レイトは俺とシーラ＝ルウの姿を見比べてきた。

「ミラノ＝マスが動けなくなってしまったために、普段は給仕《きゅうじ》の仕事を手伝っている娘《むすめ》さんが厨《くりや》の仕事を手伝うことになったのです。だけどその娘さんはあまり厨の仕事を得意にしていなかったので、うっかりギバ肉の料理を生焼けで出してしまったのですよ」

「なるほど。それで、王都の兵士たちが怒《おこ》ってしまったというわけかい？」

「ええ。兵士たちは、それなりにお酒も入っていましたしね。……お前たちは王都の兵士に生焼けの肉を食わせて病魔《びょうま》を呼び寄せるつもりか、それは王国に対する叛逆行為《はんぎゃくこうい》だ――などといって、それはもうたいそうな剣幕《けんまく》でありましたよ」

「……実際に生焼けの肉を出してしまったのはこちらなのですから、返す言葉もありません。すべては、わたしの責任です」

そのように述べてから、テリア＝マスはレイトに向かって力なく微笑みかけた。

「でも、レイトが騒ぎを収めてくれたので、椅子《いす》や卓《たく》を壊されることなどはありませんでした。本当にありがとうね、レイト」

「え？　レイトもその場に居合わせたのかい？」

「はい。居合わせたというよりは、僕も給仕の仕事を手伝っていたのですよ」

俺が思わず目を丸くすると、レイトは笑顔《えがお》のまま小首を傾《かし》げた。

「何かおかしいですか？　僕はカミュアの弟子《でし》になるまで、《キミュスの尻尾亭》でお世話になっていたのです。少しぐらいは、給仕の仕事を手伝った経験もあるのですよ」

「いや、ちょっと意外に思っただけだよ。レイトはレイトで忙《いそが》しそうだったからさ」

「ええ。昼間はカミュアのお使いであちこち飛び回っていますからね。でも、日が暮れてからはやることもないので、《キミュスの尻尾亭》の仕事を手伝おうと思いたったのです」

そう言って、レイトは長めの前髪《まえがみ》を神経質な仕草でかきあげた。

「王都の兵士たちも酒さえ入っていなければ、それなりの規律を保っているようなのですけどね。酒が入ると、本性《ほんしょう》があらわになってしまうようです。……あんな浅ましい姿を見せつけられてしまうと、酒なんて一生口にはしたくないと思わされてしまいますね」

「えーと、レイト……ひょっとしたら、君は怒っているのかな？」

俺がそのように問いかけると、レイトはいっそうにこやかに微笑んだ。

「くどいようですが、僕は《キミュスの尻尾亭》で育ててもらったのです。そこで王都の兵士たちに好き勝手な真似《まね》をされて、楽しいと思えるわけがありますか？」

「おい、おかしな気配を撒き散らすな。そんな若さで恐《おそ》ろしいやつだな、お前は」

ライエルファム＝スドラが仏頂面《ぶっちょうづら》で口をはさむと、レイトは「申し訳ありません」と一礼した。

「彼らは昨日、アスタたちの屋台を訪れたそうですね。どうやら彼らは、宿場町を徘徊《はいかい》してさまざまな情報を集めているようです。おそらくは、宿場町の民がジェノスの貴族や森辺の民に対してどのような思いを抱《いだ》いているのかを調べあげようとしているのでしょう。きっと近日中には、トゥランやダレイムにまで足を向けるつもりなのでしょうね」

「なるほど。兵士たちもただ待機しているわけじゃないってことか」

「ええ。先日もお伝えした通り、くれぐれも短慮《たんりょ》だけはおつつしみください。それから、アスタ――」

そのように言いかけて、レイトはいささか不自然な感じで口をつぐんだ。

「何かな？　何か忠告をいただけるなら、ありがたいけど」

「いえ。僕から言えるのはそれだけです。ただ、あとで屋台の料理を買わせていただきますね」

「屋台の料理を？　それはもちろん、大歓迎《だいかんげい》だけど」

「ありがとうございます。ミラノ＝マスは誰《だれ》よりもやきもきしているでしょうから、アスタたちの料理で少しでも元気づけてあげたいのです。……もちろん、テリア＝マスの分も買ってきますからね」

「ありがとう。嬉しいわ、レイト」

テリア＝マスは何も気づかなかったようであるが、おそらくレイトは別の話をしようとしていたはずだ。それはのちほど、屋台を訪れたときに話そうと心を変えたのだろうか。何にせよ、ここでそれを問い詰めても、レイトが素直《すなお》に心情を打ち明けるとは思えなかった。

「それで、テリア＝マス。さきほどのお話なのですが――」

俺がそのように言いかけると、テリア＝マスは「いいえ」と首を横に振った。

「どうかアスタたちは、何もお気になさらないでください。これぐらいのことでへこたれていたら、宿屋の仕事などつとまりません。……シーラ＝ルウも、本当にありがとうございます」

「テリア＝マスは、本当に大丈夫《だいじょうぶ》なのですか？」

心配げに眉をひそめるシーラ＝ルウに、テリア＝マスは「はい」と気丈な微笑みを返す。俺とシーラ＝ルウは目を見交《みか》わしたが、けっきょくそれ以上は言葉を重ねることができず、借りた屋台とともに露店《ろてん》区域に向かうことになった。

（レイトがいるなら、テリア＝マス自身に危ないことはないかもしれないけど……でも、やっぱり心配だな）

内心の煩悶《はんもん》を押し殺しながら、俺たちは屋台の準備に取り組んだ。

客足のほうに、大きな変わりはない。ただほんの少しだけ、往来から人が少なくなったように感じられる。

「そりゃあ、あれだけ大勢の兵士が押し寄せてきたら、たとえ後ろ暗いところはなくても逃《に》げていっちまうやつはいるさ。何か厄介事にでも巻き込まれたら、自分の損になるだけだからな」

そのように説明してくれたのは、建築屋の副棟梁《とうりょう》アルダスであった。ジェノスに来訪して三日目となり、早くも常連客の貫禄《かんろく》である。

「ま、そういう連中はお隣のダバッグやベヘッットにでも逃げ込んでるんじゃないのかね。で、ほとぼりが冷めたら、また舞《ま》い戻ってくるだろうさ。ジェノスで仕事のある俺たちはそういうわけにもいかないし、最初からそんな真似をする気もないがね」

どうやら《南の大樹亭《たいじゅてい》》では大きな騒ぎも起きていない様子であったので、俺は心から安堵《あんど》した。

ちなみに、俺が懇意《こんい》にしている宿屋の中で王都の兵士たちを押しつけられたのは《キミュスの尻尾亭》と《南の大樹亭》のみとなる。《西風亭《せいふうてい》》は宿屋の品格が原因で、《玄翁亭《げんおうてい》》は規模の小ささが原因で、それぞれ難を逃《のが》れたらしい。

ただし、それ以外の名前を知る宿屋――《タントの恵《めぐ》み亭《てい》》、《アロウのつぼみ亭》、《ラムリアのとぐろ亭》は、それぞれ兵士たちを受け入れることになってしまった。特に《タントの恵み亭》と《アロウのつぼみ亭》は宿場町でも一、二を争う大きな宿屋であるため、《キミュスの尻尾亭》と同じく二十名ずつの兵士を押しつけられてしまったのだそうだ。

だが、そちらでも何か騒ぎが起きたという様子はない。日中でも夜間でも、兵士にちょっかいをかける無法者と多少の騒ぎが起きるていどで、それほど宿場町の平穏《へいおん》がかき乱されているわけではないようだった。

「でもな、あいつらはナウディスに森辺の民のことを根掘《ねほ》り葉掘《はほ》り聞いていたぞ。もちろん、ナウディスがアスタたちのことを悪く言うようなことはありえないけどな」

「はい。どうやら彼らは、宿場町で情報を収集するのが仕事であるようですね。きちんと公正な目で判断してもらえるなら、俺たちもいっこうにかまわないのですが」

「ああ、何も心配はいらないだろうさ。ジェノスの連中も、以前に比べればずいぶん森辺の民と打ち解けているようだしな」

と、陽気に笑うアルダスのかたわらで、おやっさんはぶすっとした顔をしていた。

「しかしあいつらは、宿屋でもいっこうにギバ料理に手を出そうとせんな。王都の兵士を気取っているならば、銅貨が惜《お》しいわけでもあるまいに」

「何だよ、あんな連中のせいでギバ料理が売り切れたら承知せんぞとか騒いでいたのに、買わなきゃ買わないで文句があるってのか？」

「ふん！　何だかギバ料理を見下されているような心地《ここち》がして、不愉快《ふゆかい》なのだ！」

小さな子供のように、ぷりぷりと怒るおやっさんである。そんなおやっさんの姿は、俺をとても温かい気持ちにしてくれた。

そして、建築屋の面々が姿を消した後は、ドーラの親父《おやじ》さんがターラと一緒に姿を現した。

「こっちもこれといっておかしな騒ぎにはなってないけど、町中に刀をさげた兵士がうろついてるってのは、どうにも落ち着かないもんだな」

「そうですね。親父さんのところに兵士が来たりはしませんでしたか？」

「ああ。兵士さんが野菜を買う理由はないからな。それに、俺《おれ》がアスタたちと縁《えん》を結んでるってことも知らんのだろう。……あちこちの連中に話を聞いて回っているようだから、いずれは俺のところにもやってくるかもしれんがね」

「そのときは、どうぞ穏便《おんびん》に対応してください。たとえ彼らが森辺の民をけなすようなことを口にしたとしても、どうかお気になさらず」

「どうだかなあ。そいつはちょいと自信がないや」

親父さんは不服そうに下唇《したくちびる》を突《つ》き出しつつ、ターラの頭にぽんと手を置いた。

「だけど、あれだよな。さすがにしばらくは、ターラたちも森辺には近づかないほうがいいんだろう？」

俺たちは、また森辺の集落に町の人々をお招きしようという計画を立てていたのだ。

「そうですね。今回は城下町の方々も何名か声をかけようと思っていたので……やっぱり王都の視察団がジェノスを離《はな》れるまでは、時機を見たほうがいいと思います」

「うん、俺もそう思うよ。残念だけど、ターラも我慢《がまん》するんだぞ」

ターラは、「うん」と小さくうなずいた。

「ターラ、我慢するよ。でも、兵士さんたちがいなくなったら、絶対に遊びに行かせてね？」

「うん、その日が待ち遠しいね」

俺が笑いかけてみせると、ターラもにこりと微笑んだ。決して無理をしている様子ではない。ちょっと我慢すれば、必ずその日がやってくると信じているのだろう。その信頼《しんらい》を決して裏切ってはならないと、俺はあらためて思い知らされることになった。

「それじゃあ、アスタもくれぐれも気をつけてな。何かあったら、いつでも声をかけてくれ」

「はい、ありがとうございます」

親父さんとターラも、料理を手に青空食堂へと消えていく。

すると、それと入《い》れ替《か》わりで現れたのは、ユーミであった。

「ちょっとアスタ！　《キミュスの尻尾亭》の話は聞いた⁉　あいつら、やっぱりロクなもんじゃないね！」

「やあ、ユーミ。それは昨晩の騒ぎのことかい？　それなら、屋台を借りるときに聞いたけれど」

「それだよそれ！　ったく、ほんとに頭きちゃうよねー！　生焼けの肉が何だってのさ！　そんなもん、腹を壊してから文句を言えってんだよ！」

ユーミは猛烈《もうれつ》に声を張り上げてから、悲しげに眉を下げてしまった。

「テリア＝マスのあんな顔を見せられたら、あたしまで泣きたくなっちゃうよ。あんな娘に大の男どもがよってたかって難癖《なんくせ》つけるなんて、恥《は》ずかしくないのかね？　あたしだったら、生焼けの肉を口に突っ込んでやるところさ！」

「うん、まあ、ギバは生焼けだと危ないから、それもまずいと思うけど……ユーミのほうは、

「そりゃあ、あたしらは兵士どもなんざ一人も預かってないからね。むしろ、他《ほか》の宿屋を追い出された連中がわんさか押《お》し寄せてきて、親父なんかは鼻歌まじりさ」

兵士を押しつけられた宿屋がキャパオーバーを起こせば、他の宿屋に一般《いっぱん》のお客が流れるのは道理である。なおかつ、無法者と呼ばれる立場の人々などは、兵士たちと騒ぎを起こしたり、同じ宿になることを避《さ》けたりして、《西風亭》にこぞって向かいそうなところであった。

「だいたい、生焼けの肉を出したのは他の娘っ子なんでしょ？　それでどうして、テリア＝マスが泣かなきゃならないのさ！」

「うん……ミラノ＝マスが動けない分、テリア＝マスに責任がかかってきちゃうんだろうね。俺も心配だよ」

「あーあ！　あたしの手が空いてりゃあ、毎日だって手伝いに行ってやるのになあ。でも、そんなの親父たちが許してくれるはずもないし――」

と、そこでユーミが、まじまじと俺の顔を見つめてきた。

「そうだ！　アスタたちがテリア＝マスを手伝ってあげることはできないの？」

「ええ？　俺たちが？　それは、手伝ってあげたいのは山々だけど……でも、俺の一存では何とも言えないんだよ」

「どうしてさ？　アスタだったら厨の仕事で失敗するわけないし、頼《たの》もしい狩人さんたちもいるんだから、何の心配もないじゃん」

俺が返答に窮《きゅう》すると、ユーミの横にひょこりと小さな人影が出現した。

「アスタ、僕からもお聞きします。それはやっぱり、難しい話なのでしょうか？」

俺の背後に控《ひか》えていたライエルファム＝スドラが、「おい」と苦々しげな声をあげる。

「またお前か。気配を殺して近づくなと言っているだろうが？」

「申し訳ありません。しかし、これだけ大勢の人間が行き来しているのに、それらすべての気配を探《さぐ》っているのですか？」

「……そうでなくては、護衛役などつとまるまい」

「すごいですね。さすがは森辺の狩人です。僕にはとうてい真似できません。……それで、いかがなのでしょうか、アスタ？」

「いかがなのでしょうかって……俺が《キミュスの尻尾亭》を手伝うっていう話かい？」

「はい。それが可能であるならば、是非《ぜひ》ともお願いしたく思っています」

これはちょっと、屋台の仕事と並行して続けられるような話ではないようだ。かきいれどきである中天が訪れるまでまだいくぶん余裕《よゆう》があったので、俺はレイトを屋台の裏手に招き入れることにした。

「レイト。もしかしたら、さっきもその話をしようとしていたのかな？」

「はい。ですが、テリア＝マスはきっと遠慮してしまうでしょうから、いったん取りやめたのです」

「なるほどね。もちろん俺だって、手伝えるものなら手伝ってあげたいよ。本当だったら、こっちから申し出たかったぐらいさ」

テリア＝マスと言葉を交わしているときから、俺の頭にはその考えが渦巻《うずま》いていた。きっとシーラ＝ルウだって、同じ気持ちだったことだろう。しかし俺たちは、勝手にそのような発言のできる立場ではないのだ。

「でもさ、王都の兵士たちを宿泊《しゅくはく》させている宿屋に、森辺の民である俺なんかが手伝いに行っちゃって、余計に話がこじれたりはしないのかな？」

俺としては、それが第一の懸念事項《けねんじこう》であった。

レイトは、「問題ないと思います」とうなずく。

「どのみち《キミュスの尻尾亭》が森辺の民と懇意にしているという話は、最初から彼らにも伝わっているのです。だからこそ、《キミュスの尻尾亭》には二十名もの兵士が送りつけられることになったのですよ」

「ああ、そうなのか……まあ、去年の騒ぎに関しては、細部にわたって王都の方々に報告されているのだろうしね」

「はい。カミュアの弟子である僕があの場所で育ったということも、彼らには知られています。だからこそ、何食わぬ顔で仕事を手伝っているのですけどね」

そう言って、レイトはわずかに身を乗り出してきた。

「アスタもご存じかと思いますが、テリア＝マスは生真面目《きまじめ》な気性《きしょう》なので、ミラノ＝マスの分まで自分が頑張らなければならないのだと思《おも》い詰めてしまっています。それが僕には、危うげに見えてしかたがないのです」

「そうそう。もうちょい気楽にかまえてもいいのに、テリア＝マスは生真面目すぎるんだよ！

……まあ、それがテリア＝マスのいいところなんだけどさ」

もっともらしくうなずきながら、ユーミも口をはさんでくる。彼女《かのじょ》も当然のように、屋台の裏手に回り込《こ》んでいたのだ。

「そんでもってさ、厨の仕事はずっとテリア＝マスと親父さんの二人で受け持ってたらしいんだよね。他の手伝いの人間は、みんな厨の仕事が苦手なんだってさ」

「はい。以前はテリア＝マスたちだって、厨の仕事を苦手にしていたのですよ。ただ、アスタたちが手ほどきをしてくれたおかげで、ずいぶん腕《うで》を上げることがかなったようですが」

確かに《キミュスの尻尾亭》は、昔から料理の評判がいまひとつの宿屋であったのだ。それはミラノ＝マスの伴侶《はんりょ》が若くして他界してしまったためなのだと、俺はカミュア＝ヨシュからそのように聞いていた。

「だけど今は、ミラノ＝マスが動けません。それでもテリア＝マス一人で厨を切り盛りすることはできませんから、不慣れな人間に手伝いを頼んでいたのですね。結果的に、その娘が生焼けの肉を出してしまい、昨晩の騒ぎになってしまったのです」

「うん、そうか……俺個人としては、手伝ってあげたい気持ちでいっぱいなんだけど……」

しかし、宿屋の食堂を手伝うとなると、帰りは夜遅《よるおそ》くになってしまう。ただでさえ身をつつしまなければならないこの時期に、アイ＝ファやドンダ＝ルウがそれを許してくれるだろうか。

それが、第二の懸念事項であった。

「だったら、あたしがアイ＝ファに聞いてきてあげるよ！」

と、いきなり俺の背後から大きな声があがったので、俺は「うひゃあ」と飛び上がることになった。

「な、何だ、ララ＝ルウか。あんまり驚《おどろ》かさないでくれよ」

「気づいてなかったのは、アスタだけだよ。アスタって、夢中になると周りが見えなくなるよね」

確かにライエルファム＝スドラも、ララ＝ルウを叱《しか》りつけようとはしなかった。

「ドンダ父さんはもうじきこの道を通って城下町に向かうんだから、そのときに話をつければいいでしょ？　あとはアイ＝ファと話をつければ、アスタも心置きなく返事ができるじゃん。トトスに荷車を引かせないで走らせれば、きっとアイ＝ファが森に入る前に話をすることができると思うよ」

「ほ、本当に森辺まで戻《もど》るつもりかい？　一人で行動するのは、危ないと思うけど……」

「だったら、レイトが行ってくりゃいいじゃないか。あんただって、ファの家の場所ぐらいは知ってるんだろう？」

と、今度はバルシャが笑顔で進み出てくる。その目が、ちらりとレイトを見た。

「ただ、その前に確認《かくにん》させてもらうけど……あんたはアスタたちにそんな仕事を頼んでも危険はないって考えてるんだよね？　まさか家族を心配するあまりに、判断を間違《まちが》ったりはしないだろうね？」

「テリア＝マスは、家族ではありません。あくまで、かつての家族ですよ」

そう言って、レイトはにこりと微笑んだ。

「それに、この一件でアスタたちに危険が及ぶことには、決してならないはずです。彼らは荒《あら》くれ者ですが、無法者ではありませんので」

「荒くれ者と無法者で、何が違《ちが》うっていうんだい？」

「無法者とは、法に従わない人間という意味でしょう？　彼らはどんなに気性が荒くとも、王国の兵士なのです。傭兵《ようへい》は傭兵でも、このように特殊《とくしゅ》で重要な任務に抜擢《ばってき》されるほどの精鋭《せいえい》部隊であるのですよ」

そうしてレイトは、優雅《ゆうが》な仕草でライエルファム＝スドラのほうに手を差しのべた。

「だから本当は、護衛役など必要ないぐらいなのです。彼らは警戒《けいかい》すべき存在ではありますが、必要なのはもっと違う形での警戒なのですよ」

「ふうん。それじゃあ、何をどんな風に警戒すればいいのかねえ？」

「それはもちろん、『王国の敵』と見なされないように警戒するべきなのです」

だいぶいつもの調子を取り戻した様子で、レイトは無邪気《むじゃき》な笑《え》みをたたえた。

「ですから、たとえ森辺の民が夜道を一人で歩いていても、彼らが襲《おそ》いかかってくることなどはありえません。宿屋の仕事を手伝う上で、気をつけることがあるとしたら……酔っ払いに料理が不味《まず》いと難癖をつけられても、笑って受け流すことぐらいでしょうね」

「それはまあ、怒るとしたらアイ＝ファぐらいかな。アスタの料理にケチをつけられたら、アイ＝ファなんかは牙《きば》を剥《む》いて怒りそうだ」

そう言って、バルシャは豪快《ごうかい》な笑い声をあげた。

その隣で、ライエルファム＝スドラは「ふん」と鼻を鳴らしている。

「そうは言っても、アスタたちを護衛もなしに夜の町に向かわせることなどできるわけもない。ドンダ＝ルウやアイ＝ファとて、同じように考えることだろう」

「ええ、宿場町には本物の無法者もひそんでいますからね。それは当然のお話です」

そのように応じてから、レイトは俺のほうに向きなおってきた。

「いかがでしょうか？　もしもファの家長アイ＝ファと族長ドンダ＝ルウに了承をいただけたら、アスタに《キミュスの尻尾亭》の仕事を手伝ってもらうことがかなうのでしょうか？」

「うん、もちろん。そうしたら、俺の側には断る理由なんてひとつもなくなるよ」

レイトは神妙《しんみょう》な面持《おもも》ちで、「ありがとうございます」と頭を下げてきた。

「無理なお願いをして申し訳ありません、アスタ。宿には僕もいますので、決して危険な目にはあわせないとお約束いたします」

「いや、いいんだよ。俺だって、テリア＝マスの力にはなりたかったからさ」

俺にとっての懸念《けねん》とは、テリア＝マスの立場と、アイ＝ファたち同胞の心情であったのだ。

それらがクリアされるのであれば、むしろ喜んで協力したいぐらいの話であった。

（料理を不味いと難癖をつけられても、笑って受け流せるように、か……笑えるかどうかはと

もかくとして、そんなことでムキになるもんか）

ひょっとしたら、森辺の民を挑発《ちょうはつ》しようという意図で、王都の兵士たちは料理をけなしてくるかもしれない。レイトもそのように考えたからこそ、忠告してくれたのだろう。しかし、《キミュスの尻尾亭》の看板をお預かりするのであれば、どのような扱《あつか》いを受けても自制する自信はあった。

（アイ＝ファやドンダ＝ルウは、どう考えるだろう。《キミュスの尻尾亭》を手伝うことを許してくれるかな）

そんな風に考えながら、俺は屋台の仕事を再開することにした。

2

その日の、夕暮れ時である。

森辺の集落で明日のための仕込《しこ》み作業を済ませた俺たちは、再び宿場町に下りていた。ドンダ＝ルウからもアイ＝ファからも、《キミュスの尻尾亭》の仕事を手伝う了承をいただくことがかなったのだ。

その代わりに、護衛役には錚々《そうそう》たるメンバーが準備されることになった。アイ＝ファ、ジザ＝ルウ、ルド＝ルウ、ダン＝ルティムという、森辺でも屈指《くっし》の狩人たちである。

「この顔ぶれであれば、たとえ二百名の兵士に囲まれようが、無事に逃げおおせるだろうよ」

俺たちの出立を見送る場で、ドンダ＝ルウはそのように語りながら笑っていた。ドンダ＝ルウが笑っているということは、すなわち臨戦の態勢にあるということである。

「兵士どもがどんな連中かは知らねえが、俺たちが城下町で顔をあわせた貴族どもはまったく信用がならなかった。あのレイトという小僧《こぞう》が何と言おうとも、用心しないわけにはいかねえ」

ドンダ＝ルウは、そんな風にも言っていた。それで俺たちは、狩人らが森から戻ってくるのを待ち、いざ宿場町へと出立することになったわけである。

「ふふふ。宿場町に下りるのは、実にひさびさだ！　こいつはなかなか愉快《ゆかい》な夜になりそうだな！」

荷車で揺《ゆ》られながら、ダン＝ルティムはひとりご満悦《まんえつ》であった。荷車の運転をルド＝ルウに任せたアイ＝ファは、俺のかたわらで苦い顔をしている。

「ダン＝ルティムよ。遊びに行くのではないのだから、そのつもりでな。そして、自分から騒ぎを起こすような真似も控えてもらいたい」

「案ずるな！　俺もそこまで浅はかではないぞ！　……しかし、森辺の狩人にも匹敵する人間がいるなどと聞かされては、やはり気になるではないか！」

もともと護衛役は、ルウ家から三名を出す予定であった。しかし、ガズラン＝ルティムから事情を聞いたダン＝ルティムが、トトスのミム・チャーをすっとばしてルウの集落まで駆《か》けつけて、護衛役に名乗りをあげてきたのである。

ドンダ＝ルウもしばし思案していたが、最終的にはダン＝ルティムの提案を受け入れていた。

何せダン＝ルティムは、ルウの血族の中でも一、二を争う実力者であるのだ。その直情的な気性に若干《じゃっかん》の不安を残しつつも、狩人としての力量を重んずることになったのであろう。

「ま、ダン＝ルティムが来なかったら、きっとダルム兄が選ばれてたんだろうしな。せっかく嫁《よめ》を取ったばかりなんだから、ダルム兄もこっそり喜んでるんじゃねーの？」

御者台《ぎょしゃだい》で手綱をあやつりながら、ルド＝ルウがそのように述べたてた。ダルム＝ルウの心情は不明なれども、俺は同じような気持ちをライエルファム＝スドラに抱いている。せっかく赤《あか》児《ご》が生まれたばかりであるのだから、夜ぐらいは家でその喜びを噛《か》みしめてほしいと、俺もずっとそのように願っていたのだ。

「そういえば、我らの向かう宿屋にその百獅子長《ひゃくじし》なる者たちは滞在《たいざい》しているのだろうか？」

と、ずっと静かにしていたジザ＝ルウがそのように問うてきたので、俺は「はい」とうなずいてみせた。

「俺もレイトに聞いてみたのですが、百獅子長のダグという人物は《キミュスの尻尾亭》に滞在しているそうです」

「ふむ！　それがどのような男であるのか、実に楽しみだ！」

ダン＝ルティムはあくまで陽気であり、アイ＝ファとジザ＝ルウは真剣そのものの表情だ。その他には、俺とともに厨を手伝う人員としてレイナ＝ルウが同行していた。

森辺を出立したのは日没間際《にちぼつまぎわ》であったので、荷車を走らせる内にどんどん周囲は暗くなっていく。そうして宿場町に辿《たど》り着いてみると、街道《かいどう》にはもうかがり火が焚《た》かれていた。

復活祭の折にも目にした、夜間用のかがり火である。一定の間隔《かんかく》で街道に壺《つぼ》が置かれて、そこに火が灯《とも》されるのだ。復活祭のときよりも壺の数は少ないように思えたが、暗闇《くらやみ》の中にぽつんぽつんと等間隔《とうかんかく》で赤い火が灯されているのは、何とも趣《おもむき》のある様相であった。

「ふむ。このように暗くとも、まだ出歩いている人間はいるのだな」

御者台の脇《わき》から外界をうかがっていたアイ＝ファが、ぽつりとつぶやく。それでも人の数はまばらであったし、なおかつ、巡回《じゅんかい》している衛兵の数は日中よりも多くなっていた。余所《よそ》の町よりも豊かであるために、ジェノスの宿場町はこうして夜間も衛兵に守られているのである。

そうして《キミュスの尻尾亭》に到着《とうちゃく》すると、出迎《でむか》えてくれたのはレイトであった。普段の装束の上から前掛《まえか》けをつけているのが、ちょっと可愛《かわい》らしい。

「お待ちしておりました。トトスと荷車は、僕がお預かりしましょう。王都の兵士たちはまだ戻っていませんので、今の内に厨にどうぞ」

「え？　彼《かれ》らはまだ戻っていないのかい？」

「ええ。今日はずいぶん遠くのほうまで足をのばした様子ですね。そのまま別の宿で食事を済ませてくれたら、ありがたいぐらいなのですが」

そのように述べながら、レイトはギルルの手綱を引いて建物の裏手に消えていく。俺たちはひとかたまりとなって、《キミュスの尻尾亭》の扉《とびら》をくぐった。

「ああ、アスタにレイナ＝ルウ……それに他のみなさんも……今日はご足労をおかけしてしまい、本当に申し訳ありません……」

厨では、テリア＝マスが一人で仕事の準備をしていた。

まずはルウ家の代表として、ジザ＝ルウが前に進み出る。

「俺はルウ本家の長兄《ちょうけい》ジザ＝ルウだ。何度か顔はあわせているはずだが、いちおう名乗りをあげておく。……そして、今日のことは我々にとっても必要な行いであると族長は判断したので、何も気にする必要はない」

「ひ、必要な行い、ですか……？」

「うむ。王都の者たちは、森辺の民に大きな関心を寄せているようだからな。宿場町に居座《いすわ》った兵士たちがどのような性根《しょうね》をしているか、族長に代わって俺が見届けさせていただこうと考えている」

しかつめらしく述べるジザ＝ルウの横から、ルド＝ルウがひょこりと顔を出す。

「それに、あんたたちはもうルウ家の友だからな。礼を言うのはいっぺんで十分だから、あとは遠慮なく頼《たよ》ってくれよ」

ルド＝ルウは先日、リミ＝ルウやドーラ家の人々とともに食堂の客として《キミュスの尻尾亭》を訪《おとず》れたのだという話であったのだ。テリア＝マスは泣きそうな笑顔で「ありがとうございます」と頭を下げた。

「父も御礼《おれい》を述べると言ってきかなかったのですが、今は痛み止めの薬を飲ませて眠《ねむ》らせていますので……また後日、あらためて御礼を言わせてやってください」

「ああ。ミラノ＝マスが動けるようになるまでは、毎日俺たちが顔を出すことになるんだろうからさ。無理せず身体を大事にしろって伝えておいてくれよ」

にっと白い歯を見せるルド＝ルウのかたわらで、ダン＝ルティムはひくひくと大きな鼻をひくつかせた。

「しかし、美味《うま》そうな匂《にお》いが漂《ただよ》っているものだな！　俺は腹が空いてきてしまったぞ！」

「ば、晩餐《ばんさん》はこれからなのでしょうか？　でしたら、今の内に召《め》しあがってください。まだ食堂には、ほとんど人も入っていない様子ですので……」

厨には物置が併設《へいせつ》されており、そこに二人の人間が座《すわ》れる卓と椅子が準備されていた。普段はテリア＝マスたちも、手が空いたときにそこで手早く食事を済ませるのだそうだ。

「それでは、二名ずつ食事を済ませましょうか。ジザ＝ルウ、ダン＝ルティム、よかったらお先にどうぞ」

「うむ！　何を食わせてくれるのだ？」

「そうですね。ギバ肉にはゆとりがあるそうですので、何かささっと作ってしまいましょう」

ダバッグで購入した革張《かわば》りの鞄《かばん》を作業台で広げつつ、俺はどうしようかと思案する。すると、テリア＝マスがおずおずと声をかけてきた。

「あの、よかったらうちで準備したギバ料理も召しあがってください。昨日も一昨日も、いくつか売れ残りを出してしまっていますので……」

「え？　ああ、そうか。王都の兵士たちは、ギバ料理に興味がないようだというお話でしたね」

それで、他のお客の大半は宿を移してしまったのだから、せっかくのギバ料理も持て余すことになってしまうわけだ。

「でも、生焼けで出してしまったのはギバ料理だったのですよね？　王都の方々も、ギバ料理をいっさい注文しないというわけではないのですか」

「あ、いえ、それは……」

テリア＝マスが目を伏《ふ》せると、ジザ＝ルウがすかさず声をあげた。

「俺たちに気兼《きが》ねをする必要はない。というか、王都の人間にまつわる話であるならば、何でも包み隠《かく》さず聞かせてもらいたく思う」

「そ、そうですか……わたしが腹立たしく思ったぐらいですので、森辺のみなさんにとっては非常に不愉快な話になってしまうと思うのですが……」

「かまわん。何があったのだ？」

「は、はい……どうやら彼らは、食事の最中に賭《か》け事《ごと》をして……それに負けた人間がギバ料理を口にする、という遊びをしていたようなのです」

ダン＝ルティムはきょとんと目を丸くしてから、グローブのように肉厚な手をぽんと打った。

「なるほど！　その者たちにとっては、ギバ料理を口にすることが罰《ばつ》になるということか！　なんのことかと、一瞬悩《いっしゅんなや》んでしまったぞ！」

「は、はい。本当に申し訳ありません……」

「何を謝《あやま》っておるのだ？　べつだん、お前さんが詫《わ》びるような話ではなかろう！　それに、ジェノスの人間たちもかつてはギバ肉を忌《い》み嫌《きら》っておったのだからな！　余所者《よそもの》がそのように振《ふ》る舞うのも、無理からぬことなのであろうさ！」

そう言って、ダン＝ルティムはガハハと笑い声をあげた。

「きちんと食べれば、ギバ肉の美味さを知ることもできたろうにな！　生焼けの肉ではそれもかなうまい！　まったく気の毒な連中だ！」

見るからに豪放《ごうほう》そうなダン＝ルティムが気を悪くした様子もなく笑っているので、テリア＝マスもほっと息をついていた。そしてジザ＝ルウも、沈着《ちんちゃく》な面持ちでうなずいている。

「俺たちが売りに出したギバの肉や牙や角を町の人間がどのように扱っても、それは町の人間たちの勝手だ。たとえそれを足で踏《ふ》みにじられたとしても、俺たちが気を悪くすることはない。心配は、無用だ」

そんな中、アイ＝ファは一人でがりがりと頭をかいている。すぐにその心中を察することができた俺は、アイ＝ファの耳にそっと口を寄せてみせた。

「これが、レイトの言っていたことなんだな。ギバ料理がどんな扱いをされても腹を立ててしまわないように、俺たちも気をつけよう」

「うむ……アスタの料理を足で踏みにじられたりしたら、私は一生その相手を敵と見なすであろうがな」

俺だって、そんなことをされれば相当な鬱憤《うっぷん》を抱《かか》え込むことになるだろう。しかしそれでも、その感情は腹の底にぐっと抑《おさ》えつけなければならないのだった。

「では、さっそく取りかかりましょう。最近の《キミュスの尻尾《しっぽ》亭《てい》》では、どのようなギバ料理を準備していたのですか？」

「はい。タウ油を使った汁物《しるもの》料理と、タラパを使った煮付《につ》けの料理と、焼いた肉と野菜にうすたーそーすを掛《か》ける料理と……あとは、ルウ家から買いつけた『ろーるてぃの』です」

今期の五日間は、ルウ家が宿屋に料理を卸《おろ》す担当であった。『ロール・ティノ』は、キャベツに似たティノでギバの挽《ひ》き肉《にく》をくるんだ、ロール・キャベツのごとき料理である。

「でも、『ロール・ティノ』までいただいてしまうのは申し訳ないですね。そちらはお客さんのために取っておきましょう」

「あ、いえ、むしろそちらを召し上がっていただいたほうが……他の料理は作り置きを減らせば、余らせることもありませんので……」

それはつまり、個数限定かつ人気商品である『ロール・ティノ』さえもが売れ残ってしまっているということである。厨で借りた調理刀の切れ味を確かめていたレイナ＝ルウが、気の毒そうにテリア＝マスを振り返った。

「テリア＝マス、明日からは料理の数を減らしましょうか？　銅貨を出して買いつけた料理を余らせてしまっては、あなたがたの損になってしまうでしょう？」

「いいえ。いずれ落ち着けば、また他の宿からお客様が流れてくることもあるかもしれませんので……そのときに、お客様をがっかりさせたくないのです」

そう言って、テリア＝マスは自分を励《はげ》ますように微笑《ほほえ》んだ。

「それに、余った料理は宿の人間で食べることになります。ちょっと贅沢《ぜいたく》な晩餐となりますが、手伝いをしてくれている方々などは、とても嬉《うれ》しそうにルウ家から買いつけた料理を食べておりましたよ」

背負った苦労の重さを考えれば、それは実にささやかな喜びであろう。しかし、少しでも前向きに考えようとするテリア＝マスの心意気に、俺はひそかに感銘《かんめい》を受けることになった。

「では、汁物料理と煮付けの料理と、あとは『ロール・ティノ』を人数分いただきますね。足りない分は、俺がステーキを焼きましょう」

これらの食事が、俺たちの本日の報酬《ほうしゅう》であった。テリア＝マスはたいそう恐縮《きょうしゅく》していたが、食堂を手伝うと言っても時間にすれば二、三時間のことなのである。《キミュスの尻尾亭》が銅貨を出して購入《こうにゅう》したギバ肉やギバ料理を頂戴《ちょうだい》するだけで、価格的にはそれなりの額にのぼるはずだった。

そんなわけで、森辺の民の六名が二名ずつ食事を取らせてもらっていると——その間に、ようやく食堂からも料理の注文が届けられることになった。俺とレイナ＝ルウは別々に食事を取り、手の空いているほうがテリア＝マスとともにその注文を片付けていく。いまだ王都の兵士たちは戻っていないらしく、その注文は半分以上がギバ料理だった。

やはり、一般のお客にはギバ料理が人気であるのだ。《キミュスの尻尾亭》でも料理は以前よりも小分けで売られるようになっていたので、一人につき複数の料理を食することになるのであるが、そこにギバ料理をひと品も組《く》み込まないお客はいないように感じられた。

「そういえば、今日は『ギバ・カレー』を出していないのですね」

煮付けの料理を盛り付けながら、俺がそのように問うてみると、テリア＝マスは「はい」と弱々しく微笑んだ。

「さすがにあれは、余らせてしまうともったいないので……王都の方々がいなくなるまではお出ししないことに決めました」

普段《ふだん》であれば売り切れ必至《ひっし》のメニューであるのに、それすらも売れ残しを出してしまった様子だ。まあ、食堂の二十席を王都の兵士たちに占領《せんりょう》されてしまっては、それもしかたのないことなのだろう。しかも二日連続で騒《さわ》ぎを起こされてしまっては、なおさら他の宿から流れてくるお客も減ってしまいそうなところであった。

ともあれ、時間が経《た》つにつれて、どんどん注文の数は増えていく。そして、森辺の六名が全員食事を終えたタイミングで、レイトが厨《くりや》に姿を現した。

「王都の兵士たちが戻ってきました。食事はこれからのようです」

厨に、ちょっとした緊張《きんちょう》が走り抜《ぬ》ける。

その中で、ダン＝ルティムはひとり瞳《ひとみ》を輝《かがや》かせていた。

「ようやく姿を現したか。ちょっと覗《のぞ》いてみたいところだが、どうであろうな?」

「いや、むやみに姿を見せるのは避けたほうがいいだろう。俺も今日の内にひと目ぐらいは姿を見ておきたく思うが、もう少し頃合《ころあ》いをはかろう」

「そうか。いっそ酒でも酌《く》み交《か》わしてしまえば、あんがい話は早いかもしれんがな」

そのように述べつつ、ダン＝ルティムもジザ＝ルウに逆らおうとはしなかった。復活祭のときよりも、ずいぶん聞き分けがいいようだ。もしかしたら、ダン＝ルティムも外から見えるよりは、このたびの任務を重く考えているのかもしれなかった。

その間に、給仕役《きゅうじ》の女性たちから次々と注文が届けられてくる。いよいよ王都の兵士たちが食事を開始したのだろう。さっきまでは静かであったのに、食堂のほうからは賑《にぎ》やかな気配が伝わってきていた。

注文の内容は、大量の果実酒とカロン料理およびキミュス料理となる。宿屋で売りに出す果実酒はキキの汁《しる》や果汁《かじゅう》などと調合する必要があるため、そちらはテリア＝マスにおまかせして、俺とレイナ＝ルウで料理を受け持つことになった。

「あたしが至らないばっかりに、ご迷惑《めいわく》をかけて申し訳ありません。どうかくれぐれもよろしくお願いいたします、森辺のみなさんがた」

と、給仕役の若い娘《むすめ》が、心底から申し訳なさそうに述べていた。この丸っこい体格をした娘さんが、生焼けの肉を王都の兵士たちに出してしまったのだ。それでも彼女は逃げ出したりせずに、今日も《キミュスの尻尾亭》で働いている。きっとテリア＝マスやミラノ＝マスとも、強い絆《きずな》で結ばれているのだろう。そんな風に考えながら、俺は「おまかせください」と笑顔《えがお》で応じてみせた。

相手が王都の兵士であろうと、俺たちのやるべきことに変わりはない。他のお客さんに対するのと同じように、きちんと料理を仕上げるばかりだ。

《キミュスの尻尾亭》で売りに出されているのは、『カロン肉の細切り炒《いた》め』『タウ油仕立てのカロン肉の煮付け』『キミュス肉のつくね』『キミュス肉のオムレツ』といった献立《こんだて》である。

『カロン肉の細切り炒め』は、カロンの固い足肉を叩《たた》いて繊維《せんい》を潰《つぶ》したのちに、さらに限界まで細切りにして、ティノやアリアやプラ、そしてモヤシのごときオンダと炒める。味のベースは果実酒とミャームーで、砂糖とタウ油もわずかながらに使っていた。

『タウ油仕立てのカロン肉の煮付け』は、砂糖とママリア酢《す》と果実酒を加えたタウ油で、じっくりと煮込《にこ》んでいる。使っている野菜は、チャッチとネェノンとシィマだ。ギバより固いカロンの足肉も、時間をかけて熱を通せば、ほろほろと崩《くず》れるぐらいやわらかくなる。これは日中にテリア＝マスが作っておいてくれたので、それを温めなおすだけだった。

『キミュス肉のつくね』はじょじょにバージョンアップされており、最近ではラマンパの実とレモングラスに似た香草《こうそう》が挽き肉の中に練《ね》り込まれている。ラマンパの実は落花生のような食感と風味を有しているので、その噛みごたえを加えることに決めたのだ。レモングラスのような香草は、タウ油ベースの甘辛《あまから》いタレとも、梅干を思わせる干しキキのディップとも相性《あいしょう》が悪くなかったので、採用した。つくねは小さめにこしらえて、異なる味つけをした二本ひと組の串焼《くしや》きで提供することになる。

『キミュス肉のオムレツ』は、挽き肉とアリアとプラを使った、シンプルな仕上がりだ。ただし、食材の焼きあげにはすべて乳脂《にゅうし》を使っており、その風味が素晴《すば》らしい。味つけは、もちろん俺直伝のケチャップである。料理は苦手と言い張っていたマス父娘も、今では難なくこの料理を作れるようになっていた。

「ふーん。カロンだとかキミュスだとかの料理でも、アスタやレイナ姉は当たり前みたいに作れるんだなー」

窓の近くに立って外の様子をうかがっていたルド＝ルウがそんな風に呼びかけてくると、レイナ＝ルウは「もちろん」と笑顔でうなずいた。

「だってこの料理も、アスタがテリア＝マスたちに教えた料理だからね。わたしやシーラ＝ルウはずっとその手ほどきをそばで見ていたし、一緒《いっしょ》に作らせてもらったりもしていたから、普《ふ》通《つう》に作れるのが当たり前だよ」

「あー、そっか。昔は屋台の商売を途中《とちゅう》で抜け出して、宿屋を巡《めぐ》ったりしてたんだもんな。なんだか懐《なつ》かしいや」

ルド＝ルウたちが護衛役として一緒に宿屋巡りをしていたのは、まだサイクレウスらが健在であった時代であるのだ。復活祭の頃《ころ》にはすでにその風習もなくなっていたので、懐かしく感じられるのが当然であった。

ともあれ、どれだけの料理が客席に届けられても、苦情が舞い込んでくることはなかった。気づけば、それなりの時間が経過している。《キミュスの尻尾亭》に到着してからは一時間以上、王都の兵士たちが戻ってきてからも三十分ぐらいは経っているように感じられた。

「ちょっと落ち着いてきましたね。王都の兵士たちも、二十名分にしては控えめな量であったようですが」

「はい。いちどきに頼んでしまうと冷めてしまうので、だいたいは二回に分けて半分ずつ注文するようです。……今頃《いまごろ》は、果実酒を飲みながら賭け事に興じているのではないでしょうか」

ならば、本日も罰ゲームとしてギバ料理が注文されるのだろうか。

俺がそんな風に考えていると、ひさかたぶりにレイトが姿を現した。

「王都の兵士たちから、ギバ料理の注文が入りました。何か食べごたえのあるものをひと品、とのことです」

そのように述べてから、レイトはにこりと微笑んだ。

「いちおうお伝えしておきますが、また生焼けの肉などを出したら食堂の壁《かべ》に穴を空けてやるからな、だそうです」

「何だよお前、怒《おこ》ってるときに笑う必要はねーだろ？」

ルド＝ルウが呼びかけると、レイトは同じ表情のままそちらを振り返った。

「別に怒ってはいませんよ。ただ、若干の苛立《いらだ》たしさを感じているまでです」

「だったら、なおさら笑う必要ねーだろ。ジザ兄じゃあるまいし。……ああ、冗談《じょうだん》だよ怒るなよ」

ルド＝ルウの軽口はさておき、どのギバ料理を提供するかは、こちらに一任されてしまったようだった。

「食べごたえのある料理、か。挽き肉を使った『ロール・ティノ』や、やわらかい煮付けの料理よりも、焼き肉のほうが望ましいのかな？」

「そうですね。わたしもそれで問題ないと思います」

レイナ＝ルウとのささやかな協議の末、献立はギバの焼き肉と定められた。ほどほどに薄《うす》く切ったギバのバラ肉を、塩とピコの葉で焼きあげるだけの料理である。一緒に焼きあげるのはアリアとティノとオンダであり、どの食材も生焼けを心配するようなものではなかった。

「ま、初めて口にするギバ料理には相応《ふさわ》しいかもね。王都の人間の口にあうかはわからないけどさ」

「べつだん何でも、かまうまい！　まずいと思えなければ罰にもならんのだろうからな！」

新たに焼かれていくギバ肉の香《かお》りに、ダン＝ルティムがまた鼻をひくつかせている。俺は普段よりも入念に、なおかつ焦《こ》げつかせることなく、ギバのバラ肉を焼きあげてみせた。木皿にそいつを盛りつけて、ウスターソースをひと回し掛ければ、もう完成だ。すると、その作業をじっと見守っていたアイ＝ファがぽつりとつぶやいた。

「罰などのために銅貨を支払《しはら》うというのも、馬鹿《ばか》げた話だ。しかもそれがギバの料理というのは、やはり不愉快《ふゆかい》に感じられてしまうな」

「しかたないさ。買った料理をどう扱うかは、もともとお客さんの自由だしな」

俺《おれ》にできるのは、そんな馬鹿げた真似《まね》をする相手を心の中で軽蔑《けいべつ》することぐらいであった。

「さ、仕上がったよ。絶対に生焼けではないから、安心してお出ししてくれ」

「ありがとうございます。……アスタたちにこのような役割をお願いしてしまったことを、僕《ぼく》も心から申し訳なく思っています」

「いいさ。俺にとっても、《キミュスの尻尾亭》は大事な場所だからね」

レイトはひとつうなずくと、木皿を手に厨を出ていった。

王都の兵士たちが戻ってきた影響《えいきょう》か、他のお客からの注文は止まってしまっている。ときおり果実酒の追加を求められるぐらいで、俺たちはしばし無聊《ぶりょう》をかこつことになった。

「あとは、兵士たちの残り半分の料理を仕上げたら、今日の仕事も一段落でしょうかね？」

「はい。その後は、わたし一人で何も問題はありません。……あの、今日は本当にありがとうございました。いったい何と御礼を言えばいいのか……」

テリア＝マスがじんわり涙《なみだ》を浮《う》かべると、ルド＝ルウが「おいおい」と声をあげた。

「何も泣くことねーだろ？　それに、御礼はいっぺんで十分だって言ったよな？」

「はい。だけどやっぱり、申し訳なくって……」

「何もお気になさらないでください。状況《じょうきょう》はどうあれ、《キミュスの尻尾亭》の仕事を手伝えたことを、俺はとても嬉しく思っていますから」

それは俺の、掛《か》け値《ね》なしの本心であった。《キミュスの尻尾亭》にはさんざんお世話になっているし、それに――こうした厨でお客の注文を聞きながら料理を作りあげるというのは、かつての俺にとってもっとも馴染《なじ》み深《ぶか》い行為《こうい》であったのだった。

俺は、足もとに置いた革《かわ》の鞄に目を向ける。かつてダバッグで購入したその鞄には、親父《おやじ》の三徳包丁が大事に保管されていた。ジャガルの肉切り刀とシムの菜切り刀を手にした今、三徳包丁を使う機会はほとんど失われているのだが――それでも俺は毎日この三徳包丁の調子を確かめて、肌身《はだみ》離《はな》さず持ち歩くようにしていたのだった。

「……昔を思い出しているのか？」

と、アイ＝ファが低い声で呼びかけてきたので、俺は「うん」とうなずいてみせた。

「俺も以前は、こういう食堂で働いてたからさ。今となっては、何年も昔のことに感じられちゃうけどな」

アイ＝ファは「そうか」としか言わなかったが、その瞳にはとても優《やさ》しげな光が灯されていた。

そして――ふいに、騒乱《そうらん》の気配が近づいてきた。

「お待ちください。そちらに踏み込まれては困ります」

レイトのよく通る声が厨の入り口から聞こえてくると、たちまちアイ＝ファは俺をかばうような位置取りに身を移し、テリア＝マスとレイナ＝ルウも、それぞれルド＝ルウとジザ＝ルウに守られることになった。

「何だ、宿屋の人間とは思えない顔が揃《そろ》ってるな」

笑いを含《ふく》んだ男の声が響《ひび》きわたる。

それは一日ぶりに見る、百獅子長のダグであった。

「これは明らかに、ジェノスの法を破る行いですよ。衛兵をお呼びしましょうか？」

ダグのかたわらをすりぬけて厨に入ってきたレイトが、素早《すばや》くその眼前に立ちはだかる。

「ああ、べつだんかまわねえぜ。せいぜい勝手な真似をするなと叱りつけられるぐらいのこったろ？　宿場町の衛兵どもに、俺たちを叱る意気地《いくじ》があればの話だけどな」

そのように言いたてながら、ダグは猛禽《もうきん》のように光る目で俺たちの姿を見回してきた。

「それにしても、これはこれはだな。森辺の狩人ってのは、こんな化け物の集まりだったのか」

「貴方《あなた》は、何者だ？　客がこの場に足を踏み入れるのは、法に背《そむ》く行いであるようだが」

ジザ＝ルウが落ち着いた声で問い質《ただ》すと、ダグは「ふふん」と口もとをねじ曲げた。

「どうせそっちの坊《ぼう》やから聞いてるだろう？　俺は兵士どもを束ねる、百獅子長のダグってもんだ。あまりに料理が美味かったもんだから、その御礼を述べてやろうと思ってな」

「ならば、悪意があって踏み込んできたわけではない、と？」

「ああ。ひょっとしたら、そっちの坊やに会えるんじゃないかって期待はしてたがな。ここの宿屋は主人が手傷を負ったはずだし、そっちの坊やはこの宿屋と懇意《こんい》にしてた。それで今日はどの料理を食っても妙《みょう》に出来がいいように感じたから、ちょいと当たりをつけてみたってわけさ」

「アスタに、何か用事でもあるのか？」

アイ＝ファが、押《お》しひそめた声音《こわね》で問う。

俺が横からそっと覗き込んでみると、アイ＝ファの瞳は爛々《らんらん》と狩人の炎《ほのお》を燃やしていた。

「すげえ目つきだな、お前。……そういえば、ファの家のアスタを森辺に招き入れたのは、森辺でただ一人の女狩人だって話だったな」

「質問に答えよ。アスタに何か用事でもあるのか？」

「用事っていう用事はねえよ。少なくとも、今のところはな」

にやりとふてぶてしく笑いつつ、ダグは逞《たく》しい腕を組んだ。

「実はな、俺はさっき部下どもとの賭けに負けちまったんだよ。それで嫌々《いやいや》、ギバの料理なんざを食わされることになっちまったわけだが……こいつが思いの外、美味くてびっくりさせられたわけだ」

「……それがいったい、何だというのだ？」

「ああ。それであまりの美味さに全部たいらげちまったもんで、部下どもが俺の言葉を信じようとしねえんだよ。だから、人数分のギバ料理を注文させてもらいたい」

そう言って、ダグは一歩だけ引き下がった。

「この宿屋では、何種類ものギバ料理を扱ってるんだろ？　それを適当に人数分、準備してくれ。……ただしそいつの出来が悪かったら、俺が一人で代金を支払う約束をしちまったからな。くれぐれも、生焼けの肉なんて出さねえでくれよ？」

こちらの返事も待たずに、ダグはすうっと姿を消した。

レイトはふっと息をつき、俺たちのほうを振り返る。

「お騒がせしてしまい、申し訳ありません。言葉の内容に嘘《うそ》はないと思いますので、料理をお出ししていただけますか？」

「あ、ああ、うん。それはもちろん、かまわないけど……」

それよりも、俺はアイ＝ファたちの様子が気になってしまった。ダグが姿を消した後も、全員が張り詰《つ》めた気配を発散させていたのだ。その中で、ジザ＝ルウがぽつりとつぶやいた。

「あれが百獅子長のダグという者か。確かに大した手練ではあるのだろうが……この場にいる狩人の誰《だれ》でも、一人で退けることはできるだろうな」

「ああ、俺もそんな風に思ったなー。リャダ＝ルウは足がきかねーからしかたねーけど、それなりの力を持った狩人だったら負けやしねーだろ」

「うむ……しかし、あの男からは、何か普通でない気配を感じる。決して負けることはないはずなのに、あやつと刀を交えるのは危険だと思えてならなかったのだ」

ジザ＝ルウが、ゆっくりダン＝ルティムのほうを振り返った。

「ダン＝ルティムよ。歴戦の狩人たる貴方であれば、その理由もわかるのだろうか？」

「ふむ？　もちろん俺にだって、想像することしかできんがな」

と、ダン＝ルティムは下顎《したあご》の髭《ひげ》をまさぐった。その顔には、何かを面白《おもしろ》がっているような表情がたたえられている。

「あやつはおそらく……人を斬《き》ることに長《た》けているのではないだろうか？」

「……人を斬ることに長けている？」

「うむ。俺たちの刀は人を斬るためにあらず、ギバを斬るための刀だ。で、いつだったかにルウ家を訪れたレイリスとかいう剣士《けんし》とやらも、人と戦うために腕《うで》を磨《みが》いた人間であるのだろうが……さっきのダグという男は、実際に何人もの人間を斬り捨てたことのある人間なのではないのかな」

「そうですね」と、それに答えたのはレイトであった。

「アスタにもお話ししましたが、彼らは王都の精鋭部隊です。実際に、マヒュドラやゼラド大公国の軍と何度も刃《やいば》を交えています。最前線で百名の兵士を率いる百獅子長ともなれば――斬り捨てた人間の数は、百や二百にも及《およ》ぶかもしれませんね」

「ふむ。それでは、尋常《じんじょう》ならざる気配を身につけるのも当然だ。そのような人間と生命のやりとりをすれば、どこで足をすくわれるかもわからんぞ」

そう言って、ダン＝ルティムはガハハと笑い声をあげた。

「いや、面白いものを見させてもらった！　人間相手に生命のやりとりなど御免《ごめん》こうむるが、珍《めずら》しい獣《けもの》でも見物したような心地《ここち》だぞ。こいつはまったく、厄介《やっかい》な話だ！」

「厄介なのに、何で笑ってるんだよ」

ルド＝ルウは、面白くなさそうに眉《まゆ》を寄せていた。ジザ＝ルウは真剣《しんけん》そのものの表情で、ダグが去っていった方向を見据《みす》えている。

そしてアイ＝ファは――それこそ獲物《えもの》を前にした肉食獣《にくしょくじゅう》のように、青い瞳を激しく燃えさからせていた。

3

「なに!?　それでは昨晩は、アスタがその宿の厨を任されたのか!?」

翌日の、緑の月の四日である。

屋台に来るなりわめき声をあげていたのは、やはりバランのおやっさんであった。

「ええ。その宿屋はご主人が怪我《けが》をされてしまったので、俺たちが仕事を手伝うことになりました。……それがどうかしましたか？」

「どうかしたもへったくれもあるか！　そんなの、ずるいではないか！」

壮年《そうねん》の男性が「ずるい」などという言葉を使うのは、実に微笑ましいものである。――などと、俺がしょうもないことを考えている間に、アルダスが「まあまあ」とたしなめてくれた。

「こっちはナウディスが元気に働いてるんだから、アスタを呼びつけるわけにもいかないだろ？　それに、アスタがいなくたって、美味い料理を腹いっぱい食えてるじゃないか」

「ううむ……しかし、納得《なっとく》がいかん！」

今日は建築屋の仕事が長引いたようで、おやっさんたちが姿を現したのは中天のかきいれどきを過ぎてからであった。ということで、俺も屋台の料理を仕上げつつ、心置きなく親睦《しんぼく》を深めることができた。

「だけど俺たちは、あくまで手伝いをしただけですからね。宿屋で決められた献立を同じように仕上げていただけなんですから、いてもいなくても同じようなものなのですよ」

「そうだよ。ナウディスに怪我をしろと祈《いの》ることもできないだろ？　子供みたいな我《わ》儘《まま》を言ってないで、おやっさんも早く注文しろよ」

なんというか、おやっさんを筆頭とする建築屋の人々との交流は、俺にとって日々の心労を癒《いや》す憩《いこ》いのひとときみたいになってしまっていた。

現時点で、俺自身には何の災厄《さいやく》も降りかかっていないのだが、《キミュスの尻尾亭》における災難にはたいそう心を痛めることになったし、王都の人々の動きは不穏《ふおん》だ。アイ＝ファからダグたちの話を聞かされたライエルファム＝スドラらは、いっそう張り詰めた雰囲気《ふんいき》で護衛役の仕事に取り組んでいた。

そんな中、賑やかなジャガルの人々と言葉を交わしていると、重苦しい気持ちが緩和《かんわ》されていくのである。はたから見れば、髭もじゃの男性たちに取り囲まれているようにしか見えないのであろうが、俺としてはちょっとしたハーレム気分であった。

そしてその日は、そこにさらなる彩《いろど》りを加えてくれる人物が登場した。濃淡《のうたん》まだらの褐色《かっしょく》の髪《かみ》をしたショートヘアに、可愛らしい面《おも》立《だ》ちをしたボーイッシュな少女――ジャガルの民、鉄具屋の息女たるディアルである。

「やあ、ディアル。ちょっとひさびさだね」

ディアルが屋台を訪れるのは、十日か半月に一度のペースである。今日もラービスをお供に連れて、屋台の前に立ったディアルは、しかし格段に不機嫌《ふきげん》そうな顔をしていた。

「アスタのほうは、相変わらずみたいだね。宿場町には二百名もの兵士たちが居座ってるって聞いたけど、特に迷惑はかけられてないのかな？」

「うん、まあ、それは話すと長くなるんだけど……それよりも、こちらの方々のことは覚えているかな？」

バランのおやっさんたちは、いぶかしげにディアルの姿を見やっていた。

ディアルは面倒《めんどう》くさそうに、そちらを振り返る。

「こちらの方々って？　どこかで会ったたっけ？」

「ふん。ジェノスでジャガルの若い娘を見るのは珍しいな。……待てよ、その顔にはどこか見覚えがあるような……」

「ああ」と最初に気づいたのは、アルダスであった。

「お前さんは、あれだ。ゼランドの鉄具屋の娘だな。たしか去年も、アスタの屋台の前で顔をあわせたな」

「あー、えっと、もしかしたら、ネルウィアの人たち？　うわー、懐かしいね！」

と、不機嫌そうであったディアルの顔に、ぱあっと明るい笑《え》みが広がる。それを見返しながら、おやっさんも「なるほどな」と顎髭《あごひげ》をしごいた。

「俺も思い出したぞ。ギバの料理など食えるものかと騒いでいた、あの娘か。その上等な身なりにも覚えがあるわ」

「いやだな、そんな昔のこと、ほじくりかえさないでよ」

ディアルが頬《ほお》を赤くすると、おやっさんは「ふむ」と片方の眉を吊《つ》りあげた。

「以前は小生意気な男のように振る舞《ま》っていたのに、ずいぶん娘らしい顔をするようになったではないか。年頃《としごろ》の娘としては、けっこうなことだ」

「もう、やめてってば！」

「しかし、またこのような場所で顔をあわせるとは、ずいぶんな奇遇《きぐう》だな。お前さんたちも、

この時期にジェノスを訪れているのか？」

「いや、僕ともう一人の人間がジェノスに住みついて、鉄具の注文を受けてるんだよ。このまま城下町に店を開けるかどうか、計画してるところなんだよね」

「なに⁉　それでは、去年からずっとジェノスに留《とど》まっているというのか⁉」

たちまちおやっさんが沸騰《ふっとう》すると、アルダスが苦笑《くしょう》してそれをたしなめた。

「またずるい呼ばわりするつもりか？　おやっさんのギバ料理に対する執念《しゅうねん》は尋常じゃないな」

「ずるいって、何が？　言っておくけど、僕だって好きなときにアスタの料理を食べられるわけじゃないんだよ？　城下町にアスタを招こうって話も、あいつらのせいで先のばしにされちゃったしさ！」

「あいつら？」とアルダスが首を傾《かし》げると、ディアルは唇《くちびる》をとがらせながら俺のことを見つめてきた。

「ね、アスタ。悪いんだけど、少し時間をもらえないかな？　あいつらのことで、ちょっと話を聞きたいんだよね」

俺としても、これは城下町の様子を聞くことのできる貴重なチャンスであった。今日の相方であったリリ＝ラヴィッツに屋台の商売をおまかせして、料理を買ったディアルと一緒に青空食堂へと移動する。事情を聞いたユン＝スドラは、また気をきかせて屋台のほうに駆けつけてくれた。

「アスタ、あいつらはいったい何なのさ？　毎日のように人を呼びつけて、鬱陶《うっとう》しいったらありゃしないんだけど！」

「ああ、やっぱりディアルのところにも行ってたんだね。ディアルはサイクレウスやリフレイアとも交流があったから、王都の人たちにその話を聞かれてるんだろう？」

「そうなんだよ！　昔の話をぐちぐちとさあ！　何回聞かれたって、おんなじ話しかできやしないってのに！」

『ケル焼き』をがぶりと噛み取って、それを呑《の》み下してから、ディアルは俺に顔を寄せてきた。

「あいつらさ、いったい何を疑ってるわけ？　リフレイアは本当にアスタをさらったのか、森辺の民はどうやってそれを取り返したのかって、やたらとしつこく聞いてくるんだけど」

「俺にも確かなことはわからないけど、たぶんジェノスの貴族から報告された内容が真実であるのかどうか、裏を取ってるんじゃないのかな」

族長たちも、昨日と一昨日は二日連続で、トゥラン伯爵家《はくしゃくけ》を巡る騒動《そうどう》について問い質されたのだと聞いている。本日はなんとか呼びつけられずに済んだが、グラフ＝ザザなどはかなり鬱憤を溜《た》め込《こ》んでいるという話であった。

「やっぱり、そういう話なんだね。王都の連中が居座って以来、ポルアース殿《どの》と連絡《れんらく》が取れなくってさ。まったく事情がわからなかったんだよ」

「そうか。でも、ディアルは知っていることをそのまま話してくれれば、それで十分だよ。俺たちには、何も後ろめたいことなんてないからさ」

「うん、そうだよね。……でも、リフレイアは大丈夫《だいじょうぶ》なのかなあ？　そっちはもう、しばらく面会を禁じるってはっきり言われちゃったんだよね」

雨に打たれた子犬のように、ディアルがしょげた顔をしてしまう。

俺としても、リフレイアの身は心配でならなかった。

「あのさ、まさか今さら、リフレイアに別の罰が下されることにはならないよね？」

「ええ？　さすがにそれは、ないと思うよ。むしろ王都の人たちは、ジェノス侯爵《こうしやく》家の側に非があるんじゃないかって疑ってるみたいだからさ」

「そっか。それならいいんだけど……せっかくリフレイアも元気になってきたところなんだから、これ以上苦しめたくないんだよね」

ディアルの立場であれば、そのように考えるのが当然であるように思えた。俺にしてみても、リフレイアの処遇《しよぐう》が今よりも悪くなるなどとは、考えたくもなかった。

（そうか。それに、北の民の扱《あつか》いについての話もあったんだった。森辺の民は北の民に関《かか》わるべきじゃないっていうメルフリードの言葉は、こういう事態を想定してのことだったんだな）

ジェノスの人々が、敵対国たるマヒュドラの民を不当に優遇《ゆうぐう》したりはしていないか。王都の人間はその点にも着目しているのだと、メルフリードはかつてそのように語っていたのだ。

「……シフォン＝チェルは、今でもリフレイアの侍女《じじよ》なんだよね？」

「え？　そりゃもちろん。変な話、今となってはあの娘もリフレイアにとっては心の拠《よ》り所《どころ》みたいだからね」

そのように答えてから、ディアルは猛烈《もうれつ》に心配そうな顔をした。

「なんで急にそんな話をするのさ？　まさか、王都の連中があの娘をリフレイアから引き離《はな》したりはしないよね？」

「うん、俺もそうならないように祈ってるんだけど……」

「何だよもう！　余計に心配になってきちゃったじゃん！」

ディアルは、やけくそのように『ケル焼き』を噛《か》みちぎった。

「とにかくさ、あいつらロクなもんじゃないよ！　上っ面《うわつら》は礼儀正《れいぎただ》しいけど、ジャガルの民を見下してるのも丸わかりだね！　僕たちは、ゼラド大公国なんかとは何の商売もしてないってのにさ！」

「それじゃあ王都の人たちってのは、シムの民と仲がいいのかな？」

「いーや、シムの民のことも嫌ってるみたいだね。ていうか、西の王都とシムは遠いから、貴族の連中はシムの民なんかとつきあいがないんじゃない？　シムの商人はどこにでも現れるけど、ジェノスみたいに貴族が相手にすることはそうそうないだろうしさ」

それでは、城下町に滞在《たいざい》しているシムの人々――アリシュナや《黒の風切り羽》の面々は、どのような扱いを受けているのだろうか。俺としては、心配がつのっていくばかりであった。

「あいつらがいなくならないと、アスタを城下町に呼ぶこともできないんでしょ？　まったく、僕にとっては疫病神《やくびょうがみ》そのものだよ！　あんな連中、とっとと王都にでもどこにでも――」

と、ディアルがわめきかけたとき、影《かげ》のようにたたずんでいたラービスが「ディアル様」と呼びかけてきた。

「食事を終えたのなら、城下町に戻《もど》りましょう。これ以上、この場には留まらないほうがいいようです」

「え？　急にどうしたのさ、ラービス？」

そして、俺のほうもまた、青空食堂の警護をしていたチム＝スドラに呼びかけられることになった。

「アスタよ、王都の兵士たちというものがやってきたようだ。お前も屋台に戻るべきではないか？」

俺は愕然《がくぜん》と、屋台のほうを振り返った。確かに十名ていどの兵士たちが、屋台の前に密集している。それ以前に集まっていたお客たちは、眉をひそめてそこから距離《きょり》を取っていた。

「……僕がアスタとこそこそ話しているところを見られたら、まずいのかな。ちぇっ、もうひと品ぐらい、ギバの料理を食べたかったのに」

不満そうにぼやきながら、ディアルはマントのフードをかぶった。

「しかたない。また時間を見つけて来るからね。アスタもくれぐれも気をつけて」

「ありがとう。ディアルもね」

俺はチム＝スドラに付き添《そ》われつつ、屋台へと駆《か》け戻った。が、何もおかしな騒ぎにはなっていない。屋台の女衆は、みんな黙々《もくもく》と料理を仕上げているばかりである。

「あ、アスタ。もうよろしいのですか？」

俺の代わりに『ギバ・ビーンズ』を盛りつけていたユン＝スドラなどは、笑顔で俺を振り返ってきた。毒気を抜かれてしまった俺に、「よう」という声が投げかけられる。

「今日は休みかと思っていたら、どこに引っ込んでいたんだ？　まさか、俺たちに恐《おそ》れをなしたわけじゃねえだろう？」

百獅子長《ひゃくじし》の、ダグである。その鋭《するど》い目が、俺の左右に並んだライエルファム＝スドラとチム＝スドラの姿を見比べた。

「ま、そんな立派な護衛役に守られてれば、恐れをなす理由もねえな。昨日の連中がよりすぐりなのかと思いきや、どいつもこいつも化け物じみてやがるぜ」

そのように述べながら、ダグは今日もその精悍《せいかん》な面にふてぶてしい笑みをたたえていた。そして、そのかたわらではもう一人の百獅子長イフィウスが、シュコーシュコーと奇《き》怪《かい》な呼吸音を響かせている。

「昨晩は、どうも。今日はいったいどうされたのですか？」

「見ればわかるだろ。屋台の料理を買いに来てやったんだよ」

周囲の兵士たちも、変わらぬ様子でにやにやと笑っていた。昨晩も、おかしな騒ぎにはならなかったのだ。二十名分のギバ料理を出して、しばらく待機していた俺たちに届けられたのは、「満足した、だそうです」というレイトの言葉のみであった。

「朝になっても、腹を下したりはしなかったからな。だったらこいつは、ただの上等な食い物だ。キミュスの皮なし肉やカロンの足肉なんざに銅貨を払《はら》うのが馬鹿らしくなっちまうよ」

「……そうですか。お気に召《め》したのなら、よかったです」

俺はいささか迷ったが、そのままユン＝スドラに屋台をおまかせして、青空食堂での仕事を受け持つことにした。ディアルたちは引き上げたが、建築屋の面々はまだ食堂に居残っていたのである。そちらに注意を喚起《かんき》しておきたいというのが、理由の大なるところであった。

「アスタはあちらで働くのか？　では、俺が移ろう」

と、護衛役のほうはライエルファム＝スドラとチム＝スドラが場所を入れ替《か》えることになった。青空食堂にはもう一人のスドラの狩人とリャダ＝ルウも待機しているので、そちらにも王都の兵士たちがやってくることが告げられる。それを横目に、俺は建築屋の面々へと声をかけさせていただいた。

「あの、おやっさん。これから兵士の方々がこちらにやってきますので……その、何とか穏便《おんびん》にお願いいたします」

「うむ？　あいつらがギバの料理を買ったのか？　四日目にして、ようやくギバ料理の美味《うま》さを思い知ったか！」

宿屋でも兵士たちと顔をあわせているおやっさんたちは、まるで平気な顔をしていた。が、それ以外のお客たちは、いささかならず慌《あわ》てた様子で料理をたいらげている。中には食べかけの料理を持ったまま、席を離れる人々もいた。

「おお、こいつは立派な席だ。気分は貴族様だな」

と、ダグの率いる兵士たちが、ぞろぞろと近づいてくる。その手には、いずれも持てるだけの料理がどっさりと抱えられていた。

「何だ、南の民ばかりだな。ちょいとお邪魔《じゃま》するぜ」

自分の席につきながらダグが呼びかけると、おやっさんはじろりと視線を返した。

「べつだん邪魔なことはないぞ。ギバの料理を買った人間には、誰もが座《すわ》る権利があるのだからな」

「そうかい。そいつは何よりだ。……火の友たる地に幸いを」

ダグがよくわからないことを言いながら、その手の『ケル焼き』をひょいっと持ち上げると、おやっさんはけげんそうに立派な眉をひそめた。

「……お前さんは、ジャガルの民を疎《うと》んではおらんのか？」

「うん？　俺たちがあんたたちを疎む理由があるかい？」

「王都の兵士連中は、ジャガルの民を疎むものであろうが？　宿屋で居合わせた連中などは、やかましくてかなわんぞ」

「そいつは尻《しり》の穴の小さな連中だな！　俺の隊の人間じゃないことを祈るばかりだぜ！」

ダグが笑い声をあげると、他《ほか》の兵士たちも笑った。ただ一人、奇妙《きみょう》な面をつけたイフィウスだけは、にこりともせずに虚空《こくう》を見つめている。

「セルヴァの敵たるゼラドを育てたのは、ジャガルだろう？　で、育ったゼラドを狩《か》り取るのが、俺たちの仕事だ。獲物がいなくちゃ働く場所もなくなるんだから、俺なんかはジャガルに感謝してるぐらいだな！」

「ふん。よくわからん若造だ。……地の友たる火に幸いを」

そのように言い捨ててから、おやっさんは食べかけの『ギバ・ビーンズ』が載《の》った木皿をひょいっと持ち上げた。よくわからないが、それはどうやらセルヴァとジャガルの間で交わされる挨拶《あいさつ》のようだった。俺にとっては、初めて目にする光景である。

（そういえば、セルヴァは火を司《つかさど》る神で、ジャガルは大地を司る神なんだっけ。それで、シムが風で、マヒュドラは……えーと、水だか氷だったかな？）

ともあれ、ダグの率いる一団と建築屋の面々がおたがいを尊重できるのであれば、それほどありがたい話はない。俺は胸を撫《な》でおろしつつ、自分の仕事に取りかかることにした。レイやムファの女衆とともに、空いた木皿を洗うのだ。

酒が入っていないせいか、兵士たちが馬鹿騒《ばかさわ》ぎをすることはなかった。どちらかといえば、建築屋の面々のほうが賑やかなぐらいである。それで屋台を遠巻きにしていた人々も、おそるおそる料理を買ってくれるようになった。木皿の料理を買った人々は、なるべく兵士たちから遠い席に座って、背を向けて料理を食べている。

（今のところ、《キミュスの尻尾亭《しっぽてい》》の他で大きな騒ぎが起きたって話も聞かないんだよな。この調子で、穏便に終わるといいんだけど……）

そうしてひと通りの皿洗いを終えて、これなら屋台に戻っても大丈夫かな――と、俺が考えかけたとき、いきなり「おい！」という怒声《どせい》が響きわたった。

「その男は何とかならんのか!?　幼子でもあるまいし、もう少し食い方というものがあるだろうが！」

怒っているのは、バランのおやっさんである。俺はライエルファム＝スドラに目配せをしてから、そちらに駆け寄った。

「ど、どうされたのですか、おやっさん？」

「おお、アスタ！　そこのそいつを何とかしてくれ！　こっちの料理までまずくなってしまうわ！」

おやっさんの指し示す方向には、百獅子長イフィウスの姿があった。しかしこちらに背を向けているので、何がおやっさんの逆鱗《げきりん》に触《ふ》れたのかはさっぱりわからない。困惑《こんわく》しながらダグのほうに目を向けると、彼《かれ》はにやにやと笑いながら肩《かた》をすくめていた。

「何とかしろと言われても、何ともならねえんだよなあ。背中を向けてるのが、せめてもの気づかいってもんさ」

「そんなもん、何の気づかいにもなっておらんわ！　ぐちゅるぐちゅると気色の悪い音をたておって！」

今は食事の手を止めているのか、何の音も聞こえてこない。ただ、例のシュコーシュコーという呼吸音だけが、不気味に響きわたっていた。

「俺らはすっかり慣れちまったが、やっぱりそんな気色の悪いもんなのかね。おい、イフィウス、南のご友人がすっかりご立腹だぞ？」

ダグはイフィウスの肩を、荒《あら》っぽく小突《こづ》いた。それでこちらを振《ふ》り返ったイフィウスの姿を見て、俺は言葉を失ってしまう。イフィウスは、その口もとをカレーまみれにしていたのだ。そして、いつの間にやら胸《むな》もとに前掛《まえか》けをつけており、そこにもカレーの汁を盛大に飛び散らせていた。

「……うがいなおぼいをざぜだのだだ、おわびをずず……」

と、カレーまみれの口から、イフィウスが濁《にご》った声を絞《しぼ》り出した。おやっさんはきつく眉を寄せ、他の面々は薄気味《うすきみ》悪《わる》そうに身を引いている。

「何だ、その声は。そいつはどこか不自由なのか？」

「ああ。イフィウスはこう、横から顔面を槍《やり》で貫《つらぬ》かれちまったんだよ。そのときに、鼻と上顎《うわあご》をごっそり持っていかれちまってな。それ以来、こんな具合なんだ」

こともなげに言いながら、ダグはイフィウスの背中をバンバンと叩いた。

「だからまあ、何を食ってもこうやって赤《あか》ん坊《ぼう》みたいにこぼしちまうんだよ。口の上半分がないんだから、当然の話だな」

「……うがいなおぼいをざぜだのだだ、おわびをずず……」

「これは、不快な思いをさせたのなら、お詫《わ》びをするって言ってるんだ。シムやマヒュドラの言葉に比べりゃ、そんなに難しくもねえだろ？」

おやっさんはいよいよ眉間《みけん》に深い皺《しわ》を寄せながら、「そうか」とつぶやいた。こちらこそ、詫びさせてもらいたい」

「そんな事情があるとは知らなかったので、つい声を荒らげてしまった。こちらこそ、詫びさせてもらいたい」

「ああ、気にすんな。あんたが西の民だったら、王国のために傷ついた勇士を馬鹿にすんのかって、怒鳴《どな》りつけてたかもしれねえけどな。南の民なら、そんな事情は知ったこっちゃねえだろ」

ダグは、あくまで陽気に笑っていた。目つきの鋭さや威圧的《いあつてき》な雰囲気はもともとであるので、ことさら気分を害しているようには思えない。他の兵士たちも、べつだん変わったことが起きたという様子も見せずに食事を続けている。

そんな中、イフィウスはゆらりと立ちあがった。そして、雑木林に面した最奥《さいおう》の席にぽつんと陣取《じんど》り、食事を再開した様子である。

「さ、これで静かになったろ？　気にせず食事を続けてくれ」

それから、ダグは俺のほうに目を向けてきた。

「おい、屋台のほうが上等な材料を使ってるみたいだな。宿屋の料理よりも美味いぐらいで、みんな大満足だ」

「そ、そうですか。それは恐縮《きょうしゅく》です」

「今日の夜も、宿屋の仕事を手伝うのか？　だったら、また美味い料理を期待してるぜ」

それだけ言って、ダグも仲間たちのほうに向きなおって、食事を再開させた。

おやっさんは、無念そうに俺を見つめてくる。

「アスタよ、騒《さわ》がしくしてしまって悪かったな。今のは完全に、俺のほうが悪かったようだ」

「い、いいえ。お気になさらないでください」

「まったくな。誰かれかまわず怒鳴りつけるから、こういうことになるんだよ」

口ではそのように述べながら、アルダスはいたわるようにおやっさんの肩を叩《たた》いていた。おやっさんは仏頂面《ぶっちょうづら》のまま、しゅんとしょげてしまっている様子である。

「……確かに、無法者の集まりというわけではないようだな。態度は粗野《そや》でも、人間としての礼節はわきまえているように思える」

おやっさんや兵士たちから離れると、ライエルファム＝スドラがそのように囁《ささや》きかけてきた。

「しかし、リャダ＝ルウから聞いていた通り、町の人間としては尋常でない力と、そして不吉《ふきつ》な気配を纏《まと》っているように思える。料理の味を認められたとしても、決して油断するのではないぞ、アスタよ」

「ええ、わかっています」

彼らは、あくまで兵士であるのだ。ジェノスを訪《おとず》れたのも、宿場町に居座《いすわ》っているのも、情報収集に励《はげ》んでいるのも、すべては貴族や上官の命令であるのだ。よって、王都の貴族が森辺の民を敵と見なせば、彼らの刀がこちらに向けられることになる。肝要《かんよう》なのは、彼らではなく王都の貴族たちの思惑《おもわく》なのだった。

（いずれは俺も、王都の貴族たちに呼びつけられるんだろうか……そのときこそ、正念場だな）

そんな風に考えながら、俺は仕事に戻ることにした。

屋台の商売は終わりに近づいていたが、この後にはまた《キミュスの尻尾亭》における仕事が待ちかまえていた。

4

その日の夜、俺たちが《キミュスの尻尾亭》を訪れると、厨《くりや》には痛々しい姿をしたミラノ＝マスが待ち受けていた。

「ミラノ＝マス！　お身体は大丈夫なのですか？」

「ふん。これしきの怪我《けが》など、どうということもない」

そんな言葉とは裏腹に、ミラノ＝マスはげっそりとやつれており、頭と左肩《ひだりかた》に包帯を巻いていた。テリア＝マスは大した傷ではないと言っていたが、とてもそうは思えない。顔色は悪く、目の下に隈《くま》ができており、怪我人というよりは病人のように見えてしまった。

「痛み止めの薬というやつが、俺にはあまり合わんのだ。そいつのおかげで腹を下してしまい、いらん苦労を背負うことになってしまった。……そんなことよりも、またお前さんたちには面倒をかけてしまったな」

「そんなことはありません。どうかお気になさらず、養生なさってください」

「そうだよ。無理をして身体を悪くしたら、余計に迷惑《めいわく》をかけてしまうでしょう？　さ、部屋に戻って休まないと」

テリア＝マスもそう言ったが、ミラノ＝マスはその場にいる森辺の民を順番に見回してきた。

「……これだけの面倒をかけてしまって、本当に申し訳なく思っているし、また、ありがたくも思っている。明日か明後日には俺もまともに動けるはずだから、どうかそれまでは娘を助けてやってもらいたい」

「肩の骨が外れたんなら、狩人だって十日や半月は休むと思うぜ？　無理をせずに、大人しく寝《ね》ておけよ」

と、ルド＝ルウが笑いながら進み出た。

「ほら、肩を貸してやるからさ。あんたの娘は立派に宿を守ってるから、心配すんな。足りない分は、アスタやレイナ姉が何とかしてくれるよ」

「うむ……」と力なくうなずきながら、ミラノ＝マスは立ち上がった。そうしてルド＝ルウに支えられながら、厨を出ていく。

「かなりお加減が悪いようですね。お腹《なか》を下されてしまったのですか」

「はい……痛み止めの薬は三日分だったので、明日ぐらいにはもう少しよくなると思うのですが……」

「でも、肩の骨が外れたのなら、しばらくかまどの仕事は無理でしょう。ミラノ＝マスが働けるようになるまでは、わたしとアスタが力を貸しますよ」

レイナ＝ルウが優しく笑いかけると、テリア＝マスは「ありがとうございます……」とまた涙ぐんでしまった。

「それでは、仕事を始めましょう。というか、まずはみんなの腹ごしらえですね」

「うむ！　今日は何を食わせてくれるのだ？」

本日も、護衛役は同じ顔ぶれだ。ダン＝ルティムは愉快《ゆかい》げに笑っており、アイ＝ファとジザ＝ルウは真剣な面持《おもも》ちで出入り口や窓の外の様子をうかがっている。昨晩ダグと顔をあわせることになったアイ＝ファたちは、これまで以上に張り詰めているように感じられた。

そんな中、各人の食事と厨の仕事が開始される。今日も王都の兵士たちは帰還《きかん》が遅《おそ》かったので、料理の注文もゆるやかなペースであった。献立《こんだて》は昨晩とほとんど同じ内容で、ただルウ家から買いつけた料理が『ロール・ティノ』から『酢《す》ギバ』に変更《へんこう》されたのみとなる。

「……アスタたちが厨の仕事を手伝っているという話は、もう他の宿にまで伝わっているようですよ」

と、テリア＝マスが仕事に励みながら、そんな話をしてくれた。

「昼間に、別の宿のお客がわざわざ話を聞きに来られたのです。それで、王都の兵士様たちの様子に関しても熱心に聞いておられましたから……しばらく騒ぎが起きなければ、アスタ目当てのお客が訪れてくれるかもしれません」

「そうなのですか。俺《おれ》がいようともいなくとも、料理の内容に変わりはないのに、おかしなものですね」

「そんなことはありません。昨晩の兵士様も、料理の出来がいいように感じられたと仰《おっしゃ》っていたではないですか。同じ料理でも、やはりアスタやレイナ＝ルウの手にかかると、出来栄《できば》えに差が生じるのです」

「それが事実だとしたら、テリア＝マスもいっそう腕を磨かなければなりませんね。俺たちがいなくなったとたんに味が落ちたなどと言われたら不本意でしょう？　そこは、奮起しないといけません」

冗談《じょうだん》めかして、俺はそのように答えてみせた。

「よかったら、今日はなるべく俺と組になって料理を作りましょう。俺とテリア＝マスで何か違《ちが》いがあるのか、それでわかると思います」

「ありがとうございます。……きっと母が生きていたら、こんな風に手ほどきをしてくれたのでしょうね」

そう言って、テリア＝マスははかなげに微笑《ほほえ》んだ。

「このご恩は、決して忘れません。いつかアスタたちにこのご恩を返せるように、心して励みたいと思います」

「ご恩を返しているのは、こちらのほうですよ。まだまだ返し足りないぐらいです」

そうしてしばらくすると、レイトが厨にやってきた。

「兵士たちが戻りました。今日は最初からギバ料理を注文されるそうです」

「そうか。内容は、またおまかせかな？」

「はい。まずは昨日と同じていどの分量を、だそうです」

昨日と異なるのは『酢ギバ』ぐらいであるので、問題はないだろう。『酢ギバ』は作り置きの料理であるので、生焼けの心配も不要である。

「あ、レイト。宿場町ではママリアの酢の味が受け入れられるのに、多少の時間がかかったんだよね。王都の人たちに、ママリアの酢を嫌《いや》がられることはないかな？」

「はい。それはサイクレウスによって、ママリアの酢が宿場町に流通していなかったためですよね。王都の近辺ではママリアの酢も普通《ふつう》に売られていますので、特に問題はないはずです」

ならば、なおさら心配は不要であろう。『酢ギバ』の他に、タラパを使った煮付《につ》けの料理と、タウ油を使った汁物《しるもの》料理、そしてウスターソースで味わうシンプルな焼き肉料理を続々と仕上げていく。あらためて肉を焼くのは焼き肉料理のみであるので、そこには細心の注意を払った。

「あ、そういえば、今日は屋台のほうにも王都の兵士たちがやってきて、ギバの料理を食べていったのですよ」

ともに仕事を進めながら、俺はテリア＝マスにそんな話を振ってみた。

「そのときに、『ギバ・カレー』を注文する人がけっこう多かったのです。こちらの兵士たちがギバ料理を食べられるようになったのですから、『ギバ・カレー』の売れ残りを心配しなくてもいいようになるのではないでしょうか？」

「そうなのですか。でしたら、明日からは準備したいと思います。きっと他のお客様も、ぎばかれーを待ち焦《こ》がれていると思いますので」

ようやくテリア＝マスの表情も明るくなってきた様子である。

俺がそんな風に考えていると、テリア＝マスははにかむように微笑んだ。

「兵士様がギバ料理を注文されるようになっただけで、ずいぶん気持ちが軽くなった気がします。ギバ料理を小馬鹿《こばか》にされるのは、やはり腹立たしいものですからね」

「そうですね。その一点だけは、俺も本当にほっとしています」

それは、アイ＝ファも同じ気持ちだろう。そのように考えて、俺はアイ＝ファの様子をうかがってみたが、愛《いと》しき家長殿はやはり山猫《やまねこ》のように両目を光らせながら、窓の外をうかがっていた。最近は穏《おだ》やかな表情を見せることが多かったのに、王都の連中のおかげでまた厳しいアイ＝ファに逆戻《ぎゃくもど》りしてしまったようだ。

しかし、そんなことで俺が意気消沈《いきしょうちん》することはなかった。年齢《ねんれい》相応の娘らしく振る舞うアイ＝ファも、女狩人として毅然《きぜん》と振る舞うアイ＝ファも、俺にとっては同じぐらい魅力的《みりょくてき》に思えるのである。

俺がそんなことを考えている間に、二十人前のギバ料理はすべて仕上げることができた。これでまたしばらくしたら、同じ量の追加分が求められるのだろう。王都の兵士たちというのは、森辺の狩人にも負けない旺盛《おうせい》な食欲を備え持っていた。

「これといって、おかしな騒ぎが起こる様子はないな。あの兵士たちも、貴族の命令でもなければ我々に敵対する気持ちはないということか」

ジザ＝ルウが、誰にともなくつぶやいた。

すると、それを待ちかまえていたかのように、レイトの「困ります」という声が聞こえてきた。

「よう、今日も同じ顔ぶれか。毎晩、ご苦労なことだな」

またもや、百獅子長のダグである。狩人たちは目を光らせながら、それぞれ担当のかまど番を守れる位置に移動していた。

「いいかげんになさってください。本当に衛兵をお呼びしますよ？」

「だから、呼びたきゃ勝手にしろよ。その間に、こっちの用事は済むからよ」

厨の入り口に立ったダグは、にやにやと笑いながら俺のほうに視線を向けてきた。

「なあ、お前さんに頼《たの》みがあるんだ。どうか聞いてはもらえないもんかな、ファの家のアスタ」

「何でしょうか？　俺はあくまで仕事を手伝っている身ですので、何も勝手な真似《まね》はできないのですが」

「そんなに堅苦《かたくる》しい話じゃねえよ。イフィウスのために、料理をこしらえてもらいてえんだ」

そう言って、ダグは引き締《し》まった腰《こし》に手を当てた。

「あいつもすっかりギバ料理がお気に召したみたいでな。わざわざこっちの宿にまで足をのばしてきたんだ。だけど、お目当ての料理が出てこなくて、すっかりしょげちまってるんだよ」

「お目当ての料理？　とは、いったい何のことでしょう？」

「ほら、昨日は売りに出してただろう？　ティノでやわらかい肉をくるんだ、あの料理だよ。あいつはやわらかいものしか食えないから、それならおあつらえ向きの料理があるって、俺が教えてやったのさ」

確かに本日、『ロール・ティノ』は売りに出していない。俺が返答に困っていると、ダグはレイトの頭ごしに笑いかけてきた。

「あいつが不自由な口をしてるって話は、お前さんも聞いてたろう？　あいつはこう、上の前歯を根こそぎ失っちまったから、奥歯《おくば》でしかものを噛めねえんだよ。だから、煮込《にこ》んだ肉でも皿の上で小さくちぎって、口の奥に押《お》し込んでるんだな。昼間に食った香草《こうそう》の料理も、けっこう苦労して食ったみたいだぜ？」

「なるほど……でも、昨日のあの料理を作るには、ちょっと時間がかかってしまうのですよね。同じぐらいやわらかい別の料理でしたら、それほどお待たせせずに済むかと思いますが」

そのように答えながら、俺はテリア＝マスのほうを振り返った。《キミュスの尻尾亭》ではもうひと品、ギバの挽《ひ》き肉《にく》を使った料理が存在するのだ。テリア＝マスは、緊張《きんちょう》しきった面持ちでうなずいた。

「ギ、ギバの肉団子でしたら、すぐにお出しできると思います。幸い、材料もそろっていますので……」

「それじゃあ、そいつで頼む。もしも無理がなかったら、俺たちの分までどっさりこしらえてほしいところだな」

それだけ言い残して、ダグはすみやかに姿を消した。

雄弁《ゆうべん》なる溜息《ためいき》をつきつつ、レイトがこちらを振り返る。

「申し訳ありません。あの御方《おかた》は、どうにも強引《ごういん》な気性《きしょう》をしているもので……」

「大丈夫よ。あれぐらいの申し出をするお客様は、珍《めずら》しくもないから」

テリア＝マスは、やわらかく微笑んだ。

「レイトも、あまり気を張らないでね。わたしは、大丈夫だから」

レイトは「はい」と目を伏《ふ》せる。それは何となく、レイトらしからぬ――というか、むしろ年齢相応に見える幼い仕草であった。

「それでは、肉団子を仕上げましょうか。最近、何か作り方を変えたりはしましたか？」

「いえ、アスタに習ったときのままです。……とりあえず、五人前ほどお出ししましょうか」

他に注文はなかったので、俺たちは三人がかりでその仕事に取り組むことになった。肉を挽いて、塩とピコの葉を練《ね》り込み、団子の形にこしらえてから、鉄鍋《てつなべ》で火を通す。表面が焼けたら果実酒を投じ、蓋《ふた》をして蒸《む》し焼きにする。添え物は、肉団子と一緒《いっしょ》に火を通した、アリアとネェノンとナナールのソテーである。

それらに火が通ったら、肉団子と野菜を皿に盛りつけたのち、鉄鍋に残った肉汁《にくじゅう》と果実酒にタウ油とママリア酢を少量加えて、ソースをこしらえる。フワノの粉をわずかに加えてとろみをつけたら、それを肉団子にまぶして完成だ。

（一年前にはジバ婆《ばあ》さんのためにハンバーグをこしらえて、今日は王都の兵士のために肉団子か。なんというか……運命ってのは、不思議なもんだな）

俺がそんな風に考えている間に、レイトが五人前の皿を食堂へと運んでいく。それを見届けてから、アイ＝ファが「おい」と声をかけてきた。

「あの男が言っていたイフィウスというのは、リャダ＝ルウやライエルファム＝スドラの言っていた、もう一人の手練だな？」

「ああ。戦で鼻と上顎を失ってしまったらしいよ。それでいつも、奇妙な仮面をつけているんだ」

「……その男は、貴族であるという話であったな。あのダグという男以上に厄介《やっかい》な人間であるのか？」

「いや、仮面のせいで不気味な印象だったけど、他のお客さんとのやりとりを見た限りでは、荒っぽい気性でもないように思うよ」

昼間の様子を思い出しながら、俺はそんな風に答えてみせる。すると、入り口のあたりから「そうだね」というとぼけた声が響《ひび》きわたった。

「貴族といっても騎士《きし》階級だし、彼は根っからの武人だよ。そういう意味では、傭兵《ようへい》あがりのダグよりも武人らしい武人だと思う。たとえ料理の味が好みにあわなくとも難癖《なんくせ》をつけたりはしないから、何も心配する必要はないさ」

俺は、心から驚《おどろ》くことになった。

刀に手をかけたルド＝ルウが、「なんだよー」と不満の声をあげる。

「こんなときに、気配を殺して近づくんじゃねーっての！　あんたを知らない人間だったら、斬《き》りかかってるところだぞ？」

「ごめんごめん。声をかける機会をうかがっていたのだよね」

ひょろりとした人影《ひとかげ》が、厨の入り口に立っていた。金褐色《きんかっしょく》の蓬髪《ほうはつ》に、同じ色をした無精髭《ぶしょうひげ》、やや垂れ気味の目は紫色《むらさきいろ》で、肉の薄《うす》い顔は象牙色《ぞうげいろ》。首から足もとまでを隠《かく》す旅用のマントを纏った、その人物は――誰《だれ》あろう、《守護人》のカミュア＝ヨシュであった。

「ようやく城下町を離れられるようになったので、様子を見に来たんだよ。元気そうだね、アスタにアイ＝ファァ。それに、ジザ＝ルウとルド＝ルウと――あなたはたしか、ダン＝ルティムでしたか」

「うむ！　ようやく姿を現したな！　お前さんも、息災のようではないか！」

カミュア＝ヨシュとダン＝ルティムが交流していた姿は、あまり覚えがない。しかしそれでも、ともにサイクレウスらを打倒《だとう》した間柄《あいだがら》だ。シルエルが俺たちの謀殺《ぼうさつ》を企《たくら》んだとき、ダン＝ルティムやラウ＝レイが扉《とびら》を叩き開けて乱入してきた姿は、今でも鮮烈《せんれつ》に記憶《きおく》に残っていた。

「ちょっと宿場町をひと巡《めぐ》りしてきたので、遅くなってしまったよ。レイトから話は聞いていたけれど、今のところは波風立てずに上手《うま》くやれているようだね」

ほとんど十ヶ月ぶりぐらいの再会であるというのに、カミュア＝ヨシュは変わらぬ姿でのほほんと笑っていた。ジザ＝ルウは糸のように細い目で、その飄然《ひょうぜん》とした笑顔《えがお》を見据《みす》える。

「ひさかたぶりだな、カミュア＝ヨシュ。族長ドンダも、貴方《あなた》のことは気にかけていた」

「それはそれは、ありがたいことです。族長らも、今のところは怒《いか》りを抑《おさ》えられているようで何よりですね。王都の貴族の高慢《こうまん》さには、さぞかし鬱憤《うっぷん》を溜め込んでおられることでしょう」

厨の中に足を踏《ふ》み入れてきたカミュア＝ヨシュは、テリア＝マスにも笑いかけた。

「ああ、テリア＝マスもお元気そうで。ミラノ＝マスの話は聞いているよ。まったく、とんだ災難であったたね」

「あ、はい……その節は、大変お世話になりました」

テリア＝マスは、どぎまぎした様子で頭を下げる。この両者が顔をそろえる姿を見るのも、俺には初めてのことだった。

「それで、何の話だったっけ……ああ、そうそう。イフィウスの話だったね。彼は確かに貴族と呼ばれる身分だけれども、爵位《しゃくい》を持つ人間と騎士階級の人間は、まったく別物と考えていただきたい。ましてや彼は、最前線で剣《けん》をふるう百獅子長だ。叩きあげの傭兵と変わらぬぐらい、武の道ひと筋に生きてきた人間と認識《にんしき》したほうが、まあ間違《まちが》いはないだろうね」

「ふむ。お前さんを見ていると、あのダグという者さえ可愛《かわい》く見えてくるから、不思議だな」

そう言って、ダン＝ルティムはまじまじとカミュア＝ヨシュを見つめた。

「お前さんのほうが腕《うで》が立つというだけの話ではないぞ。お前さんとて人間を斬るために修練を積んで、実際に何人もの人間を斬り捨てているのだろうが……あのダグという者のように、無用な殺気をこぼしたりはしていない。そのほうが、よほど尋常《じんじょう》な話ではないのだろうな」

「俺は兵士ではなく《守護人》ですからね。それに、なるべく人を殺めないようにと心がけています。王国のために戦う彼らとは、比べるべくもありませんよ」

「そうなのであろうかな。まあ、話半分で聞いておこう」

ダン＝ルティムは、にっこりと恵比寿《えびす》様のように微笑んだ。

カミュア＝ヨシュも、変わらずとぼけた笑《え》みを浮《う》かべている。

「まったく、あんたは相変わらずだなー。今までずっと、城下町にこもってたのかよ？」

ルド＝ルウが問いかけると、「うん、まあね」とカミュア＝ヨシュはそちらを振り返った。

「ある意味では、城下町のほうがよほど大変な騒ぎなんだよ。ジェノス侯《こう》はああいうお人柄《ひとがら》なんで、そうそう弱みを見せたりはしないけど……だけどまあ、今回ばかりは全身全霊《ぜんしんぜんれい》で立ち向かっていることだろうね」

「ふーん。ジェノスの侯爵ってのは、よっぽど王都の連中に嫌《きら》われてるんだなー」

「嫌われているというよりは、警戒《けいかい》されているんだよ。ジェノス侯が名君であればあるほど、王都の人間は警戒心《けいかいしん》をかきたてられてしまうのさ」

「それは、何故《なぜ》なのだ？　トトスでひと月もかかるほど遠くにある土地の話を、そこまで重んずる理由がわからない」

ジザ＝ルウが口をはさむと、カミュア＝ヨシュはひょいっと肩をすくめた。

「それを説明するのは、なかなか手間なのですが……みなさんは、ゼラド大公国というものをご存じかな？」

「あ、はい。たまたま俺が町で話を聞いたので、この場にいる人たちにはざっと説明してありますよ」

俺がそのように答えると、カミュア＝ヨシュは「そうか」と目尻《めじり》を下げた。

「だったら、それほどの手間ではないかもしれない。早い話、王都の人間は、ジェノスが第二のゼラドになるのではないかと危惧《きぐ》しているのですよ」

「第二のゼラド？　それはつまり――」

「ええ。王都アルグラッドの支配から逃《のが》れて、セルヴァの地に独立国家を打ち立てようと目論《もくろ》んでいるのではないか――端的《たんてき》に言うと、彼らはそれを危《あや》ぶんでいるのです」

カミュア＝ヨシュは、変わらぬ笑顔でそのように述べたてた。

「しかもジェノス侯は、東の王国シムとの交易を活性化させるために、新たな道を切り開いたでしょう？　なおかつ、モルガの山の向こう側に、新たな宿場町を創設しようと計画されているそうじゃないですか。そんなことを思いついて、実行に移そうというのは、ジェノス侯が凡《ぼん》庸《よう》でない証なのですが……王都の人間にしてみれば、いっそう疑いを深める結果になってしまったわけなのです」

「何故だ？　その話がどう関わってくるのか、俺にはさっぱりわからないのだが」

「つまりですね、ゼラド大公国はジャガルの後《うし》ろ盾《だて》もあって、あそこまでの力をつけることができたわけです。それにならって、ジェノスはシムを後ろ盾にしようと目論んでいるのではないかと、そういう疑いを招いてしまったわけですよ」

ジザ＝ルウは笑顔のように見える表情のまま、眉《まゆ》をひそめていた。

カミュア＝ヨシュは、マントから出した手で下顎《したあご》をかいている。

「実際のところ、ジェノスが独立したところで、王都にそこまで甚大《じんだい》な損が生じるわけではありません。でも、それでは王国の威信《いしん》が保てないのです。その調子で他の領主たちが次々と離《り》反《はん》してしまったら、王国の基盤《きばん》が音をたてて崩壊《ほうかい》してしまいますからね。それは王都の人々だって、必死になるわけです」

「……ジェノス侯爵《こうしゃく》は、実際にそのようなことを目論んでいるのだろうか？」

「いいえ。そんなことをしたって、ジェノス侯に大きな得はないんです。そんなことをしたら、セルヴァ領内の町はジェノスとの交易を禁じられてしまいますし、最終的には王都から討伐《とうばつ》部隊の大軍を迎《むか》えることになるでしょう。『王を名乗りたい』という権勢欲にでも取り憑《つ》かれない限り、そんな真似をする意義はないのです」

「ならば、王都の人間たちは何をそのように警戒しているのだ？」

「ですからそれは、彼らが権勢というものに一番の重きを置いている、ということなのでしょう。人間は、自分を見本にして相手の存在を見定めようと考えてしまう生き物ですからね」

そう言って、カミュア＝ヨシュはふいに背後を振り返った。

それと同時に、狩人たちが張り詰《つ》めた気配を発散させる。

「だからけっきょくは、すべてが誤解の産物であるのです。王都とジェノスの間に存在する誤解と確執《かくしつ》が一日も早く解けることを、俺は心から願っておりますよ」

「ふん。俺たちにしてみれば、どうでもいい話だな」

笑いをふくんだ声が、入り口のほうから聞こえてくる。

しかし、その声の主が現れるより早く、レイトが厨に飛び込《こ》んできた。

「カミュア、来ていたのですね。いつの間に厨まで入り込んでいたのですか？」

「いやあ、レイトは忙《いそが》しそうにしていたから、声をかけるのは遠慮《えんりょ》したんだよ」

レイトの後から、二つの人影も姿を見せた。百獅子長のダグおよびイフィウスである。ダグはにやにやと笑っており、イフィウスはシュコーと呼吸音を響かせていた。

「ようやく石塀《いしべい》の外に出てきたな、カミュア＝ヨシュ。ジェノス侯爵のお守りは終わったのか？」

「ええまあ、俺のような余所者《よそもの》にできることなど、おのずと限られておりますからね」

「ふうん」と、ダグはせせら笑った。

「何にせよ、俺たちにできるのは、上官の命令に従って敵を討《う》ち滅《ほろ》ぼすことだけだ。刀が錆《さ》びちまう前に、仕事を与《あた》えてほしいところだな」

「あなたがたの敵は、マヒュドラとゼラドですよ。このジェノスに、あなたがたの敵は存在しません」

「それを決めるのは、俺たちの上官だ。つまりは、その上官の上におられる国王陛下や貴族たちってことだな」

そう言って、ダグは俺のほうに視線を向けてきた。

「こいつが直接礼を言いたいっていうんで、連れてきたぜ。そら、とっとと用事を済ましちまいな、イフィウス」

「……どでもびびだっだ……おげえなでばをがげざぜでじばい……ぼうじわげだぐぼぼっでいどぅ……」

「どうだい、聞き取れたか？」

「は、はい。とても美味だったと仰ってくれたのでしょうか……？」

「とても美味だった。余計な手間をかけさせてしまい、申し訳なく思っている、だな。実際、あの肉団子は美味かったよ。よければ、さっきの倍の量をこしらえてもらいたいところだな」

ダグは勇猛《ゆうもう》に笑い、イフィウスはうっそりとうなずいた。

それから、ダグの目が再びカミュア＝ヨシュに向けられる。

「お前はギバ料理をさんざん口にしていたんだよな、カミュア＝ヨシュ。どうして道中で、それを俺たちに自慢《じまん》しなかったんだ？」

「王都の方々には、先入観なくギバ料理を味わっていただきたかったのですよ。口に合うかは、人それぞれでしょうしね」

「ふん。そいつもお前の計略か？　ま、俺たちを相手に計略なんざを仕掛《しか》けても意味はねえよ。何度も言う通り、すべてを決めるのは上の連中だからな」

猛禽《もうきん》を思わせるダグの目が、不敵に森辺の狩人たちをにらみ回していく。

「美味い料理を食わせてもらった礼に、ひとつだけ忠告しておくか。貴族様の取《と》り扱《あつか》いを、間違えるんじゃねえぞ？　今回ジェノスまで出張ってきた連中は、とりわけ厄介な性根《しょうね》をしてるからな」

「……それが貴方がたの君主なのではないのか？」

「へん。俺たちの剣の主人は、将軍や部隊長だよ。それに命令を下すのが貴族様ってことさ」

ダグは腰にさげた剣の鞘《さや》を撫でながら、身を引いた。

「それじゃあな。もういっぺん、同じ量のギバ料理を注文させていただくから、よろしく頼む。おら、行くぞ、イフィウス」

イフィウスは優雅《ゆうが》な仕草で一礼してから、きびすを返した。

カミュア＝ヨシュはにこやかに笑いながら、俺たちを振り返る。

「彼らもそれなりに頑《かたく》なな気性であったと思うけれど、わずか四日でずいぶん懐柔《かいじゅう》できたようだね。やはり、美味なる料理の力というのは偉大《いだい》だねえ」

「……でも、重要なのは城下町に居座っている貴族たちのほうなのですね」

「うん。確かにあれは、厄介な方々だと思うよ。サイクレウスやシルエルのように悪人なわけではない、というのがまた厄介だね」

「ふん。悪人やら罪人やらだったら、ぶっ倒《たお》しちまえばいいだけだもんな。偉《えら》ぶってるのに悪人じゃねーってのは、確かに厄介かもしれねーや」

頭の後ろで腕を組みながら、ルド＝ルウがそう言い捨てた。

それを合図に、かまど番の三名は自分たちの仕事に取りかかることにする。そちらの作業を進めつつ、俺はカミュア＝ヨシュを横目で見た。

「カミュアはもう食事を済まされたのですか？」

「いや、まさか。アスタたちに会おうと思って城下町から出てきたのに、そんなもったいないことをするわけないじゃないか」

「では、一緒に作ってしまいましょう。以前よりもさまざまな食材を扱えるようになったので、きっとカミュアにも喜んでもらえると思いますよ」

そのように言ってから、俺は作業の手を止めて、カミュア＝ヨシュに向きなおった。

「今さらですけど、おかえりなさい、カミュア。ひさびさに会えて、嬉《うれ》しく思っていますよ」

「うん、俺もだよ。アスタは、ずいぶん成長したようだね」

にんまりと笑いながら、カミュア＝ヨシュはアイ＝ファのほうにも目を向けた。

「アイ＝ファはますます美しさに磨《みが》きがかかったようだ。……もうアスタと婚儀《こんぎ》を挙げたりはしたのかな？」

「……数ヶ月ぶりに顔をあわせて、最初の言葉がそれか」

「おお、怖《こわ》い目だ！　狩人としての力量にも磨きがかかったようだね！」

あまりにすっとぼけたカミュア＝ヨシュの挙動に、俺は思わず笑ってしまった。

「何がおかしいのだ」と、アイ＝ファはむくれてしまっている。

しかし、このような状況《じょうきょう》にあって、カミュア＝ヨシュほど頼《たよ》りになる人間は他にいないだろう。俺は心から、このつかみどころのない魅力《みりょく》を有した友人との再会を寿《ことほ》ぎたかった。

第三章★★★城下町の晩餐会

1

《キミュスの尻尾亭《しっぽてい》》においてカミュア＝ヨシュとの再会を果たしてから、二日間は平穏《へいおん》に日が過ぎていった。

宿場町に陣取った二百名の兵士たちも時おり無法者たちと小競《こぜ》り合いをするぐらいで大きな騒ぎを起こすこともなく、そして彼らが善良なる民に理由もなくちょっかいを出すような輩《やから》ではないということが知れ渡《わた》ると、宿場町には急速に落ち着きと活気が蘇《よみがえ》ってきたようだった。

なおかつ、我《わ》がギバ料理の屋台においても、日増しに兵士たちが来訪するようになっていた。これまではダグとイフィウスと十名ばかりの部下たちぐらいであったのに、彼らから噂《うわさ》を聞きつけた別の兵士たちもこぞってギバ料理を求めるようになったのだ。

「ようやく《南の大樹亭《たいじゅてい》》に居座っている連中も、ギバの料理を注文するようになったぞ。おかげさんで、おやっさんがうるさくてなあ」

「うるさくして何が悪い！　昨晩などは、あいつらのせいで森辺の民から買いつけたという料理が売り切れてしまったのだぞ！」

兵士たちがギバ料理を注文してもしなくとも、けっきょく憤慨《ふんがい》することになるバランのおやっさんである。ともあれ、《南の大樹亭》でも《キミュスの尻尾亭》でも売れ残りの心配なくギバ料理を出せるようになったのは、実にありがたい話であった。

そしてもう一点、ありがたい話がある。カミュア＝ヨシュと再会を果たした翌日あたりから、《キミュスの尻尾亭》にまた他《ほか》の宿からのお客が流れてくるようになったのだ。

その先陣《せんじん》を切ったのは、シムの民たちだった。シムの民の御用達《ごようたし》であった《ラムリアのとぐろ亭》を筆頭に、多くの宿屋がキャパオーバーを起こしてしまったために、彼《かれ》らの多くはギバ料理を扱っていない宿屋に移ることになり、それで辛抱《しんぼう》たまらなくなってしまったようなのである。

そういったギバ料理難民が多数、《キミュスの尻尾亭》にも訪れることになり、そして彼らが王都の兵士たちともめることなくギバ料理にありつけたという話が広まると、西の民のお客までもが《キミュスの尻尾亭》を訪れてくれるようになったのだった。

宿場町においてギバ料理を扱っている宿屋は、いまだ数えるほどしか存在しない。また、肉の市場でギバ肉を買い求める宿屋というのは多少なりとも資産にゆとりのある大きな宿屋であり、そういった場所に限って王都の兵士を受け入れる羽目になっていたものだから、自然と一《いっ》般《ぱん》のお客たちはギバ料理から遠ざけられる事態に至っていたのである。つまりは、そういうお客たちが本来の権利を取り戻《もど》すべく、ギバ料理を扱っている宿屋に押し寄せてきたということであろうか。まあ何にせよ、それで《キミュスの尻尾亭》は以前と変わらぬ忙しさを取り戻すことがかなったわけであった。

そうして夜間にそのお相手をするのは、負傷したミラノ＝マスに代わって厨を取り仕切るテリア＝マスと、その助力を申し出た俺およびレイナ＝ルウである。カミュア＝ヨシュと再会した日の翌日からは、前日までよりも五割増しで忙しく感じるほどであったのだ。俺たちは王都の兵士たちも一般のお客たちも分けへだてなく喜んでもらえるように、誠心誠意、真心をこめてその仕事に取り組ませていただいた。

「いやあ、ギバ料理はたいそうな人気だねえ。いまやジェノスには欠かせない名物料理のようじゃないか」

カミュア＝ヨシュは、そんな風に述べていた。日中は城下町に出向いて暗躍《あんやく》に励んでいるようであるが、夜には宿場町に戻ってきて《キミュスの尻尾亭》で晩餐《ばんさん》を取るのが、カミュア＝ヨシュの日課となったのだ。美味なる料理を食すると、泣きそうな顔をしたり無表情になったりと、理由のわからない百面相をお披露目《ひろめ》することになるカミュア＝ヨシュであるので、ルド＝ルウやダン＝ルティムなどはその姿を見て大いに笑っていた。

ともあれ、緑の月の六日目までは、そうして平穏に過ごすことがかない——そうしてその日、緑の月の七日がやってきたのだった。

「いやあ、昨晩も宿の食堂ではアスタたちのギバ料理にありつけなかったからな。ナウディスには悪いが、夜が明けるのが待ち遠しかったよ」

そのように述べたてたのは、建築屋のアルダスであった。昨日は屋台の商売も休業日であったので、宿屋に料理を卸《おろ》す仕事もお休みであったのだ。

「おやっさんなんかは、アスタの手伝っている宿屋に行きたくてうずうずしてたみたいだけどな。さすがにナウディスに悪かったから、我慢《がまん》させたんだ。ナウディスのギバ料理だって、十分に美味《うま》いことだしな」

「ふん！　今日は休み明けなのだから、あのかくにとかいう料理を売りつけたはずだな？　こればかりは、他の連中には譲《ゆず》らんぞ！」

おやっさんは、今日も元気いっぱいの様子である。仕事のほうも順調なようで、何よりであった。

「でも、他の屋台もずいぶん様変わりしたみたいだな。昨日はアスタたちが休みだったから、少しでも上等な食事にありつこうと思ってひと通り覗《のぞ》いてみたんだが、どこでも普通にタウ油や砂糖を使っているんで驚いたよ」

「はい。食材を独占《どくせん》していた貴族が、罪人として裁かれましたからね。いまは銅貨さえ出せば、どんな食材でも手に入れられるようになりました」

「ふん！　しかし、ギバ肉より高いカロンの胴体《どうたい》の肉を使いながら、粗末《そまつ》な料理を出している店は許せんな！　どうしてギバ料理より多くの銅貨を支払《しはら》って、あんな粗末なものを食わなくてはならんのだ！」

宿場町でもごく少数ながら、カロンの胴体の肉を扱っている屋台は存在する。おやっさんは、そちらの屋台で昨日の昼食を購入《こうにゅう》したらしい。

「さまざまな食材を使えるようになってから、まだ一年も経《た》ってはいませんからね。城下町の料理人をつとめておられる御方がそういう目新しい食材の扱い方を手ほどきしてくれていますから、これからどんどん立派な料理が増えていくはずですよ」

そういえば、ヤンが手伝いをしている《タントの恵《めぐ》み亭《てい》》には、百獅子長《ひゃくじし》イフィウスを始めとする二十名の兵士が滞在《たいざい》しているのだと聞いていた。《タントの恵み亭》は宿場町でもっとも立派な宿屋であり、また、主人のタパスは商会長までつとめているので、そういう布陣《ふじん》となったのだろう。そして《タントの恵み亭》ではギバ料理を扱っていないために、イフィウスは毎晩《キミュスの尻尾亭》を訪《おとず》れることになったわけである。

「そういえば、今日は兵士たちの姿が見えんようだな」

俺が日替《ひが》わりメニューの『ギバ肉の卵とじ』をこしらえている間に、アルダスがそのように尋《たず》ねてきた。

「ええ。彼らがやってくるのは、だいたい中天を過ぎてからですよ。以前にみなさんが出くわしたときも、それぐらいの刻限だったでしょう?」

建築屋の面々はキリのいいところまで仕事を仕上げてから休みを入れるので、屋台を訪れてくれる時間もまちまちであった。朝一番で並んでいることもあれば、中天を過ぎてからやってくることも珍しくないのだ。ちなみに現在は、朝一番の混雑を乗り越《こ》えて、中天まであと半刻ばかりという頃合《ころあ》いであった。

「こっちの宿屋に居座《いすわ》ってる連中も、日を追うごとに大人しくなっているようだ。まあ、酒が入れば多少はつっかかってくることもあるが、それはどこでも一緒だしな」

「そうですか。それなら、よかったです」

「ああ。兵士なんざともめてもロクなことにはならないし、このまま大人しく王都に戻ってもらいたいもんだよ。……しかし、そういうわけにもいかんのかな」

と、アルダスが通りの南側に目を向けながら、眉をひそめた。その視線を追った俺も、思わずぎょっとしてしまう。南の方角から、甲冑《かっちゅう》を纏《まと》った王都の兵士たちが進軍してきたのだ。

通りを行き交《か》う人々は、もちろん目を丸くしつつ道の端《はし》に逃《に》げていた。その間にできた道を通って、兵士たちは二列縦隊で突《つ》き進《すす》んでいく。初めて宿場町を訪れたときと同じように完全武装で、一人が一頭ずつのトトスを引き連れていた。

「王都に帰る――ってわけでもなさそうだな。たしか来たときは、トトスに荷物袋《にもつぶくろ》を背負わせていたはずだ」

アルダスは探《さぐ》るような目つきでその進軍を見守っており、おやっさんは仏頂面《ぶっちょうづら》であった。そして俺のかたわらには、背後に控《ひか》えていたライエルファム＝スドラがぴったりと身を寄せている。

「殺気などは感じられないが、普段《ふだん》とは比べ物にならぬほど張り詰めた気配を放っているな。こちらのほうが、あいつらの本性《ほんしょう》というわけか」

ライエルファム＝スドラが低い声で語る中、兵士たちは粛々《しゅくしゅく》と屋台の前を通りすぎていく。

その先頭を歩くのは、百獅子長のイフィウスだ。周囲の兵士たちよりも立派な房飾《ふさかざ》りを兜《かぶと》から垂らしており、トトスのくちばしのように鋭《するど》い鉄の鼻を覗かせているので、彼を見間違《みまちが》えることはない。

そして、しばらく経つといったん列が途切《とぎ》れて、次の部隊が姿を現した。それを率いているのが、きっとダグなのだろう。面頬《めんぽお》のおかげで顔はわからないが、イフィウスと同じぐらい立派な房飾りを垂らしている。

ダグもイフィウスも他の兵士たちも、真《ま》っ直《す》ぐ前だけを向いており、俺たちのほうに目を向けてくることもない。そして、宿場町の区域を出た者から順番にトトスにまたがって、道を駆《か》けていく。相変わらず、それはロボットじみた規律であった。

「城下町にでも向かったのかな。戦なんぞにならんことを祈《いの》るばかりだよ」

南の民らしい豪放《ごうほう》さで笑い、アルダスは青空食堂のほうに引っ込んでいった。

俺の差し出した料理の皿を受け取りつつ、おやっさんは「ふん」と鼻を鳴らす。

「あんな暑苦しい格好で、ご苦労なことだ。貴族なんぞに顎《あご》で使われる人生など、俺はまっぴらだな」

それは何となく、兵士たちに同情しているようにも聞こえる言葉であった。イフィウスともめた一件で、おやっさんも何か思うところがあったのだろうか。直情的な一面は否《いな》めないものの、このおやっさんがただそれだけの人物でないということは、俺もよく知っているつもりであった。

そうしておやっさんも青空食堂に向かい、通りの人々も気を取りなおしたようにそれぞれの目的地へと向かう。そんな折に、「よう」と声をかけてくるものがあった。

「ひさしぶりだな、アスタ。元気そうで何よりだ」

「あ、ザッシュマ！　ジェノスに戻られたのですね」

「ああ。ジェノスが何やらおかしなことになっていると聞きつけてな」

それはカミュア＝ヨシュの友人にして《守護人》たるザッシュマであった。彼とも顔をあわせるのは、けっこうひさびさのことである。無精髭の浮いた頬を撫《な》でさすりながら、ザッシュマは「ふふん」と陽気な笑みを浮かべた。

「俺は街道《かいどう》の北側からやってきたんで、まずは城下町に寄ってみた。馴染《なじ》みの宿屋に顔を出したら案の定、《北の旋風《せんぷう》》からの言伝《ことづて》が残されていたよ。今回はまた、ずいぶんややこしいことになっているようだな」

「はい。王都の視察団というのが、ここまで大掛《おおが》かりなものだとは思いませんでした」

「王都の連中は、ときたまこういうことをやらかすんだよ。自分で勝手に領土を広げたくせに、地方領主が謀反《むほん》を起こさないかと不安でたまらないんだろうな」

その明るく輝《かがや》く茶色の瞳《ひとみ》が、俺のかたわらに控えたライエルファム＝スドラのほうに向けられる。

「よう、あんたには見覚えがある気がするぞ。以前もアスタたちの護衛役を受け持ってたよな」

「うむ。スドラ本家の家長、ライエルファム＝スドラという者だ。お前はたしか……カミュア

＝ヨシュの仲間だな？」

「ああ。俺《おれ》はメルフリード殿《どの》にも世話になっているんで、今回も首を突っ込ませてもらおうと思っているよ」

カミュア＝ヨシュにレイトにザッシュマと、いよいよ役者がそろってきた。それは、心強く思えるのと同時に、やはりサイクレウスが健在であった時代を思い出させてやまない顔ぶれであった。

「ま、俺なんかにつとまるのは、せいぜい使い走りぐらいだがね。どんな計略でも、そういう役目をする人間がいないと上手く回るもんじゃない。《北の旋風》の可愛らしいお弟子《でし》と一緒に、せいぜい走り回ってやるさ」

そう言って、ザッシュマはいっそう愉快《ゆかい》そうに微笑《ほほえ》んだ。

「だけどその前に、まずは腹ごしらえだ。数ヶ月ぶりのギバ料理を堪能《たんのう》させていただこうかな」

「はい。ちょっと待っていてくださいね」

俺は鉄板にギバ肉とアリアを投じて、卵とじの準備を始める。その間に、ザッシュマがさっそく有益な情報をもたらしてくれた。

「で、さっきの兵士たちだがな。あれはどうやら、トゥランの視察に向かったらしいぞ」

「あ、城下町ではなく、トゥランでしたか」

「ああ。トゥランには何百っていう北の民がいるからな。そいつを視察するために、護衛役の兵士を根こそぎ招集したってわけだ」

十分に予測できた事態とはいえ、やっぱり俺は胸騒《むなさわ》ぎを止めることができなかった。彼らはマヒュドラの軍と実際に刃《やいば》を交えている、王都の軍隊なのである。そんな彼らの目に、トゥランで働く北の民の姿は、いったいどのように映るのか――俺としては、心配しないわけにはいかなかった。

（エレオ＝チェルは、元気にやってるのかな……それに、シフォン＝チェルもどうなったんだろう）

俺はギバ肉とアリアにタウ油ベースのタレをからめてから、キミュスの卵を落として、専用の蓋をした。そこからたちのぼる芳香《ほうこう》に、「いい匂《にお》いだな」とザッシュマは鼻をひくつかせる。

「まあ、ジェノス侯ってのは《北の旋風》に劣《おと》らずしたたかであるようだから、心配はいらないさ。トゥラン伯爵家《はくしゃくけ》の連中をとっちめた後も、ジェノス侯と森辺の民はうまくやっていたんだろう？」

「はい。むしろ、ずいぶん優遇《ゆうぐう》されているように感じられるぐらいです」

「ふむ。用心するとしたら、そこのところぐらいだろうな。ジェノス侯にしてみれば、これまでの扱いが不当であったという考えで、森辺の民を真っ当に扱おうとしているのだろうが……気位の高い王都の人間には、なかなか理解しにくい部分かもしれん」

そう言って、ザッシュマは少しばかり真剣《しんけん》な目つきをした。

「俺も正式な認可《にんか》を受けた《守護人》だから、王都の貴族と関《かか》わる機会がないわけでもない。貴族とひと口に言ったって、そりゃあ色々な人間がいるもんだ。今回はちっとばっかり厄介な人間が集められたようだから、森辺の民も性根を据《す》えて立ち向かうべきだろうな」

「はい。ザッシュマやカミュアが力を貸してくださるなら、本当に心強いです」

「なに、俺は雇《やと》い主《ぬし》たるメルフリード殿のために微力《びりょく》を尽《つ》くすばかりさ。まだ正式な依頼《いらい》を受けたわけじゃあないが、あの御仁《ごじん》だったら曲がったことは絶対に許さないだろう。きっとメルフリード殿と森辺の民は、そういう部分で気が合うんだろうと思うよ」

そうして俺たちが語っている間に、『ギバ肉とアリアの卵とじ』が完成した。半熟の卵がふるふると震《ふる》えるその料理を木皿の上に盛りつけると、ザッシュマが瞳を輝かせる。

「いやあ、実に美味そうだな。どこの土地を巡っても、ギバ料理を思い出すことが多くてさ。朝から腹を空《す》かして、アスタたちの料理を楽しみにしていたんだ」

「ありがとうございます。そんな風に言っていただけて、とても嬉しいです」

ザッシュマはさらに『ギバ・バーガー』と『クリームシチュー』を購入して、青空食堂に消えていった。


その後、トゥランに向かった兵士たちが宿場町に戻ってくるよりも早く、俺たちは森辺に帰還《きかん》することになった。夜になって聞いたところによると、トゥランでもべつだん大きな問題は起きなかったらしい。カミュア＝ヨシュは得意の潜入《せんにゅう》の技術を使って、その視察のさまを盗《ぬす》み見《み》したそうなのだ。

「まあ、サイクレウスが失脚《しっきゃく》する前から、北の民はああして働かされていたのだからね。ジェノス侯の不備をあげつらおうとしている王都の貴族たちにも、さして文句をつけることはできないだろう」

夜になって《キミュスの尻尾亭》を訪れたカミュア＝ヨシュは、そんな風に説明してくれた。ちなみにザッシュマはまだ面が割れていないということで、食堂のほうで食事を取りながら兵士たちの様子を検分しているとのことである。

「あと、アスタが気にしていたリフレイア姫《ひめ》の侍女《じじょ》――シフォン＝チェルについてだけれども」

「あ、そちらも何かわかりましたか？」

「うん。彼女《かのじょ》はこれまで通り、姫君《ひめぎみ》のお世話を任されているようだよ。姫君と一緒に隔離《かくり》されているようだけれども、さしあたって心配する必要はないようだ」

「そうですか。それなら、よかったです」

俺がほっと安堵《あんど》の息をつくと、厨《くりや》の端っこに控えたカミュア＝ヨシュは目を細めて笑った。

「だけど、安心ばかりもしていられないね。アスタにとっては、明日が正念場なんだから」

「ええ。だけど俺は、自分にできることをやりとげてみせるだけです」

この《キミュスの尻尾亭》を訪れる前に、城下町からルウ家に使者がやってきていたのだ。

それはメルフリードからの使者であり、「ファの家のアスタを明日、城下町に召喚《しょうかん》する」というお達しであった。ただしそれは尋問《じんもん》やら審問《しんもん》やらのためではなく、王都の貴族たちのために料理を作るべしという内容であったのだった。

ファの家のアスタは、本当にリフレイア姫が執着《しゅうちゃく》するほどの料理人であったのか。また、たびたび城下町に呼びつけられて、料理を作っては多額の報酬《ほうしゅう》を受け取っているそうだが、それは正当な評価であるのか――それを王都の貴族らが、自らの舌で確認《かくにん》しようという心づもりであるようであった。

「そんなアスタに、ひとつ助言をしておこう。まあ、気休めていどの言葉と思って聞いてもらいたいのだけれども……明日は、ポイタンの料理に力を入れるといいと思うよ」

「ポイタンの料理ですか？　それはまた、どうしてです？」

「うん。視察団を取り仕切っている貴族の片割れは、バンズという公爵《こうしゃく》領の出身なのだけどね。その地には、実に広大なポイタンの畑が広がっているのだよ。以前にも話した通り、ポイタンというのは主に兵糧《ひょうろう》として扱われているものだからさ。マヒュドラやゼラドとしょっちゅう戦を繰《く》り広げている王都としては、かなり重要な土地であるのだよ」

「なるほど。それでさらに、ポイタンが普通《ふつう》の料理にも使えるということがわかれば、いっそうバンズという領地が栄える、ということですか？」

それはかつて、ポルアースを味方につけたときと似たようなシチュエーションである。カミュア＝ヨシュは「うん、まあね」と微笑んだ。

「それだけで、あの御仁がアスタに感謝の念を抱《いだ》くとは限らないけどね。まあ、打てる手はすべて打っておくべきだと思うのさ」

「わかりました。もともとフワノは使わずにポイタンだけを使おうかなと思っていたので、ちょうどよかったかもしれません」

それほど凝《こ》った料理を出す予定でもなかったが、それでもポイタンの美味《おい》しさを伝えることぐらいは可能だろう。俺がそのように考えていると、カミュア＝ヨシュはもっともらしい面持《おもも》ちで「うんうん」とうなずいた。

「しかし何よりも、彼らの態度に腹を立ててしまわないことだね。万が一、こんな料理は食えたものではないなどと暴言を吐《は》かれても、穏便《おんびん》にやりすごすことだ」

「はい。その点に関しては大丈夫《だいじょうぶ》です」

たとえ目の前で料理を踏みにじられても逆上などするものかと、俺は事前に覚悟《かくご》を固めている。が、かたわらのアイ＝ファはものすごく不満げなお顔になってしまっていた。

「貴族どもは、料理の善《よ》し悪《あ》しなど関係なく、最初から文句をつけてやろうという魂胆《こんたん》なのではないのか？　そうだとしたら、こんな腹立たしい話はないのだが」

「それでも彼らは、腐《くさ》っても王都の貴族だ。美味なる料理をまずいと評するのは、自分の舌がお粗末だと公言するようなものだからね。そこは気位の高さがいい具合に働く可能性もなくはないと思うよ」

カミュア＝ヨシュは、やはりのほほんと笑っている。

「アスタの腕を確かめたいという理由で呼びつけておきながら、それを正当に評価しなかったら、それはもう謀略《ぼうりゃく》だ。王都の貴族たるもの、自分たちの正しさを自ら踏みにじるような真似《まね》はしないと信じたいところだね」

貴族たちの思惑《おもわく》は、わからない。

ともあれ俺にできるのは、自分にとって最善と思える料理をお届けすることだけであった。

2

翌日の、緑の月の八日。

俺たちは宿場町での商売を終えた後、その足で城下町に向かうことになった。料理を手掛《てが》けるかまど番は、俺、トゥール＝ディン、レイナ＝ルウ、リミ＝ルウの四名。護衛役は、アイ＝ファ、ジザ＝ルウ、ルド＝ルウ、ガズラン＝ルティムの四名である。この日ばかりはドンダ＝ルウも、屈強《くっきょう》の狩人《かりうど》たちにギバ狩《が》りの仕事を休ませることになったのだ。また、アイ＝ファはアイ＝ファで少し早い時間から森に入り、仕掛けた罠《わな》の確認だけを行う半休の日と定めて、約束の時間に合流してくれた。

下りの二の刻を迎えて商売を終えると、残りのメンバーはライエルファム＝スドラたちに護衛されて、集落に帰還する。それらの人々と別れを告げて、俺たち八名はいざ城下町を目指すことになった。

ちなみに、いつも夜間の護衛役を果たしているダン＝ルティムがガズラン＝ルティムに差し替《か》えられたのもまた、ドンダ＝ルウの判断である。王都の貴族と相対するならば、すでに会合でその人となりをわきまえており、なおかつ沈着《ちんちゃく》さと明晰《めいせき》さをあわせ持つガズラン＝ルティムに同行させるべきだと考えたのだろう。

いっぽうかまど番のほうも、精鋭《せいえい》部隊と評しても差し支《つか》えのない顔ぶれであるわけだが――

俺はこの人選が決定された際、こっそりユン＝スドラに謝罪することになった。

「ごめんね、ユン＝スドラ。明日の分の下ごしらえをしてもらうために、どうしてもトゥール＝ディンかユン＝スドラのどちらかは集落に居残ってもらいたかったんだ」

「え？　アスタはいったい、何を謝《あやま》っておられるのですか？」

「いや、だって、次に城下町に向かうときは、ユン＝スドラを連れていくって約束しただろう？」

俺がそのように申し述べると、ユン＝スドラはたちまち耳まで赤くしてしまった。

「こ、このたびは貴族の言いつけで大事な仕事を果たしに行くのですから、話が違《ちが》います。わたしにだってそれぐらいの分別はあるのですよ、アスタ」

「そっか。それならいいんだけど。《銀星堂》に連れていくことができなかったとき、ユン＝スドラはとても怒《おこ》っているように感じられたからさ」

「もう！　アスタは意地悪ですね！　それではまるで、わたしが聞き分けのない幼子のようではないですか」

ひとしきり取り乱してから、ユン＝スドラは最後に朗《ほが》らかな笑みを浮かべてくれた。

「それに、以前にも言いませんでしたか？　アスタの留守を預かるというのも、大事な仕事です。そのような仕事を任されることだって、わたしにはとても誇《ほこ》らしいことなのですよ、アスタ」

ユン＝スドラのそんな言葉に励《はげ》まされて、俺は心置きなく城下町に向かうことができた。なお、《キミュスの尻尾亭》の夜間の手伝いも本日はちょっと間に合いそうになかったので、ルウ家に助力をお願いしている。シーラ＝ルウと分家の女衆がその仕事に取り組み、ダルム＝ルウやシン＝ルウなどが護衛役を担《にな》ってくれるのだそうだ。

（ルウ家の人たちが全面的にバックアップしてくれてるから、普段の仕事のほうに問題はない。俺たちも、性根を据えてかからないとな）

城門の前で荷車を乗り換《か》えて、城下町の内部へと導かれながら、俺はこっそりトゥール＝ディンの様子をうかがい見る。実はこのたび、彼女とリミ＝ルウも菓子《かし》作りの腕前《うでまえ》を示すべしと名指しで命じられてしまったのだ。

それは二人が、かつて茶会で菓子作りの仕事を引き受けたためであった。なおかつ、ジェノス侯爵家がトゥール＝ディンから菓子を買いつけているという話も、どこかから露見《ろけん》してしまったらしい。それで、本当に彼女たちはそれだけの腕《うで》を持っているのかという疑いを向けられることになってしまったのだった。

「……大丈夫かい、トゥール＝ディン？」

俺がそのように呼びかけると、ずっと目を伏《ふ》せていたトゥール＝ディンは「はい？」とびっくりまなこで振《ふ》り返ってきた。

「いや、ずいぶん思《おも》い詰めているように見えたからさ。もちろん、緊張《きんちょう》するのが当たり前なんだけど」

「ああ、はい……いえ、大丈夫です。わたしはまだまだ未熟者ですが、もてる限りの力を見ていただこうと考えています」

そう言って、トゥール＝ディンは自分を力づけるように微笑んだ。

「もしもこれでオディフィアに菓子を届けることを禁じられたら、わたしは自分を許せなくなってしまいますから……何としてでも、王都の貴族という方々に納得《なっとく》してもらえるように、力を尽くします」

どうもトゥール＝ディンは日を増すごとに、オディフィアへの思い入れが強くなっている様子である。しかしそれは、とても喜ばしいことであるように思えた。というか、トゥール＝ディンにお菓子をねだるオディフィアは、俺の目から見たって可愛《かわい》らしく、いじらしかったのだ。あのオディフィアが涙《なみだ》を流す姿など、俺だって想像もしたくはなかった。

「そういえば、宿場町にいる連中は、城下町に呼び出されてねーんだよな？」

と、リミ＝ルウと楽しげに喋《しゃべ》っていたルド＝ルウが、ふいにそのようなことを言いだした。

宿場町にいる連中というのは、きっとダグやイフィウスたちのことであろう。

「うん。屋台に料理を買いに来たとき、本人たちが言ってたよ。城下町で貴族を守る兵士っていうのは、彼らとは別に準備されてるんだってさ」

「ふーん。それじゃあ、あいつらよりも手練がいるかもしれねーってことだなー」

「どうなんだろうね。とりあえず、彼らの上官である部隊長っていう役職の人間はいるみたいだけど」

「あー、たぶんそいつは親父《おやじ》が言ってたやつだな。ガズラン＝ルティムも、そいつとは顔をあわせてるんだろ？」

「はい。千獅子長のルイドという人物ですね。あれは確かに、傑物《けつぶつ》であるようでした」

そのように述べてから、ガズラン＝ルティムはがっしりとした下顎に手をやった。

「ですが……剣士《けんし》としての力量というのは、どうでしょうね。父ダンから聞いた印象ですと、ダグやイフィウスといった兵士たちのほうが、腕は立つのではないかと思います」

「ふーん？　でも、そのルイドとかいうやつのほうが、兵士の長なんだろ？」

「はい。剣士としてではなく、人の上に立つ指導者としての風格というものを強く感じました。何せ、千名の兵士を率いる長であるわけですからね」

「千名、か。でも、城下町に残りの八百人がいるわけじゃねーんだろ？」

「はい。城下町に控えているのは、数十名といったところではないでしょうか。おそらくは、千名の兵士の中から選《よ》りすぐりの兵士を引き連れてきたということなのだと思います」

「へーえ。王都ってところには、いったい何人の兵士がいるんだろうな」

その質問には、ガズラン＝ルティムではなくジザ＝ルウが返答した。

「王都には、およそ十万の兵士がいるという話だ。真実かどうかは知らんがな——と、父ドンダは言っていた」

「十万かよ！　そんなの、想像もつかねーや！」

呑気《のんき》に笑うルド＝ルウに対して、アイ＝ファはいよいよ張り詰《つ》めた面持ちになってしまっている。それを少しでも緩和《かんわ》するべく、俺は聞きかじりの情報をもたらしてみせた。

「大丈夫だよ。王都の軍勢は、ひっきりなしにマヒュドラやゼラド大公国と戦をしているから、トトスでひと月以上もかかるジェノスにそんな大軍を割《さ》く余力はないって、ザッシュマが言っていたんだ。だから今回も、二百名ていどの兵士しか連れてこられなかったらしいよ」

「ふん。その二百名でも、十分に厄介《やっかい》だがな」

アイ＝ファがそのように答えたとき、荷車が停止した。

後部の扉《とびら》が、城下町の衛兵の手によって引き開けられる。

「到着《とうちゃく》いたしました。足もとに気をつけてお降りください」

かまど番と狩人がペアとなって、外界へと降り立つ。そこで待ち受けていたのは、ずいぶんひさびさとなる貴賓《きひん》館——サイクレウスらが失脚するまではトゥラン伯爵家の私邸《してい》であったお屋敷《やしき》である。黄色みがかった屋根が印象的な煉瓦《れんが》造《づく》りの巨大《きょだい》な建物で、俺たちは本日この場所で王都の貴族たちを迎《むか》え撃《う》つのだった。

「お待ちしておりました、森辺の皆様方《みなさまがた》。本日は、わたくしがご案内させていただきます」

そうして邸内《ていない》に足を踏《ふ》み入れると、ダレイム伯爵家の侍女シェイラがぺこりと頭を下げてきた。その目がアイ＝ファをとらえると、こらえかねたような笑《え》みが浮《う》かべられる。

「……どうもおひさしぶりでございます、アイ＝ファ様。その後、お変わりはないでしょうか？」

気の張っているアイ＝ファは、「うむ」としか答えない。しかしその毅然《きぜん》とした振《ふ》る舞《ま》いだけで、シェイラは満足したようである。アイ＝ファの凛々《りり》しい横顔をうっとりと見つめてから、シェイラはあらためて俺たちのほうに向きなおってきた。

「それではまず、浴堂にご案内いたします。こちらにどうぞ」

その城下町の風習も、俺たちにはいささか懐《なつ》かしいものであった。ガズラン＝ルティムとこの場を訪れるのは、おそらく初めてではないだろうか。

「……今のところ、王都の人間は見当たらないようですね。屋敷を守っている兵士たちも、すべてジェノスの人間であるようです」

ヨモギのような香《かお》りのする蒸気の中で、裸身《らしん》となったガズラン＝ルティムがそんな風に述べていた。当然というか何というか、立派すぎて羨《うらや》む気にもなれないような逞《たくま》しい体格である。どっしりとしているのに、鈍重《どんじゅう》そうな感じはまったくしない、野生の獣《けもの》のようにしなやかで研《と》ぎ澄《す》まされた肉体であった。

「今日は、ジェノス侯爵《こうしゃく》マルスタインも立ちあうそうだな。父ドンダもマルスタインの真情をはかりかねているようだが、ガズラン＝ルティムはどのように考えているのだ？」

同じく裸身のジザ＝ルウが問いかけると、ガズラン＝ルティムは「そうですね」ともの思わしげに目を伏せた。

「おそらく、ジェノス侯爵は……ジェノスの安寧《あんねい》こそを一番に考えていることでしょう。そのために最善の道を探しているさなかなのだろうと思います」

「ジェノスの領主であるならば、それは当然の話だな。問題は、ジェノスの安寧を守るために、我々の存在をどう扱うかだ」

笑っているように見える目つきはそのままに、ジザ＝ルウは厳しい表情をしている。

「ジェノスを守るために、マルスタインが森辺の民を裏切るのではないか……グラフ＝ザザなどは、その一点を危惧《きぐ》しているらしい」

「ジェノス侯爵は波風を立てないように息をひそめているようにも見えますので、グラフ＝ザザにとってはそれがもどかしく感じられてしまうのではないでしょうか。私はまだ、ジェノス侯爵自身も道を決めかねているのだろうと考えています」

「そうか。願わくは、我々の君主として相応《ふさわ》しい器量を見せてもらいたいものだ」

なんとも深刻げな両名を横目に、俺とルド＝ルウは大人しく垢擦《あかす》りに励んでいた。

「なー、王都の貴族って、どんな連中なんだろうな？」

「どうなんだろうね。俺には想像もつかないよ」

「一人は酔《よ》っ払《ぱら》いで、もう一人は兵士の長だろ。あともう一人、腹の読めないおっさんがいるって話なんだよな」

正確には、視察団の責任者というのは二名であるらしい。そこに、部隊長であるという人物をふくめた三名が、族長たちとの会談に臨《のぞ》んでいたという話であったのだ。そして本日はその三名に加えて、マルスタイン、メルフリード、ポルアースのために料理を作るべしと俺たちは命じられていた。

（メルフリードとポルアースは気心も知れているけど、マルスタインっていうのはつかみどころがないんだよな。カミュアの言う通り、大したお人ではあるんだろうけど……実際、この騒《さわ》ぎをどうやって切り抜《ぬ》けるつもりなんだろう）

そうして身を清めたのちに、女衆と合流して、俺たちは浴堂を後にした。煉瓦造りの回廊《かいろう》を歩かされて、次に向かうのはいよいよ厨だ。大きなほうの厨に案内されて、そこの扉をくぐると、そこにはまたちょっと懐かしい人物が待ち受けていた。

「おや、ご到着ですか。本日はどうぞよろしくお願いいたします、アスタ殿」

「はい。どうぞよろしくお願いいたします、ティマロ」

かつてのトゥラン伯爵家の副料理長にして、現在は《セルヴァの矛槍亭《ほこやりてい》》の料理長たる、ティマロである。痩《や》せているのに、ぽこんとお腹《なか》だけが膨《ふく》らんだ、のっぺりとした面立《おもだ》ちの人物だ。彼と顔をあわせるのは、たしか黒フワノや珍《めずら》しい食材の勉強会以来であった。

「このたびは、なかなか厄介なお話になってしまったようで、まったくお気の毒なことですな」

「ええ、そうですね。……やっぱりティマロも、王都の方々に呼びつけられたりしたのでしょうか？」

「それはまあ、わたしはアスタ殿がこの屋敷に留《とど》められていた間、トゥラン伯爵家でお世話になっていた身ですからな。その頃《ころ》は、アスタ殿とお顔をあわせる機会もありませんでしたが」

非常に柔和《にゅうわ》な表情を保ちつつ、目のあたりはあまり笑っていないティマロである。

「そのときも、のちの晩餐会においても、わたしはアスタ殿の前に膝《ひざ》を屈《くっ》する結果となっておりました。それは正当な評価であったのかと、王都の方々にさんざん問い詰められることになったのですが……評価を下したのは貴族の方々なのですから、わたし自身にそれを問われましてもね。なんというか、ふさがった傷口に針でもねじ込《こ》まれたような心地《ここち》でありましたよ」

「ああ、ええと、それはその……まことに申し訳ない限りです」

「かまいませんよ。リフレイア姫を筆頭とする貴族の方々が、アスタ殿の料理のほうが優《すぐ》れているとお認めになられたのは事実なのですから」

そんな風に語りつつ、ティマロの目がこれまでといくぶん異なる光をたたえて、レイナ＝ルウのほうに向けられた。

「それで……トゥール＝ディン殿というのは、あなたのことでありますかな？」

「え？　いえ、トゥール＝ディンは、こちらです」

レイナ＝ルウの指し示す方向を見て、ティマロはぎょっとしたように目を丸くした。

「あなたが、トゥール＝ディン殿……？　そうでしたか。まさか、トゥール＝ディンという御《お》方《かた》がこれほど若年《じゃくねん》であるとは思いもしませんでした。一度は顔をあわせているはずであるのに、大変失礼いたしましたな」

「あ、いえ……あの、どうもおひさしぶりです……」

この場にいる三名の女衆は、かつて城下町の勉強会でティマロと顔をあわせていたのだ。レイナ＝ルウとリミ＝ルウもあらためて名乗りをあげると、ティマロは恭《うやうや》しく一礼した。

「あらためまして、《セルヴァの矛槍亭》にて料理長をつとめる、ティマロと申します。……そうですか、あなたがトゥール＝ディン殿でありましたか」

「は、はい……あの、わたしが何か……？」

「いえ、ジェノス侯爵家の姫君があなたの菓子に夢中になられていると聞き及《およ》び、わたしは感服していたのです。また、あなたとリミ＝ルウ殿は茶会の味比べでもアスタ殿に勝利されていたというお話でしたからな」

口調や物腰《ものごし》の丁寧《ていねい》さはそのままに、ティマロは食い入るような眼差《まなざ》しでトゥール＝ディンを見つめていた。トゥール＝ディンは俺の背中に隠《かく》れたいのを必死に我慢しているように、もじもじと身をよじっている。

「いや、それは感服に値することであるのですよ。ジェノス侯爵家ともなれば、ジェノスで最高の料理人を召《め》し抱《かか》えておられるのですからな。そうであるにも拘《かか》わらず、わざわざあなたの菓子を買い求めるというのは、生半可にしてよいお話ではありません」

「ジェ、ジェノスで最高の料理人、ですか……？」

「ええ。ジェノス城の料理長、ダイア殿ですな。このジェノスにおいては、ヴァルカス殿やミケル殿と並べられて、三大料理人と評されていた御方です」

三大料理人という名称《めいしょう》は、俺もどこかで聞いたような覚えがあった。

「ミケル殿が身を引かれた現在は、ダイア殿とヴァルカス殿がジェノスの料理人の双璧《そうへき》とされています。そんなダイア殿の作られる菓子を差し置いて、オディフィア姫はあなたの菓子を求めておられるということなのですよ」

「そ、そのお人は、ヴァルカスにも負けない料理人なのですか……？」

「そうですな。ダイア殿はジェノス城の料理長であり、ヴァルカス殿はかつてのトゥラン伯爵家の料理長であったのです。それを考えれば、ダイア殿のほうが一歩抜きん出ていると言えることでしょう。まあ、伯爵家の副料理長に甘《あま》んじていたわたしがそのようなことを語っても、滑稽《こっけい》なだけでありますけれどもね」

その口ぶりからして、ティマロはヴァルカスよりもダイアという人物のことを高く評価しているようである。――と、俺がそんな風に考えていると、ティマロがぐりんとこちらに向きなおってきた。

「そしてまた、王都の視察団の方々は、今日までジェノス城で歓待《かんたい》されていたのです。それはつまり、毎日ダイア殿の作られる料理をお食べになられていた、ということになりますな」

「は、はい。そうなのですね」

「アスタ殿は、その意味を正しく理解しておられるのですか？　わたしたちは今日、ダイア殿と腕を比べられるようなものなのです。これはよほど気を引きしめてかからないと、物笑いの種にもなりかねないところでありましょう」

何か今日のティマロはいつもと様子が違うなと思っていたが、それは彼が気合をみなぎらせていたゆえなのかもしれなかった。今日のティマロは、俺の料理と腕前を比較《ひかく》されるために呼びつけられてしまったのである。俺の料理はジェノスの城下町の料理人と比べても、本当に互《ご》角《かく》以上の出来栄《できば》えであるのか――それを確かめるための、いわば当て馬に任命されてしまったのだった。

「あなたがたの境遇《きょうぐう》には同情の念を禁じえませんが、わたしはわたしで料理人としての矜持《きょうじ》を保たねばならないのです。全身全霊《ぜんしんぜんれい》をもって、本日の仕事に取り組ませていただきます」

「はい。俺もそのつもりです。おたがいに、最善を尽くしましょう」

ティマロは、大きくうなずいた。

「……そして、アスタ殿にご提案があるのですが、聞き届けていただけるでしょうかな？」

「はい？　どういったお話でしょう？」

「以前のように、おたがいの料理を試食し合いたいのです。アスタ殿はこの数ヶ月で、たいそう腕を上げられたという評判でありましたからな」

「それは恐縮《きょうしゅく》な限りですが……ギバ肉は余分に持ってきましたので、ティマロお一人の分でしたら問題はないかと思います」

「それでは、よろしくお願いいたします。……トゥール＝ディン殿の菓子も、是非《ぜひ》」

と、ティマロが勢いよく振り返ったので、油断をしていたトゥール＝ディンは「ひゃうう」とあわれげな声をあげてしまった。そして、我慢の限界を超《こ》えた様子で俺の衣服の裾《すそ》をつまむと、「しょ、承知いたしました……」と蚊《か》の鳴くような声で応じる。

「ありがとうございます。では、またのちほど」

ティマロが一礼して自分の仕事場に戻《もど》っていくと、ルド＝ルウは「けったいなおっさんだなー」と頭の後ろで手を組んだ。

「まあ、決して悪い人ではないんだけどね。どうも競争心が旺盛《おうせい》みたいで……トゥール＝ディンも、心配はいらないからね？」

「は、はい、すみません……何だかあの、目つきが怖《こわ》くって……」

「きっとそれだけ、トゥール＝ディンの腕に関心があるっていうことだよ。あのお人もジェノスでは指折りの料理人なんだから、光栄なことさ」

何にせよ、俺たちが気にするべきはティマロではなく、王都の貴族たちであるのだ。

俺は小動物のように怯《おび》えるトゥール＝ディンを励ましながら、自分の仕事を果たすことにした。

3

それから数時間が経過して、下りの五の刻の半――日没《にちぼつ》まであと半刻という頃合いで、俺たちの作った料理は貴族たちの待つ食堂へと届けられていった。

料理人には、料理の吟味《ぎんみ》が済むまで待機せよという指示が下されている。護衛役の狩人たちは集落に戻ってから晩餐《ばんさん》をとるという話であったので、俺たちはその時間を使ってティマロとおたがいの料理を試食し合うことにした。

「こちらは二名の助手を同伴《どうはん》させていただきます。おたがい、忌憚《きたん》のない意見を述べ合いましょう」

厨の近くにある別室の卓《たく》についたのち、ティマロは真面目《まじめ》くさった口調でそのように語っていた。こちらは四名のかまど番が並んで席につき、アイ＝ファとルド＝ルウが背後に控えている。ジザ＝ルウとガズラン＝ルティムは、扉の外で護衛の役目を果たしてくれていた。

「ジェノスの作法に従って、前菜からいただくべきでしょうな。しかしこれは……わたしにも見覚えのある料理であるようです」

「はい。今回は、城下町の方々に初めてお出しした料理を準備させていただきました」

それはすなわち、トゥラン伯爵家の大罪人たちを捕縛《ほばく》したのち、ジェノスの貴族と森辺の民が和睦《わぼく》するために開かれた晩餐会《ばんさんかい》のこととなる。あれはもう十ヶ月ばかりも昔日《せきじつ》の話で、あの日も俺たちはティマロとともに厨を預かることになったのだ。前菜の盛られた木皿を前に、ティマロは「なるほど」とうなずいた。

「ですがもちろん、すべてがあの日と同じ内容というわけではありますまいな？　それでは、試食をする甲斐《かい》もありません」

「はい。あのときと同じ献立《こんだて》を、よりよい形で仕上げられるように努力したつもりです」

マルスタインやポルアースたちが初めて口にした俺の料理は、こういった献立であったのだ。ならば、俺の力量を見定めようという王都の貴族の人々にも、これらを食べていただくのがもっとも相応しいだろう。そのように考えて、俺は献立を決定したのである。

というわけで、前菜はヤマイモに似たギーゴを拍子木《ひょうしぎ》切りにして梅干のごとき干しキキのディップを添《そ》えた、『ギーゴの干しキキ掛《か》け』であった。味の要となる干しキキは海草と燻製《くんせい》魚の出汁《だし》で溶《と》き、砂糖とタウ油、ママリア酢《す》とレテンの油を加えている。以前はギバ・スープの出汁とタウ油ぐらいしか使っていなかったので、ずいぶん趣《おもむき》が違っていることだろう。それに今回はディップというよりもドレッシングに近い形でゆるく溶き、さらにその上にキミュスの半熟卵をのせて、白ゴマに似たホボイの実を散らしていた。

ティマロは匙《さじ》で半熟卵を潰《つぶ》してから、それを助手たちのために小さな皿へと取り分けていく。準備した料理は一人前であったので、彼《かれ》らはそれを小分けにして試食に挑《いど》むのだ。あらためてその料理を口にしたティマロは、「ふむ」とゆったりうなずいた。

「キミュスの卵を加えたことによって、ギーゴの清涼《せいりょう》な食感がいっそう際立《きわだ》つようですな。また、味付けの汁《しる》も、甘みと塩気と酸味の配合が素晴《すば》らしいように思います」

「ありがとうございます。ティマロにそう言っていただけるのは、とても光栄です」

「ええ。前菜としては、まずは十分な出来栄えでありましょう。貴族の方々にも、この繊細《せんさい》な味付けの妙《みょう》をご理解いただきたいものですな」

そう言って、ティマロはちらりと俺のほうを見てきた。

「よろしければ、わたしの準備した料理もどうぞ。あくまで城下町の流儀《りゅうぎ》に添った料理ですので、森辺の方々のお口には合わないやもしれませんが」

「はい。それじゃあ、いただきます」

ティマロの準備した前菜は、薄《うす》いフワノの生地《きじ》の上に、素性《すじょう》の知れないジャムのようなものを塗《ぬ》った料理であった。赤いジャムはてらてらとぬめるように照り輝いており、実に複雑な香《こう》草《そう》の香りを発散させている。鼻をふさぐと甘い菓子のようにも見えてしまうが、きっとそうではないのだろう。フワノの生地は直径四、五センチほどの丸い形で、ティマロはそれを二人前準備してくれていたので、俺はトゥール＝ディンと、レイナ＝ルウはリミ＝ルウと半分ずついただくことにした。

以前にティマロの料理で苦い経験をしたことのあるリミ＝ルウは、いくぶん切なげに眉《まゆ》を下げていたが、レイナ＝ルウによって小皿が届けられると、えいっとばかりにその料理を口に放《ほう》り込んだ。そして、その生地をくしゅくしゅと噛《か》んでいく内に、眉は普段《ふだん》通りの角度に戻されていく。最後には明るい笑顔《えがお》となって、リミ＝ルウは「不思議な味だね！」と元気よく発言した。


それで俺も料理を口に運んでみると、確かに不思議な味わいが舌の上に広がった。赤いジャムの本体は、トマトのごときタラパであったのだ。タラパにさまざまな食材を加えて、煮込《にこ》んだものなのだろう。香草以外で感じられるのは、ピーナッツのようなラマンパの実の食感と、果物を使ったやわらかい甘み、そしてとろりとした油の質感であった。

城下町に流通しているタラパは酸味がひかえめであるため、果実の甘みが前面に出ている。ただしそれなりに塩気も感じられるし、動物性の出汁の風味もきいている。なおかつ複数の香草も使っているので、かなりスパイシーな仕上がりであった。また、土台のフワノにはカロンの脂《あぶら》や乳脂《にゅうし》が使われているようで、そちらの風味やさくっとした食感まで加わると、なかなかに不可思議で、楽しい味わいが完成されていた。

「……いかがですかな、アスタ殿？」

「はい。とても不思議な味わいです。ちょっと食べなれない感じはしますが、とても手の込んだ料理だと思います」

「食べなれない感じというのは？　できれば言葉を飾《かざ》らずに、率直《そっちょく》な意見をいただきたいところです」

「え？　そうですね……あえて言うならば、ちょっと油分がくどく感じるかもしれません。これは、レテンの油でしょうか？」

「ええ。タラパを煮込む際に、それなりの量のレテンの油を加えておりますな」

「森辺の民は、あまりこういう形でレテンの油を使うことがないので、それがいくぶん余計に感じられてしまうのだと思います」

「そうだねー。ぬるぬるしてないほうが、もっと美味しいかも！」

リミ＝ルウの言葉にうなずいてから、ティマロはトゥール＝ディンのほうに目を向けた。

「トゥール＝ディン殿は？　どのようなご感想を抱いておられますか？」

「え？　わ、わたしはその……フワノの生地が、美味しいなと思いました。これは、乳脂で揚《あ》げ焼きにしているのでしょうか？」

「ええ。乳脂の風味も、この料理には欠かせませんので」

「そうですか……香草を使っていなかったら、まるで菓子のような仕上がりですね」

トゥール＝ディンがおずおずと微笑むと、ティマロは無言のまま一礼した。

「それでは、次の料理に取りかかりましょう。次は、汁物《しるもの》の料理ですな」

俺が準備したのは、王道中の王道である『タウ油仕立てのギバ・スープ』であった。以前との違いは、ジャガル産のキノコをふんだんに使っている点であろう。野菜に関しては、アリア、チャッチ、ネェノン、ギーゴはそのままで、モヤシのごときオンダとサトイモのごときマ・ギーゴを増やし、ピーマンのごときプラのみ不採用とした。

そしてもう一点、大きな違いは、こちらでも海草と燻製魚の出汁を使用していることだ。王都から届けられる乾物《かんぶつ》というのはそれなりの高額商品であるため、森辺では祝宴《しゅくえん》ぐらいでしか使われることはないのだが、それらも惜《お》しまずに使うことで、俺はいっそう理想的な味を組み立てることができていた。もちろんギバ肉もたっぷり使っているので、そちらからも出汁は取れている。ジャガル産の清酒に似たニャッタの蒸留酒も使い、俺にとってはこれが現時点で考えられる最上級の出来栄えであった。

「これは……味の深みが、以前と段違《だんちが》いであるようですな」

ティマロも目を見張りながら、そのように語ってくれていた。

「味と呼べるのはタウ油の塩気ぐらいであるのに、驚《おどろ》くほどに風味が豊かで……これならば、香草を使わない是非を問われることもないでしょう。いや、見事な手並みです」

「ど、どうも、恐縮です」

ティマロがそこまで真《ま》っ直《す》ぐ好意的な感想を述べてくれるのは、俺《おれ》にとってなかなか落ち着かないものであった。

左右に並んだ調理助手たちも、感服しきった様子でスープをすすっている。その内の一人が、やがて「おや？」と声をあげた。

「こちらは何でしょう？　フワノの生地でしょうか？」

「あ、はい。フワノの生地で刻んだ肉を包んで、他《ほか》の食材と一緒《いっしょ》に煮込んだものです。俺の故郷で、ワンタンと呼ばれていた料理を参考にしています」

以前の晩餐会でもワンタンを使っていたので、いちおうそれも残していたのだ。ワンタンがなくとも胸を張って出せる仕上がりだと自負しているものの、ワンタンがその仕上がりを邪魔《じゃま》することもないだろう。

「こちらの汁物料理は……かなり辛《から》みが強いようですね」

と、ティマロの汁物料理を口にしたレイナ＝ルウが、そのように発言した。

「でも、それほど食べにくいことはありませんし、自分では思いつかないような工夫《くふう》を感じます。……あ、リミは気をつけたほうがいいよ」

「わかったー」と言って匙ですくったスープをなめたリミ＝ルウは、たちまち「からーい」と悲鳴まじりの声をあげた。

俺も確認してみると、確かにそれはなかなかの辛さを有していた。スープの色はクリーム色で、カロン乳をベースにしているのは明らかであるのに、トウガラシ系の辛みがきいている。あまり食べすぎると、汗《あせ》だくになってしまいそうなぐらいだ。それでいて、香りのほうはシナモンのような甘ったるさが感じられるし、砂糖や蜜《みつ》などもふんだんに使っているのだろう。甘さと辛さが複雑に絡《から》み合い、食する人間の舌を思うさま蹂躙《じゅうりん》してくるのだ。ちなみに具材のほうはというと、皮つきのキミュス肉に、ダイコンのごときシーマ、ズッキーニのごときチャン、大豆のごときタウの実、パプリカのごときマ・プラというラインナップであった。

「チットの実ばかりでなく、イラの葉を使うことによって、より鮮烈《せんれつ》な辛さを求めることができたと思うのですが、いかがでありましょうかな？」

「そうですね。確かに鮮烈です。できれば、フワノか何かで舌を休めながら食べたいような心地になります」

「そうですか。……トゥール＝ディン殿《どの》は、いかがでしょうか？」

「あ、す、すみません。わたしにも、ちょっと辛みが強すぎるようで……あまり他の味付けまで感じ取ることができません……」

「そうですか」と、ティマロはいくぶん肩《かた》を落とした。どうもティマロは俺に対するのと同じぐらい、トゥール＝ディンの反応を気にしている様子である。

ともあれ、いつ呼び出しがかかるかもわからないので、粛々《しゅくしゅく》と試食を進めていく。次の献立は、フワノ料理だ。俺が準備したのは『お好み焼き』で、ティマロが準備したのは『黒フワノの乾酪《かんらく》団子』であった。

『お好み焼き』は、生地のほうにそれなりの手を加えている。これまでは水で溶いたポイタン粉にすりおろしのギーゴを混ぜて、野菜やギバ肉と一緒に焼くだけであったが、どこか素朴《そぼく》すぎる感じは否《いな》めなかったので、俺なりに工夫を凝らしてみたのである。

まず、生地を溶くのに、またまた海草と燻製魚の合わせ出汁を使い、さらに塩と卵も加えてみることにした。海草と燻製魚を多用したのは、別にその売り手である王都の人々にへつらったわけではなく、単にそれらの出汁がとても使い勝手のいいものであったというだけのことだ。

何にせよ、俺はそれでポイタンの生地の出来を飛躍的《ひやくてき》に向上させることができたのだった。

具材のほうは、あまり斬新《ざんしん》な発想も浮かばなかったが、とりあえずマロールを追加させていただいた。マロールもまた、王都から届けられる乾物である。これはアマエビに似た甲殻類《こうかくるい》であるので、それを水で戻してから、ギバのバラ肉やティノとともに加えることに決定したのだ。

言うまでもなく、豚《ぶた》とエビのミックスお好み焼きというものを意識した結果であった。

そしてもう一点、ささやかながらに天かすというものも加えている。これはポイタンの生地をレテンの油で揚げたもので、さくさくとした食感と油のもつ旨味《うまみ》がいっそうお好み焼きの完成度を高めてくれた。

最後の味付けは定番の、ウスターソースとマヨネーズである。以前はさらに塩抜《しおぬ》きをして乾《から》煎《い》りにしたマルなども使っていたが、同じ甲殻類のマロールを具材のほうで使っているので、今回は割愛《かつあい》させていただくことにした。

「なるほど。ギバ肉とマロールを同時に使うというのは、なかなか大胆《だいたん》な試みであるようですが……悪い結果にはなっていないようですな」

ティマロは、そんな風に述べていた。

「生地の具合は、格段に向上しているものと思われます。ただ、わたしでしたら、香草でもうひと味加えたくなるところでしょう」

「そうですか。香草というのは、自分の発想にありませんでした」

俺は故郷の料理の再現に気が向いてしまっているので、そこにジェノスならではの食材でアレンジするという意識が希薄《きはく》であるのだ。そこにもっと意識を向ければ、俺もまたひとつ壁《かべ》を越《こ》えることができるのだろうか。

「こちらの料理も、不思議な味わいですね」

と、『黒フワノの乾酪団子』を食していたレイナ＝ルウが、そんな風に述べたてた。こちらは宿場町の屋台でも売っていそうな、大ぶりの団子である。ただ、名前の通りに黒フワノが使われており、暗灰色の色合いをしている。

その黒フワノの生地を切り分けると、中からはとろけた乾酪とさまざまな食材がとろりとあふれだしてくる。食材は、刻んだネェノンとタケノコのごときチャムチャム、それにカエンタケのようなジャガルのキノコで、それらが溶けた乾酪の中で渾然一体《こんぜんいったい》となっていた。

そしてこちらの料理でも、さまざまな香草が使われている。俺に判別できたのはクミンやレモングラスに似た香草のみであったが、きっとそれ以外にも二、三種類は使っているのだろう。乾酪が主体の料理にこれだけの香草を使うというのは、やはり俺にとって馴染《なじ》みのない手際であった。

「城下町でも、アスタ殿から教えていただいた『そば』という料理が人気を博しておりますが、それだけではなかなか黒フワノを使いきることも難しいですからな。黒フワノの軽い食感はこちらの料理にも適合すると考えて、使用しております」

そのように解説してから、ティマロはまたトゥール＝ディンのほうを振り返った。

「……トゥール＝ディン殿、いかがでしょうかな？」

「あ、は、はい。こちらの生地には、何かの実が練《ね》り込まれているのでしょうか？　生地だけを食すると、何か独特の風味を感じます」

「生地に練り込んだのは、ホボイとタウの実ですな。それに、ラマムの汁をわずかに加えております」

「ホボイとタウの実、それにラマムの汁ですか……なるほど……」

「……トゥール＝ディン殿は、フワノの生地にしかご興味がないのでしょうかな？」

ついにティマロが不服そうに口をとがらせると、トゥール＝ディンは「も、申し訳ありません」と頭を下げた。

「最初の料理もこちらの料理も、自分の知らないフワノの使い方がされていたので、つい……もともとわたしはアスタやレイナ＝ルウほど、上手に感想を述べることもできませんし……」

俺たちもだいぶん城下町の調理法というものに免疫《めんえき》はついてきたものの、まだ手放しで「美味《うま》い」と感じられるほどではないのだ。ヴァルカスの域まで達してしまえば、ひたすら感心するばかりであるのだが、こういう際にはなかなかコメントも難しいのであった。

そんな中、次なる料理の試食が始められる。俺の料理は『ギバの冷しゃぶと温野菜のサラダ』、ティマロの料理は『ママリアの煮込み料理』であった。

『ギバの冷しゃぶと温野菜のサラダ』は、それほど大きく内容を変えていない。茹《ゆ》であげた野菜に、熱を通してから水で洗ったギバのバラ肉をのせた、シンプルな仕上がりである。野菜も、もともと使っていたティノとネェノンとアリアに、ホウレンソウのごときナナールと、そして新食材、白菜のごときティンファを加えただけだ。

ただ、味付けのほうは大幅《おおはば》に変えている。以前はポン酢醤油《ずじょうゆ》に似せた味付けを採用したのだが、今回はゴマに似たホボイを使って、ゴマ風ドレッシングの再現に挑んでみせたのである。

ホボイはしっかりとすりおろして、それに砂糖と塩、タウ油、ママリア酢、レテンの油、ミャームーを加える。それぞれの分量を見極《みきわ》める以外に、難しいところはない。ホボイはとても風味が豊かであるので、俺はなかなか満足のいくドレッシングを作製することができていた。質感はとろりとしていて、味付けはやや甘みを強調している。これまでは酸味のきいたドレッシングしか作っていなかったので、レイナ＝ルウやリミ＝ルウたちも最初は驚いていたが、試食をしてもらうとたいそう満足そうな笑顔を見せてくれたものであった。

「ふむ。ホボイの風味が、十全に活《い》かされているようですな。これは城下町でも人気の出る味わいであるやもしれません」

そのように述べてから、ティマロは「そういえば」とつけ加えた。

「ヴァルカス殿の店では、すでにホボイの油というものを使い始めたようですよ」

「あ、ホボイから油を搾《しぼ》る方法が判明したのですか」

「はい。以前に城下町を訪《おとず》れたジャガルの民が、その方法をヴァルカス殿のお弟子《でし》にお伝えしたそうです。ホボイの使い方を広く知らしめるのは貴《とうと》き方々からのご命令であるのですから、その手法も明かしていただく必要があるでしょうな」

ホボイ油がゴマ油に似たものであるのなら、俺も是非とも使ってみたいところであった。

「まあそれも、王都の方々がジェノスを出てからの話になるのでしょう。バルドという土地から届いた食材についても、また吟味したいところでありますな」

ティマロの言葉にうなずきながら、俺は『ママリアの煮込み料理』という奇妙《きみょう》な料理を食させていただいた。ママリアというのは、果実酒や酢の原料だ。その本体が料理に使われるのを見るのは、これが初めてのことであった。

ただし、ママリアは原形を留めていない。赤褐色《せきかっしょく》をした果実のペーストとともに、野菜を煮込んだ料理であるのだ。これも動物性の出汁がきいていたが、具材に肉は見当たらず、十種類にも及ぼうかという野菜が入念に煮込まれている。味付けは、ブドウのような風味を持つママリアの酸味が主体だ。さらに、ママリアの酢も使われているのだろう。砂糖や蜜で甘さも加えられており、そして、わずかながらに土臭《つちくさ》い苦みも感じられる。俺がカレーで使っているカルダモンのような香草を使っているのかもしれなかった。

これも数ヶ月前であれば、ひと口目でぎょっとしていたかもしれない。それぐらい、複雑で馴染みのない味だ。ただ、具材を口にすると、それぞれ異なる印象が生じるのが面白《おもしろ》い。チャッチやギーゴなどはあまりこういう酸味と相性《あいしょう》がよくなさそうであるのに、意外と食べやすく、しっかり味のしみ込んでいるチャンなどは、なかなか奇天烈《きてれつ》な仕上がりであった。

みんなの様子をうかがってみると、若年組の二名はいくぶん涙目になってしまっている。ここに来て、苦手な味にぶつかってしまったようだ。それでも小皿に取り分けた分はきちんと完食して、「食べ物を残さない」という森辺の習わしを守っていたトゥール＝ディンとリミ＝ルウであった。

そうしていよいよメインディッシュは、肉料理である。俺の料理は『ギバの竜田揚《たつたあ》げ』で、ティマロの料理は『カロンの炙《あぶ》り焼き』であった。

竜田揚げは、小麦粉ではなく片栗粉《かたくりこ》を使った揚げ物料理である。もちろん俺もフワノではなく、チャッチから抽出《ちゅうしゅつ》したチャッチ粉でこの料理を仕上げている。漬《つ》けダレで味をつけたギバのロースにチャッチ粉をまぶして、ギバのラードでカラッと揚げるのだ。森辺においても宿場町での商売においても、チャッチ粉の抽出が若干《じゃっかん》の手間であるので、『ギバ・カツ』や揚げ焼きほどの出番は生じないものの、人気のほどでは決して負けていない、自慢《じまん》の料理であった。

こちらも料理本体のレシピに大きな変更《へんこう》はなかったが、やはり上物のソースでアレンジを加えることにした。俺が考案したのは、生姜《しょうが》に似た風味を持つケルの根を使ったソースとなる。みじん切りにしたケルの根と、砂糖、タウ油、ママリア酢、ニャッタの蒸留酒を混ぜ合わせて、軽く煮込みながら、チャッチ粉でとろみを加える。油を切った竜田揚げにそれを掛ければ、完成だ。つけあわせはティノとアリアとネェノンの生野菜サラダで、そちらには清涼感のあるママリア酢ベースのドレッシングを使用していた。

「ううむ。こちらも格段に味がよくなっておりますな。ケルの根のように風味の強い食材を、見事に使いこなしているようです」

ティマロも二名の助手たちも、感服しきった面持《おもも》ちをしていた。

そちらに御礼《おれい》の言葉を返しながら、俺もティマロの肉料理を試食させていただく。一見、何のへんてつもない肉の塊《かたまり》である。直径十センチぐらいの平たい俵形で、まるでハンバーグのような形状をしている。その上には、妙に鮮《あざ》やかなグリーン色をした香り高いソースが掛けられていた。

かつての肉料理でも痛い目を見た経験のあるリミ＝ルウは、またいくぶん眉尻《まゆじり》を下げながら、その肉塊《にっかい》をつついている。すると、こんがりと炙り焼きにされた表面が破れて、そこからとろとろと大量の肉汁《にくじゅう》が噴出《ふんしゅつ》し始めた。リミ＝ルウが「わっ、わっ」と焦《あせ》った声をあげながら匙を突《つ》きたてると、厚みが三センチもある肉塊が呆気《あっけ》なく分断されてしまった。

「わー、お皿が脂だらけになっちゃう！」

リミ＝ルウはいよいよ焦った声をあげながら、分断された肉塊をぱくりと口に投じる。そうして小さな口でもにゅもにゅと咀嚼《そしゃく》をしたリミ＝ルウは、きょとんとした顔でかたわらの姉を振り返った。

「ねー、こんなにいっぱい食べたのに、すぐなくなっちゃった」

「え？　よく噛まないと、お腹を痛めるよ？」

レイナ＝ルウがリミ＝ルウと同じ皿から肉を食べると、やがてその顔にもリミ＝ルウと同じ表情が浮かべられた。

「うん、本当だね。噛む必要があるのは表面の焼けたところだけで、中のほうは溶けちゃったみたい……ティマロ、この中身は肉ではなかったのでしょうか？」

「いえ。そちらはすべてカロンの肉のみで作られておりますよ」

ティマロは、ひくひくと鼻のあたりを動かしていた。レイナ＝ルウたちの反応が、満足できるものであったのだろう。

森辺の習わしで同じ皿から料理を食べることのできない俺とトゥール＝ディンは、あらかじめ二つに切り分けてからおたがいの小皿に運ぶ。こちらも、油分の放出がすさまじい。切り分けた断面から、溶けた脂と肉汁がとめどもなくあふれてくるのだ。

しかし、その肉塊を真ん中から断《た》ち割《わ》ることによって、俺にはこの肉料理の正体が理解できた。これは、限界まで薄く切り分けたカロン肉を何重にも重ね合わせて形にした料理であったのだ。

断面からは、紙のように薄い肉の層が見えている。その肉と肉の隙間《すきま》から、脂と肉汁がだばだばとあふれているのだ。なおかつ、肉の中心部は鮮やかなピンク色で、かなりレアに仕上げられていた。

（すごいなあ。ハンバーグより、よっぽど手間のかかる料理だぞ）

俺は匙でその肉を切り分けると、したたる油分を軽く落としてから、それを口にした。

まずはソースに使われている香草の香りと、焼かれた表面の香《こう》ばしさが鼻に抜けていく。それを楽しみながら肉を噛むと、確かに表面の焼き色がついた部分以外は、するすると溶けていくような感覚があった。脂のインパクトも物凄《ものすご》いが、それもあまり後をひかずに消失してしまう。以前にいただいた蒸《む》し焼き料理のように、脂の塊を食べているような不快感が生じることはなかった。

「そちらの料理には、カロンの肩に近い背中の肉を使っております。これほど立派な肉を扱《あつか》っている店は、城下町でもそうそう存在しないでしょうな」

「すごいですね。肉の味はしっかりしているのに、溶けるようになくなってしまいます」

「ええ。その食感を楽しんでいただくために、極限まで肉を薄く切り分けているのです」

すると、残りの肉をぱくぱくと食べていたリミ＝ルウが「これ、美味《おい》しいよ！」と声をあげた。

「ずーっと前にあなたが食べさせてくれたお肉の料理も脂がすごくて、おえーってなっちゃったんだけど、これは美味しいと思う！」

「……お気に召されたのなら、何よりですな。今回の炙り焼きも前回の蒸し焼きも、わたしにとっては優《まさ》り劣《おと》りのない献立であるのですが」

表情の選択《せんたく》に困った様子で、ティマロは中途半端《ちゅうとはんぱ》に微笑《ほほえ》んでいる。しかし、俺もリミ＝ルウと同じ感想である。肉に無数の穴を空けて脂の中に漬け込むという調理法であった前回の蒸し焼き料理にはかなり辟易《へきえき》させられたものであるが、今回は上質の霜降《しもふ》り肉をいただいたような満足感を覚えることになったのだ。

ただし、この料理もしっかり一人前を食べてしまったら、多少は胃にもたれてしまうかもしれない。カロンの脂は、ギバの脂よりやや重たいのだ。同じことを思ったのか、リミ＝ルウは残りふた口ぐらいになったところで、その皿を背後のルド＝ルウに差し出していた。指でつまんで食したルド＝ルウは、「んー、まあ美味いかもな」と率直な意見を口にする。

「……菓子《かし》を除く五種の料理は、これで終了《しゅうりょう》ですな。アスタ殿のお手並みは、実に見事であったかと思います」

やがてティマロは、真面目くさった表情と口調でそのように言いたてた。

「以前と同じ献立であったがゆえに、アスタ殿がどれほど腕《うで》を上げたかも、はっきり感ずることができました。と、いうよりは――あの頃よりもさまざまな食材を扱えるようになった恩恵《おんけい》が、はっきり感じられたというべきでしょうかな」

「はい。あの頃と現在では、扱える食材の量が倍以上になっているでしょうからね」

「……渡来《とらい》の民たるアスタ殿は、我々の見知らぬ調理の作法を携《たずさ》えておられます。それと同時に、ジェノスで正しいとされる香草の扱い方については知識が不足しているように感じられますが……それらの理屈《りくつ》をすべてとっぱらって、料理の味のみを見定めたとしても、決して城下町の料理人に引けを取ることはないでしょう。それは、わたしが保証いたします」

ティマロの言葉に、二名の助手たちも小さくうなずいていた。

「たとえば本日、わたしとアスタ殿が味比べをしたとしても――勝負は、五分でしょうな。アスタ殿の料理の物珍《ものめずら》しさが勝つか、城下町の民の好みをわきまえたわたしが勝つか……あるいは、料理を口にするのがシムやジャガルの民であった場合、わたしは大敗するやもしれません。わたしは、そのように思います」

「そ、そうですか……」

「ええ。わたしはジェノスの城下町の民のために料理の腕を研鑽《けんさん》しておりますので、それを恥《は》じる気持ちはありません。ただ、年若いアスタ殿に地力で負けているのではないかと考えると、いささか胸がざわめくまでです」

そう言って、ティマロはぐいっと頭をもたげた。

「ともあれ、わたしは全力を尽《つ》くしましたし、アスタ殿のお手並みにも感服させられました。ダイア殿の腕前《うでまえ》を知る王都の方々からどのような評価が下されるか、楽しみなところでありますな」

ティマロにとっては、そちらが本題であるのだろう。しかし、あのティマロにここまでの言葉をもらえるというのは、俺にとっても心強いことであった。

そういえばティマロは、ヴァルカスが同席していた勉強会において、俺への対抗心《たいこうしん》を脇《わき》に追いやっていたような印象がある。今日のティマロは、ダイアという人物に対抗心の大部分を注いでいるのかもしれなかった。

「……では最後に、菓子の試食でありますな」

ティマロの対抗心に燃えた目が、ぐりんとトゥール＝ディンに向けられる。

トゥール＝ディンは、俺の横で「はい……」と縮こまっていた。

（……なるほど。ダイアって人に対する対抗心の余波が、トゥール＝ディンに向いてしまったわけか。トゥール＝ディンには、ちょっと気の毒だったな）

俺がそんなことを考えている間に、調理助手の二名が菓子にかぶせられていた銀色のクロッシュを取り除く。

そこから現れたトゥール＝ディンの菓子を目にしたティマロは、「何ですかな、これは？」と目を丸くすることになった。

4

「こ、これはその……アスタから習い覚えた、でこれーしょんけーきという菓子です」

トゥール＝ディンの言葉を聞いても、ティマロは目を丸くしたままであった。

「実に面妖《めんよう》な外見をしておりますな。味の想像が、まったくつきません」

「は、はい。お口にあえば幸いです……」

クロッシュに隠されていた白い皿にちょこんとのせられていたのは、直径十五センチていどのホールケーキである。こちらはティマロばかりでなくリミ＝ルウやレイナ＝ルウも試食をせがんでいたため、トゥール＝ディンがこれだけのサイズを準備してくれたのだ。

もちろんルウ家にもデコレーションケーキのレシピは伝えられており、リミ＝ルウの生誕の日を皮切りにお披露目《ひろめ》されていたが、こちらの品にはさらなる工夫が凝《こ》らされている。表面を覆《おお》っているのがギギの葉のチョコクリームで、そこにプレーンの白いクリームと砂糖《さ》漬《とうづ》けにされたキイチゴのごときアロウの実でデコレーションが施《ほどこ》されているのだ。見た目からしてカラフルで、リミ＝ルウなどは食べる前からきらきらと目を輝《かがや》かせていた。

「あ、これはとてもやわらかいので、わたしが切らせていただきます」

トゥール＝ディンがいそいそと立ち上がり、切り分けを開始する。そちらのケーキは六等分にされたので、俺も最後のひと切れをいただくことができた。

「ふむ……内側は、フワノの生地なのですな。それにこれは……ラマムの実ですか」

ティマロがケーキの断面を検分しつつそのように問いかけると、トゥール＝ディンは恐縮しながら「は、はい」とうなずいた。ラマムは、リンゴに似た甘酸《あまず》っぱい果実である。スポンジ部分は三層に分けられていて、その隙間にプレーンのクリームと小さく刻まれたラマムの実が練り込まれていた。

「この物珍しい外見は、貴族の方々にも喜ばれるでしょうな。しかし、重要なのは、あくまで味です」

しかつめらしく言いながら、ティマロは匙ですくったケーキを口に運び――そして、驚愕《きょうがく》のあまりその目を大きく見開いた。左右の助手たちも、懸命《けんめい》に驚きの声を呑《の》み込んでいるようだ。

そんな中、リミ＝ルウは遠慮《えんりょ》なく「おいしー！」と快哉《かいさい》の叫びをあげた。

「すごいね！　アスタの作ってくれたけーきに負けないぐらい美味しいよ！　やっぱりトゥール＝ディンはすごいなあ」

「あ、ありがとうございます」

トゥール＝ディンは不安そうにティマロのほうを見つめていたが、そちらはひと口食べたきり固まったままである。その間に、俺もトゥール＝ディンの力作を味わわせていただくことにした。

ホイップした卵を使ったスポンジ部分は、匙で難なく切り分けられるほどやわらかい。クリーム部分はいくぶん溶けかけてしまっていたが、そのつやつやとした輝きが、いっそう甘やかな味の予感をかきたてた。

実際に口に運んでみると、まぎれもなく甘い。ギギの葉も分量は抑《おさ》えられているので、苦味が先に立つことはなく、チョコ風味のクリームとして成立している。このあたりの分量を見極めるトゥール＝ディンの舌とセンスは、さすがであった。

ときどき混入しているラマムの酸味と食感が、また心地好《ここちよ》い。熱を通していても、まだ多少はしゃくしゃくとした食感が残されており、リンゴっぽい酸味が甘みでとろけそうな舌を休ませてくれる。ラマムを使うかどうかは最後まで悩《なや》んでいたトゥール＝ディンであるが、これは使って大成功であろうと思われた。

「なるほど……これならば、オディフィア姫《ひめ》がトゥール＝ディン殿の菓子をねだるのも当然のことでありましょう」

硬直《こうちょく》していたティマロが、今度はぐにゃりと弛緩《しかん》しながら、そう言った。

「アスタ殿の技量はわきまえておりましたので、今さら驚きはしませんが……アスタ殿には、これほどまでに優秀《ゆうしゅう》なお弟子がおられたのですな」

「はい。ですが、菓子に関してはとっくにトゥール＝ディンに上を行かれています。俺が新しい発想を伝授すると、数日後にはもう俺よりも立派な菓子を作られてしまいますからね」

「そ、そんなことは、ありません。わたしなんて、アスタがいなかったら……」

と、トゥール＝ディンはますます小さくなってしまう。そんなトゥール＝ディンの姿を見返しながら、ティマロはゆるゆると首を振《ふ》った。

「わたしはダイア殿の菓子を何度か口にしたことがあります。あれはまるで宝石や銀細工が菓子に姿を変えたような、そんな素晴らしい仕上がりでした。……わたしは今、それと同じ驚嘆《きょうたん》とおののきを味わわされてしまっています」

「きょ、恐縮です……あ、あの、それじゃあ……」

「はい、何でしょうか？」

「……わたしはこれからも、オディフィアに菓子を届けることを許されるでしょうか？」

トゥール＝ディンは、祈《いの》るような眼差《まなざ》しになっていた。

ティマロはつやつやのおでこをひと撫《な》でしてから、「ええ」とうなずく。

「トゥール＝ディン殿はダイア殿にも劣らぬ菓子作りの才覚を有しておられるのですから、何もとがめられる道理などありません。王都の方々も、きっとそのように考えることでしょう」

「そうですか……」と、トゥール＝ディンは自分の胸《むな》もとに手を置いて、深々と息をついた。

ティマロはようやくふた口目のケーキを頬張《ほおば》り、「んん……」と奇妙なうめき声をあげる。

「これはあの、シムのギギの葉を使っておられるのですな。あのような苦い茶の葉で、どうしてこのような風味を生み出せるのか……ああ、すべて食べてしまうのが惜しいほどです」

どうやらトゥール＝ディンの菓子は、ティマロの琴線《きんせん》を大いに揺《ゆ》さぶったようだった。

そしてそれに追い打ちをかけたのは、リミ＝ルウの作製した『チャッチ餅《もち》』である。俺が以前と同じ献立をお出しするつもりだと告げると、リミ＝ルウもそれに合わせて最新版の『チャッチ餅』を提供することに決めたのだ。トゥール＝ディンのデコレーションケーキの余韻《よいん》にひたりながら、何気なくリミ＝ルウの『チャッチ餅』を口にしたティマロは、完全に不意をつかれた様子で身体をのけぞらせていた。

「これはまた……以前よりも、格段に味がよくなっておりますな」

ティマロの言葉に、リミ＝ルウは「えへへ」と頭をかく。

「アスタがまた新しい作り方を教えてくれたの！　森辺のみんなも、美味しいって言ってくれたよ！」

今回こちらで採用されたのは、タウの実を使った新しいトッピングであった。タウの実は大豆に似ているので、それを炒《い》ってから皮を剥《む》き、入念にすりつぶすと、香ばしいきな粉のごとき状態に仕上げることがかなったのである。

そのタウの実のきな粉に砂糖を混ぜて、チャッチ餅にまぶしたのちに、砂糖でこしらえた黒蜜をかける。わらび餅のごときチャッチ餅としては、ある意味で原点に戻ったようなものであろう。また、チャッチ餅の本体はカロン乳とギギの葉の汁で練られた二種が準備されており、ミルク風味とカカオ風味が楽しめる仕上がりとなっていた。

「このタウの実の粉を使ったことで、香ばしい風味と不可思議な食感が加えられたのですな。そして、溶かした砂糖とタウの実にはどちらにも強い甘《あま》さがあり、そのどちらの甘さを際立たせるかは、食べる人間の匙加減《さじかげん》ひとつ……いや、もともとのチャッチ餅という玄妙《げんみょう》な菓子の味わいも相まって、これは素晴らしい仕上がりです」

「ありがとー！　でも、リミはアスタが教えてくれた通りに作っただけだからね！」

「そんなことないよ。チャッチ餅にカロン乳やギギの葉を使おうと思いついたのはリミ＝ルウだし、俺が作るよりもよっぽど美味しく出来上がってるはずさ」

リミ＝ルウは、嬉《うれ》しさと照れくささの入り混じった可愛《かわい》らしいお顔で微笑んでいる。その笑顔を見やりながら、ティマロは溜息《ためいき》まじりに問うた。

「……トゥール＝ディン殿とリミ＝ルウ殿は、いったい何歳《なんさい》であられるのでしょうかな？」

「わ、わたしは十一歳《さい》です」

「リミはこの前、九歳になったよ！」

「十一歳と九歳……まことに末恐《すえおそ》ろしいものでありますな。そして、トゥール＝ディン殿ばかりに着目してリミ＝ルウ殿の存在をないがしろにしていたことを、わたしは恥ずかしく思います」

そのように嘆息《たんそく》するティマロの菓子も、リミ＝ルウたちを落胆《らくたん》させることはなかった。前回は菓子でもリミ＝ルウに「まじゅい」と言わしめてしまったティマロであるのだが、今回は風味づけに酒類なども使っておらず、俺たちでも安心して食べられる味わいであったのだ。

その内容は、ミンミを主体にしたフワノの焼き菓子であった。桃《もも》に似たミンミの実を熱して溶かして、それをフワノの生地に練り込《こ》んでから焼きあげたという話だ。生地全体からミンミの甘さと香《かお》りがたちのぼる、それは不可思議な味わいであった。

また、ときおり感じられる、しゃくっとした食感が心地好い。ラマムの実でも使っているのかと思いきや、それはタケノコのごときチャムチャムを砂糖漬けにしたものであるとのことであった。

「これは美味しいです。とても優《やさ》しい味わいですね」

トゥール＝ディンもそう言っていたが、ティマロはちょっとほろ苦い微笑《びしょう》をたたえていた。俺たちとしては満足な出来栄《できば》えであったが、城下町の料理人としては細工が少なかったと後悔《こうかい》しているのかもしれない。使用する食材は多ければ多いほど立派である、というのがティマロたちの価値観であるのだ。

「わたしも自信をもってこの菓子を作りあげたつもりでありましたが、お二人の菓子の前ではかすんでしまうでしょうな。初めてあなたがたの菓子を口にする人々ならば、なおさらです」

「い、いいえ、わたしは本当に美味しいと思います……けど……」

「いいのです。本日のわたしには、これが最善の献立と思えたのですからな」

ティマロがそのように答えたとき、背後の扉《とびら》がノックされた。

ずっと静かにたたずんでいたアイ＝ファとルド＝ルウが、鋭《するど》くそちらを振り返る。

「森辺の皆様方《みなさまがた》、およびティマロ様。ジェノス侯爵《こうしゃく》マルスタイン様より、食堂に参じよとのお言葉です」

ついにあちらでも、検分の会食が終了したのだ。

扉を開けると、侍女《じじょ》のシェイラと二名の武官が立ち並んでいた。その背後には、ジザ＝ルウとガズラン＝ルティムの変わらぬ姿もうかがえる。

「どうぞこちらに――食堂までご案内いたします」

シェイラの案内で、俺たちは煉瓦造《れんがづく》りの回廊《かいろう》に足を踏《ふ》み出した。回廊の要所要所には、やはりジェノスの武官たちが立ち尽くしている。この貴賓館《きひんかん》には数多くのお客が滞在《たいざい》しているはずであるので、それが貴族たちの会食の場に近づかぬように見張っているのだろう。

やがて到着《とうちゃく》したのは、見覚えのある両開きの扉であった。これまでに何度か、この食堂には連れてこられている。最初にティマロと厨《くりや》を預かった日も、俺たちはこの部屋で料理を供したのだ。

「……狩人の方々も入室されるならば、刀と外套《がいとう》をお預かりいたします」

扉の前に立った武官の一人が、そのように告げてくる。短いやりとりの後、ルド＝ルウだけが外に残ることになった。武装を解かぬまま、そこに待機するのだ。

そうしてアイ＝ファたちの刀とマントが守衛の手に渡《わた》されるのを見届けてから、武官が声を張り上げる。

「森辺の民七名、および料理人ティマロ殿をお連れいたしました。入室の許可を願います」

室内からの「許可する」という声とともに、武官は扉を引き開けた。そこに足を踏み入れるなり、俺は異様な雰囲気《ふんいき》にとらわれる。また、その理由は一目にして瞭然《りょうぜん》であった。

「よくぞ参ったな、森辺の民たちよ。部屋の中央まで進み出るがいい」

マルスタインの鷹揚《おうよう》な呼びかけに従って、俺たちは室内に踏み入った。

異様な雰囲気の正体は、その部屋を守る兵士の数の多さである。甲冑《かっちゅう》を纏《まと》って長剣《ちょうけん》をさげた完全武装の兵士たちが、左右の壁に沿って十名ずつ立ち並んでいたのだ。なおかつそれは、いずれも銀色の胸甲《きょうこう》に獅子《しし》の紋章《もんしょう》を掲《かか》げた王都の兵士たちであった。

そして、食堂の卓《たく》がいささか奇妙な形に並べられている。横長の大きな卓が、奥《おく》に一台、右側に一台、逆L字の形で並べられていたのだ。奥に座《すわ》った三名は正面から、右側に座った三名は横合いから、部屋の中央に進み出る俺たちを眺《なが》める格好になった。

右側の三名が、ジェノスの貴族たちである。ジェノス侯爵マルスタイン、その第一子息にして近衛《このえ》兵団《へいだん》団長たるメルフリード、そしてダレイム伯爵家《はくしゃくけ》のポルアースだ。マルスタインはゆったりと微笑み、メルフリードは無表情で、ポルアースは不安そうに眉尻を下げている。そんな三名に見守られながら、俺たちは部屋の中央に整列した。

（これが……王都の貴族たちか）

正面の席に居並ぶ三名の姿を見返しながら、俺はひそかに呼吸を整えた。

三名の内、二名はゆったりとした長衣《ちょうい》を纏っている。もう一名の、武官の礼服めいた装束を纏っているのが、おそらくはダグとイフィウスの上官たる千獅子長ルイドという人物であるのだろう。

思いがけないほど、その人物は若かった。ダグやイフィウスとそれほど変わらないぐらいに見える、二十代半ばの青年だ。長身で、背筋がのびており、いかにも武人らしい厳《いか》つい面立《おもだ》ちをしている。あまり感情の感じられないその瞳《ひとみ》は灰色で、褐色《かっしょく》の髪《かみ》は短く切りそろえられていた。

「今日は、大儀《たいぎ》だった。膝《ひざ》を折る必要はないので、そのまま名乗りをあげるがいい」

相変わらずゆったりとした口調で、マルスタインがそう述べたてた。

マルスタインと顔をあわせるのはけっこうひさびさのことであるが、どこにも変わりはないようだ。若々しくて、すらりとしていて、褐色の髪を長めにのばしており、形のよい口髭《くちひげ》をたくわえた、いかにも瀟洒《しょうしゃ》な貴族然とした姿である。鉄仮面のように無表情なメルフリードとは、どこにも似たところがない。

まずはジェノス陣営《じんえい》の貴族たちを見回してから、王都の貴族たちのほうに視線を固定させて、ジザ＝ルウは静かに口火を切った。

「森辺の族長筋、ルウ本家の長兄《ちょうけい》ジザ＝ルウだ」

「同じく、ルウ本家の次姉レイナ＝ルウです」

「えーと……ルウ本家の末妹リミ＝ルウです」

「族長筋ルウ家の眷族《けんぞく》、ルティム本家の家長ガズラン＝ルティムです」

穏《おだ》やかな声音《こわね》で述べてから、ガズラン＝ルティムはうながすようにトゥール＝ディンを見た。

森辺の習わしで、次に名乗るのはトゥール＝ディンの順番であったのだ。

「……森辺の族長筋ザザ家の眷族、ディン本家の家人トゥール＝ディンです」

「森辺の民、ファの家の家長アイ＝ファだ」

「森辺の民、ファの家の家人アスタです」

そこで初めて、「はん」と鼻を鳴らす音がした。王都の貴族たちの真ん中に陣取《じんど》った人物が、小馬鹿《こばか》にした様子でせせら笑ったのだ。しかしその人物もそれ以上は声をあげようとしなかったので、ティマロが恭《うやうや》しく一礼した。

「ジェノスの料理人、《セルヴァの矛槍亭《ほこやりてい》》の料理長、ティマロと申します。本日は貴き方々にお目見えする栄誉《えいよ》を賜《たまわ》り、恐悦至極《きょうえつしごく》にてございます」

貴族を客に迎《むか》えることも多いというティマロは、このような環境《かんきょう》下でもとりたてて臆《おく》するところはないようであった。

そうしてこちらの自己紹介《じこしょうかい》が終了すると、貴族の一人が「なるほど……」と笑いをふくんだ声をあげた。

「これが、渡来の民を名乗るファの家のアスタか。報告にあった通り、とうてい渡来の民とは思えぬ見てくれだな」

これは、さきほど鼻を鳴らしていた人物である。言うまでもなく、俺は最初からその人物に警戒心《けいかいしん》をかきたてられていた。これがきっと、酩酊《めいてい》した状態で族長たちとの会談に臨《のぞ》んでいた人物であるのだ。その証拠《しょうこ》に、彼《かれ》はこの場においてもしたたかに酩酊していた。

立派な装飾《そうしょく》を施された椅子《いす》にだらしなく座して、卓に片方の肘《ひじ》をついている。その指や手首には、銀細工や宝石の飾《かざ》り物がぎらぎらと輝いていた。まだ二十代と思《おぼ》しき若年《じゃくねん》で、貴族風の顔立ちなのかもしれないが、目の下にはくっきりと隈《くま》が浮《う》かんでしまっている。いかにも不摂生《ふせっせい》で、自堕落《じだらく》で、高慢《こうまん》きわまりない薄笑《うすわら》いをたたえていた。

それに比べると、もう一人の貴族は実に当たり障《さわ》りのない風貌《ふうぼう》をしている。こちらは四十路《よそじ》を越えていそうな壮年《そうねん》の男性で、やや痩《や》せ気味《ぎみ》であり、口髭と顎髭《あごひげ》をたくわえている。穏やかで、気品のある、いかにも優しげな面立ちであった。

「紹介《しょうかい》しよう。右から、王都アルグラッドの監査官《かんさかん》タルオン殿、同じくドレッグ殿、そして、千獅子長のルイド殿だ」

マルスタインの言葉に、壮年の優しげな人物、タルオンだけがうなずいた。若き貴族ドレッグは酔《よ》いで濁《にご》った目で、俺たちの姿をじろじろと見回している。

「この中で、ガズラン＝ルティムだけは王都のお歴々と顔をあわせていたはずだな。先日に引き続き、大儀であった」

マルスタインの言葉にガズラン＝ルティムが一礼すると、ドレッグは再び「はん」と鼻を鳴らした。

「前回は族長どものお守りで、今回は料理人どものお守りか。お前自身は一度として名指しで呼びつけられたことはないはずだな、ガズラン＝ルティムとやら？」

「はい。前回も今回も、私は族長ドンダ＝ルウの意思によって付《つ》き添《そ》いの仕事を果たしています」

「ふん。ギバ狩《が》りは崇高《すうこう》な仕事だなどとのたまいながら、勝手に手を抜《ぬ》いているのは自分たちのほうではないか。何も後ろ暗いところがないならば、付き添いの必要などなかろうにな」

すると、かたわらのタルオンが「まあまあ」とドレッグをたしなめた。

「そのように声を荒《あら》らげても、話は進まないでしょう。今宵《こよい》は森辺の料理人たちの力量を見定めるために召喚《しょうかん》したのですから、まずはその話を済ませるべきでございましょう」

タルオンという人物には、年齢《ねんれい》以上の落ち着きが感じられた。物腰《ものごし》はやわらかいし、言葉づかいは丁寧《ていねい》であるし、今のところは悪い印象も感じられない。しかしドレッグのほうは、「はん」と口もとをねじ曲げていた。

「そのようなものは、判別のつけようもない。俺《おれ》にわかるのは、せいぜい菓子の出来栄えぐらいだな」

そう言って、ドレッグはトゥール＝ディンとリミ＝ルウの姿を見比べた。

「しかし、このような幼子どもが料理人とは、恐《おそ》れ入った。あれは本当に、お前たちが自分の手でこしらえたのか？」

「は、はい。アスタから習い覚えた技で、わたしたちがこしらえました」

「ふん……城下町の料理人よ、お前が裏で手を貸したのではなかろうな？」

「はい。わたしも味見をさせていただきましたが、どちらも見事なお手並みでございました」

ティマロが上品に微笑みながら一礼すると、ドレッグは頬杖《ほおづえ》をついたまま「ふふん」と肩《かた》をすくめた。

「それでは、ジェノス侯爵の娘御《むすめご》の行いを酔狂《すいきょう》と咎《とが》めることもかなうまいな。まったく、小憎《こにく》らしいことだ」

「そうですな。少なくとも、我々がジェノス城で出されている菓子と比べても、いっさい遜《そん》色《しょく》はなかったように思います。物珍しさがまされば、森辺の料理人の作る菓子のほうが優《すぐ》れているとさえ言えるやもしれません」

トゥール＝ディンはハッとしたように身体をのけぞらしてから、頭を下げた。その手がまた、胸もとの装束をぎゅっとつかんでいる。トゥール＝ディンたちの菓子の腕前は、思いも寄らぬ呆気なさで認められることになったのだ。

しかし、その喜びを噛《か》みしめるひまもなく、ドレッグの充血《じゅうけつ》した目は俺のほうに向けられてきた。

「そうなると、問題はやはりお前だな、ファの家のアスタよ」

「は……自分の料理には、ご満足いただけなかったでしょうか？」

「満足もへったくれもない。あのような料理には、裁定の下しようもあるまいよ」

いったい何が、彼の不興を買ってしまったのだろうか。

覚悟《かくご》を据《す》えて、俺が言葉の続きを待ち受けていると、横合いのポルアースが「しかし……」と声をあげようとした。それをさえぎるようにして、ドレッグが言い捨てる。

「ギバの肉などという得体の知れないものを、そう容易《たやす》く口にできると思うのか？　お前の出した皿で口にできたのは、前菜のギーゴだけだった。あんな生のギーゴだけで、お前の腕を見定めることなどできるはずがなかろうが？」

「……ギバ肉を使うべきではなかったのですか？」

さすがに俺は困惑《こんわく》して、ポルアースたちのほうを振り返ってしまった。

それに応じるように、ポルアースが再び「しかし」と声をあげる。

「それならば、最初からギバ肉を使わないように申しつけるべきでありましょう。アスタ殿《どの》はギバ料理で名を馳《は》せた料理人であるのですから、腕を見せよと命じられれば、ギバ肉を使うのが当然のお話です」

「ふん。だったら、お前たちが気を回して指示を出すべきであったな。まったく、迂闊《うかつ》な連中だ」

そう言って、ドレッグは酒杯《しゆはい》の果実酒を一息に飲み干した。俺としては、ひたすら困惑するばかりである。すると、ドレッグはいっそう酔いの回った顔でふてぶてしく笑った。

「それじゃあ、俺の代わりに料理をたいらげたやつから感想でも聞いてみるか？　そちらの食いっぷりは、なかなか悪くなかったようだぞ」

「いえ、ドレッグ殿、それは――」

ポルアースが、腰《こし》を浮かせかける。

その声に、じゃらりと硬質《こうしつ》的な音色が重なった。

「あ……」と頼《たよ》りなげな声をあげて、トゥール＝ディンが俺の腕にすがりついてくる。それと同時に、逆側の腕をアイ＝ファがひっつかんできた。

そんな俺たちの前に、黒くて巨大《きよだい》な影《かげ》が、ぬうっと出現する。

それは、途方《とほう》もなく巨大な犬であった。

これまでドレッグたちの背後に潜《ひそ》んでいた黒犬が、首につながれた鉄鎖《てつさ》を鳴らしながら、卓の前まで回り込んできたのだ。

「……それは、犬なのか？　俺たちの使っている猟犬《りょうけん》とは、ずいぶん異なる姿をしているようだが」

ジザ＝ルウが落ち着いた声音で問うと、ドレッグは悦《えつ》に入った様子で「ふふん」と含《ふく》み笑《わら》いをした。

「これは貴人を守るために育てられた、獅子犬というものだ。迂闊な真似《まね》をすれば腕を肩から引き抜かれることになるので、せいぜい用心することだな」

それが大げさな脅《おど》し文句《もんく》に聞こえないぐらい、その黒犬は凶悪《きょうあく》な外見をしていた。体長は猟犬とそれほど変わらないのかもしれないが、その代わりに胴体《どうたい》も四肢《しし》も恐ろしいほどに分厚くて、頭部もかなり巨大である。その上、全身に長い体毛が生えており、首の周りには獅子のごときたてがみがなびいているのだ。獅子犬という名前がこれほどしっくりくる姿も、なかなかないのではないかと思われた。

鼻面《はなづら》はいくぶん潰《つぶ》れ気味で、ちょっとチャウチャウに似ているかもしれない。そう考えれば、多少は愛嬌《あいきょう》を感じなくもないのだが、しかしとにかく巨大すぎる。また、その黒い瞳は獲物《えもの》を見定めるかのように俺たちの姿を見回しており、それだけで俺は背筋に冷《ひ》や汗《あせ》が浮かぶのを感じてしまった。

「……この犬も、貴方《あなた》がたの護衛役というわけか」

ジザ＝ルウがあくまで沈着《ちんちゃく》に述べたてると、ドレッグは「無論だ」とせせら笑った。

「この獅子犬一頭で、兵士十人分の働きを果たしてくれるからな。おい、ファの家のアスタの料理は、どうだったのだ？」

ドレッグの問いかけに、獅子犬は大砲《たいほう》のような鳴き声で応じた。トゥール＝ディンは俺の腕にすがりついたまま、がたがたと震《ふる》えてしまっている。

「ドレッグ殿、余興が過ぎますぞ。犬に問うても、料理人の腕を見定めることはかないますまい」

そのように発言したのは、やはりタルオンであった。

「それに、わたくしとルイド殿は、きちんとギバ料理も味わわせていただきましたからな。ここは、わたくしどもにお任せください」

「ふん。よくもまあ、得体の知れない獣《けもの》の肉など口にできるものだ。明日の朝、貴殿《きでん》らが魂《たましい》を召《め》されていないことを祈るとしよう」

そうしてドレッグが指先で二度ほど卓を叩《たた》くと、獅子犬はのそのそと座席の後ろに引っ込んでいった。そんな中、タルオンは優しげに細めた目で俺たちを見返してくる。

「ギバの肉というのは、なかなか力強い味わいでありましたな。ギャマや山鳥の肉などを思い起こさせる、野生の風味と申しますか……あれならば、肉そのものが商品として扱われるというのも、まあ不思議ではないかもしれませんな」

「は、はい。そうですか」

「そして、それを調理したあなたの腕も……わたしには、実に見事であると感じられました」

とても穏やかな表情のまま、タルオンはそう言った。

「というよりも、ジェノスの料理というのは奇抜《きばつ》さを重んじすぎて、少々気品に欠けるきらいがございます。そういう意味では、むしろファの家のアスタの料理のほうが、我々王都の人間にはより好ましく思えるのではないかと……ルイド殿も、そのようにお考えではありませんか？」

「どうでしょう。武人に過ぎないわたしには、上手《うま》い感想などひねり出せそうにありません」

しかつめらしく、ルイドはそのように述べたてた。メルフリードの灰色の瞳はガラス玉のように見えるときが多いが、この御仁《ごじん》の瞳はもう少し色が深く、どちらかというと鋼のような色合いに感じられる。何にせよ、メルフリードに負けないぐらいの迫力《はくりょく》であった。

「ただ、美味であったかそうでなかったか、という話であるならば……わたしには、非常に美味であると思えました」

「ええ、わたしも同感です。森の中に住まう民が、あれほど上等な料理を作れるなどとは、夢さら思ってはおりませんでした」

そうしてにこやかに細められたタルオンの目が、正面から俺を見つめた。

「きっとあなたは、もともとしかるべき場所で調理の技術を学んだ人間であるのでしょうな、ファの家のアスタ」

「はい。自分の家は、料理屋を営んでいましたので……」

「なるほど、料理屋を。しかし、これだけさまざまな食材を使いこなせるということは、それ相応の豊かさを有した土地で生まれ育ったのでしょうな」

その言葉を耳にすると同時に、俺はひとつの事実と直面することになった。これだけにこやかに微笑みながら、タルオンの瞳には鋭い探《さぐ》るような輝きしか見て取ることができなかったのだ。これは決して、ただ穏やかなだけの人間ではない。遅《おく》ればせながら、俺はそう確信することになった。

「それはまた、ずいぶんな賞賛っぷりだな！　さきほどの料理にはポイタンなどが使われていたはずなのに、それでもそこまで美味《うま》かったと言うつもりなのか？」

ドレッグが下卑《げび》た声で割り込んでくると、タルオンは笑顔《えがお》のまま「ええ」とうなずいた。

「と、いうよりも……あれがポイタンであったなどとは、とうてい信じられない心地《ここち》でありますな。あれはまるで、極上《ごくじょう》のフワノを味わっているかのような心地でありましたよ」

「ふん。そこまで言葉を重ねると、さすがに戯《ざ》れ言《ごと》としか思えんな」

俺の記憶《きおく》に間違《まちが》いがなければ、ポイタンの産地であるバンズという土地の出身であるのは、ドレッグのほうであるはずだった。しかし、お好み焼きにもふんだんにギバ肉が使われていたのだから、彼の口にそれが届けられることもなかったのだろう。カミュア＝ヨシュのせっかくの助言も、完全に空振《からぶ》りで終わってしまったわけであった。

「しかし、生まれもつかぬ風来坊《ふうらいぼう》と自称《じしょう》しながら、それほどの腕を持つ料理人であるというのは、胡散臭《うさんくさ》い話だ。明日には、色々と楽しい話が聞けそうだ」

ドレッグがそのように言いたてたので、俺は思わず「明日？」と反問してしまった。するとタルオンのほうが、笑顔で「そうですな」と応じてくる。

「明日は、ファの家のアスタを審問《しんもん》させていただきます。森辺の族長にはすでに通達しておりますので、ご心配は不要であります」

ジザ＝ルウが、真意をはかるようにマルスタインのほうを見た。

マルスタインもまた、もとの穏やかな表情を保ったまま首肯《しゅこう》する。

「タルオン殿の仰《おっしゃ》る通り、さきほどルウ家に使者を送った。明日はアスタのみならず、七名の人間に集まってもらう」

「七名？」

「うむ。ファの家のアスタ、ファの家のアイ＝ファ、ルウの家の客人バルシャ、ジーダ、ミケル、マイム、リリンの家のシュミラル、以上七名だ」

ジザ＝ルウは、けげんそうに小首を傾《かし》げた。

「ファの両名にバルシャとジーダはまだわかるが、それ以外の者たちはどういった理由で呼びつけられるのだろうか？」

「何を不思議がることがある。そいつらは、いずれも町から森の中に居を移した者たちなのだろうが？　事情を聞かずに済ませることなどできるものか」

ドレッグが嘲笑《ちょうしょう》まじりの声をあげると、ジザ＝ルウは「なるほど」と首肯する。

「ともあれ、我々は族長の決定に従うまでだ。それでは、アスタたちのかまど番としての力量には納得《なっとく》していただけた、ということなのだな？」

「ええ、そちらはまったく問題ありません。我々も、心から納得することができました」

そう言って、タルオンは思い出したようにティマロのほうを見た。

「あなたの腕前も見事なものでありましたよ。さきほども申しました通り、ジェノスの料理というのは奇《き》をてらいすぎではないかと思わなくもないのですが……しかし、よほどの修練を積まなければ、あれほどの料理を形にすることはできますまい。いや、実に感服いたしました」

「……過分なお言葉をいただき、恐悦至極にてございます」

ティマロはすました顔で、一礼する。しかし何となく、あまり嬉しそうな様子ではない。そんなティマロにもう一度微笑みかけてから、タルオンは締《し》めくくりの言葉を口にした。

「では、今日のところはこれにて閉会ということにいたしましょう。森辺の民の方々は、また明日に」

そうして俺たちは、食堂からあっさりと追い出されることになった。途中《とちゆう》の獅子犬の登場がなければ、肩透《かたす》かしと思えるほどの扱いである。武官の手によって扉が開けられると、回廊の真ん中で腕組《うでぐ》みをしていたルド＝ルウが「あれ？」と目を丸くした。

「何だ、もうおしまいかよ？　ずいぶん早かったんだなー」

ジザ＝ルウは「うむ」と答えただけで、仔細《しさい》を語ろうとはしなかった。その場には、ジェノスの武官やシェイラなども控《ひか》えていたのだ。城下町を出るまでは、明《あ》け透《す》けにものを語れるような状況《じようきよう》ではなかった。

そんな中、意想外の人物が俺の耳もとに囁《ささや》きかけてくる。誰《だれ》あろう、一緒《いつしよ》に退室させられたティマロである。

「……アスタ殿、実に心ない仕打ちでありましたな」

「え？　何がでしょうか？」

「もちろん、せっかくの料理を獣などに食べさせたという、あの暴虐《ぼうぎゃく》な行いについてです。たとえどのような目論見《もくろみ》があろうとも、そのような真似は決して許されないはずです」

ティマロは、こめかみのあたりに薄《うす》く血管を浮かばせていた。

「わたしが同じ目にあわされていたならば、悲嘆《ひたん》のあまり膝をついていたやもしれません。アスタ殿は、よくぞお堪《こら》えになりました」

「ええ、まあ……呆気《あっけ》に取られて、悲嘆に暮れることもできませんでした。というか、俺はもっとひどい嫌《いや》がらせを覚悟していたぐらいですので」

「そうですか。わたしはもう、あのような方々のために料理を作るのは、二度と勘弁《かんべん》願いたいものですな」

それだけ言って、ティマロは俺から離《はな》れていった。

俺はちょっと心配になって、アイ＝ファのほうに顔を寄せる。

「なあ、アイ＝ファは大丈夫《だいじょうぶ》だったか？」

「うむ……あの場で貴族どもに問い質《ただ》しておきたいことがあったのだが、余計な口を叩いて場を乱してはまずいと思い、口をつぐんでおいた。それだけが、心残りになってしまったな」

「問い質しておきたいこと？　それはどういう内容だったんだ？」

「うむ……アスタの料理には野菜やポイタンなども使われていたのに、それを犬に食べさせても大丈夫なのであろうか？」

俺は思わず、きょとんと目を丸くしてしまった。

アイ＝ファは、とても深刻げな面持《おもも》ちになっている。

「猟犬には肉や骨のみを食べさせるべしと、シュミラルは言っていた。それ以外のものを食べさせられてしまったあの犬が病魔《びょうま》に冒《おか》されたりはしないか、それが心配でな」

「えーと……それであの犬がお腹《なか》を壊《こわ》してしまったら、俺の料理に難癖《なんくせ》をつけられてしまう、ということを心配しているのかな？」

「うむ？」と、アイ＝ファは眉《まゆ》をひそめた。

「何を言っているのだ、お前は。食べなれないものを食べさせて犬が身体をおかしくしたならば、それはアスタではなく食べさせた貴族の責任であろうが？　そのような話ではなく、私はあの犬の行く末が気がかりであるのだ」

「ああ、そうか。……俺の故郷では、犬は肉以外のものも食べていたよ。というか、猟犬たちが肉しか食べないことに驚《おどろ》かされたぐらいだ。だからきっと、あの獅子犬っていうのは肉以外の食事も与《あた》えられてきた血統なんじゃないのかな」

「ふむ。それなら、いいのだがな」

アイ＝ファは、心配げに息をつく。俺は俺で、安堵《あんど》の息をつかせていただいた。

「あのドレッグっていう貴族だって、大事な番犬にみすみす毒となるような食事を与えたりはしないだろう。……とにかく、アイ＝ファが怒《おこ》っていないようで安心したよ」

「怒る？　何に対してだ？」

「だから、あの貴族がギバ料理を馬鹿《ばか》にして、犬に食べさせてしまったことについてだよ」

「ああ」と、アイ＝ファは肩をすくめた。

「私はそのようなことで、怒《いか》りを覚えたりはしない。あのように礼を失した人間に食べられるぐらいならば、犬に食べられたほうがギバも幸福に思うことであろう」

アイ＝ファは、本心からそう言っているようであった。

そうして、俺の顔を横目でねめつけてくる。

「何にせよ、重要な話はすべて明日に持ちこされてしまった。決して用心を怠《おこた》るのではないぞ、アスタよ」

「うん、わかってる」

明日は俺ばかりでなく、ミケルやバルシャやシュミラルたちまでもが呼び出されてしまったのだ。そこにはいったいどのような意図が隠《かく》されているのか。アイ＝ファに念を押《お》されるまでもなく、俺は今日以上に身が引き締まる思いであった。

（それに、マルスタインはやっぱり本心が見えなかったし、メルフリードに至ってはひと言も口をきこうとしなかったし……ジェノスの貴族たちは、いったいどういう心持ちなんだろう）

しかし、すべては明日のことだ。

俺はアイ＝ファや他《ほか》の人々とともに、全力でこの苦難を乗り越《こ》えるしかなかった。

第四章★★★審問

1

翌日の、緑の月の九日。

俺とアイ＝ファは中天の一刻ほど前の刻限に、ルウの集落を訪《おとず》れていた。

集落の広場には、とてもたくさんの人々が集っている。俺たちと同じように城下町を目指す人々と、それを見送ろうとするルウ家の人々である。広場の入り口で荷車を降りた俺とアイ＝ファがその場に踏み込んでいくと、レイナ＝ルウとリミ＝ルウが急ぎ足で近づいてきた。

「お待ちしていました、アイ＝ファにアスタ。もうしばらくしたら出発するのでちょっと待っていてほしいと、ドンダ父さんが言っていました」

「うん、わかった。ありがとう、レイナ＝ルウ」

レイナ＝ルウは、とても心配そうに俺たちの姿を見比べた。その可愛い妹もいつになく思《おも》い詰《つ》めた表情で、アイ＝ファの身体をぎゅっと抱《だ》きすくめる。

「絶対に無事に帰ってきてね、アイ＝ファ、アスタ！　貴族の人たちに意地悪されても、怒ったりしちゃダメだよ？」

「わかっている。心配せずに、待っているといい」

レイナ＝ルウとリミ＝ルウも昨晩に王都の貴族たちと対面しているので、他の人々よりも強い不安感をかきたてられることになったのだろう。アイ＝ファはそれをなだめるように、優しい眼差しでリミ＝ルウの赤茶けた髪を撫でた。

トトスのジドゥラが繋《つな》がれた荷車のかたわらでは、ルウ家の客人たち――バルシャ、ジーダ、ミケル、マイムの四名が、身を寄せ合って言葉を交《か》わしている。さらに、分家の女衆や早起きの狩人《かりうど》たちもその周囲に集まって、何かしきりに声をかけている様子であった。

そして、それとは少し離れたところで、シュミラルとヴィナ＝ルウが静かに語らっている。

俺はアイ＝ファに目配せをしてから、そちらに歩を進めた。

「お邪魔《じゃま》してしまってすみません、シュミラルにヴィナ＝ルウ。ちょっとだけ、俺もお話をいいですか？」

シュミラルはいつも通りの穏やかさで、「はい」と応じてくる。ヴィナ＝ルウも意外に落ち着いた面持ちをしていたが、その淡《あわ》い色の瞳には隠しようもない不安の光がうかがえた。

「実は、シュミラルに聞いておきたいことがあったんです。それはその……『星無き民』というものについてのことなのですが」

「『星無き民』、ですか。……王都の人々、アスタの素性《すじょう》、疑惑《ぎわく》を抱いている、聞きました。それで、『星無き民』について、知りたい、思ったのですね」

「ええ、その通りです。シュミラルも、『星無き民』についてはお詳《くわ》しいのですか？」

「詳しくは、わかりません。私、星読みの術、学んでいませんので。……ただ、占星師の同胞《どうほう》、話、聞いただけです」

そのシュミラルの同胞たる《銀の壺《つぼ》》の団員と、ジェノスの客分アリシュナと、そして《ギャムレイの一座》の占星師ライラノス――シムの星読みに関《かか》わる人間は、すべて俺のことを『星無き民』と見なしていたのである。この世界において、俺の素性を正しく知ろうとするならば、正解はそこにしかないように思われた。

「『星無き民』というのは、いったい何なのでしょう。この世界には、俺以外にも俺みたいな素性を持つ人間が存在するのでしょうか？」

「わかりません。『星無き民』、あくまで、伝承ですので。私、それが真実、存在する、思っていませんでした」

「そうですか。……でも、シュミラルも多少は『星無き民』について、知っているのでしょう？」

「はい。『星無き民』、世界の運命、大きく変える存在、聞いています」

シュミラルは、まだ星の出ていない空のほうに目をやりながら、静かに言葉をつむいでいった。

「『星無き民』、ここことは異なる世界、生まれたので、この世界の星、持たない、言われています。星、すなわち、人間の運命ですので、どのように優れた占星師でも、『星無き民』の運命、読み解くこと、できない、言われています」

「はい。俺もそんな風に聞いています」

「『星無き民』、この世界、生まれると、星図、大きく変わります。星の無い虚無《きょむ》、天空を駆《か》け巡《めぐ》るため、あらゆる星々、影響《えいきょう》を受けるのです。ゆえに、『星無き民』、存在する時代、世界、大きく動く、言われています」

「それは……『白き賢人《けんじん》ミーシャ』のようにですか？」

俺の言葉に、シュミラルは軽く目を見開いた。

「アスタ、『白き賢人ミーシャ』、知っているのですか？　それ、とてもとても古い、シムの伝承です」

「はい。復活祭でジェノスを訪れた《ギャムレイの一座》という旅芸人の中に、吟遊詩人《ぎんゆう》のニーヤというお人がいまして……その人が、『白き賢人ミーシャ』の歌を聞かせてくれたのです」

「なるほど……『白き賢人ミーシャ』、『星無き民』であった、言われています。というか、『白き賢人ミーシャ』、現れたために、『星無き民』の伝承、始まったのだと思います」

シュミラルは深くうなずき、もういっぺん空のほうに目をやった。

「『白き賢人ミーシャ』、ラオの一族、救ったために、シムの王国、生まれました。『白き賢人ミーシャ』、いなければ、シム、いまだに七つの部族、争っていたかもしれません。『白き賢人ミーシャ』、文字通り、世界の運命、動かしたのです」

「それは、ものすごい話ですよね。俺にはとうてい、そんな力が備わっているとは思えませんが」

「はい。ですが、アスタの存在、さまざまな運命、大きく変えました。私にとって、十分、偉《い》大《だい》なる力、思います。たとえば……アスタ、いなければ、ヴィナ＝ルウ、屋台で働くこと、なかったので、私、森辺の家人、願うこと、なかったでしょう」

「もう……わたしのことは、どうでもいいわよぉ……」

ヴィナ＝ルウはわずかに頬《ほお》を赤く染めて、シュミラルを叩くふりをした。

シュミラルは「すみません」と、白銀の髪に包まれた頭を下げる。

「ともあれ、アスタの存在、かけがえのないもの、思います。『星無き民』であろうと、なかろうと、その事実、変わりません」

「ありがとうございます、シュミラル。……それで、その話を王都の人たちに告げるのは、有効だと思いますか？」

シュミラルはしばし考えてから、「いえ」と首を横に振《ふ》った。

「有効、思いません。むしろ、悪い効果、生む可能性、高いと思います」

「そうですか。それは、何故《なぜ》でしょう？」

「『星無き民』、あくまで、シムの伝承だからです。『星無き民』、セルヴァ、ジャガル、マヒュドラ、どこにでも生まれる、聞きますが、それを『星無き民』と呼ぶ、シムだけなのです。西、南、北の人々、星を読むすべ、持たないので、『星無き民』、理解すること、難しい、思います」

「ああ、なるほど……旅芸人の占星師は西の民だったと思いますが、星読みというのはあくまでシムのみに伝わる技術なのですね」

「はい。そして、セルヴァ、現在の王、いにしえの術、激しく忌《い》み嫌《きら》う、聞いています。現在の王、玉座、得てから、王宮仕えの占星師、すべて追放した、聞いています。ならば、臣下の人々、同じように振る舞《ま》う、思います」

「そうでしたか。ありがとうございます。そういう話を、事前に確認《かくにん》しておきたかったのです」

俺は心から、シュミラルに礼を述べた。

「それじゃあ、俺も『星無き民』の話を持ち出すのは控えようかと思います。……あともうひとつだけ、シュミラルにお願いがあるのですが」

「はい。ご遠慮《えんりょ》なく、どうぞ」

「……何かシムの言葉で、俺に語りかけてくれませんか？」

シュミラルはけげんそうに小首を傾げながら、「＊＊＊＊」と、俺にはわからない言語を発した。俺は胸《むな》もとに手を置いて、ほっと息をつく。

「ああ、ありがとうございます。やっぱり俺は、シムの言葉を聞き取ることはできないようです」

「……なるほど。アスタ、理解できる、西の言葉、のみなのですね」

そう言って、シュミラルは俺をいたわるように目を細めた。

「アスタ、出自、不思議です。詳しい話、初めて聞いて、とても驚きました」

俺が大陸の外からやってきたという話は、去年の段階ですでに打ち明けている。そこからさらにシュミラルは、こみいった部分まで知ることになったようだった。

言うまでもなく、それは俺が元の世界で死んだはずの身である、という話についてだ。そこまでの話は、森辺においても滅多《めった》に取《と》り沙汰《ざた》されることはなかったのだった。

「基本的に、森辺の人たちは俺の生まれにほとんど関心がないのですよね。だから、ドンダ＝ルウたちに打ち明けたのも、けっこう後になってからのことですし……その後も、他の人たちに詳細《しょうさい》を尋《たず》ねられることは一度もありませんでした」

「はい。私も、故郷のこと、尋ねられる、ほとんどありません。森辺の民、大事なのは、過去でなく、現在なのでしょう」

それは確かに、その通りであろう。しかし、ジェノスの貴族の人々は、森辺の民ほど大らかではない。よって俺はトゥラン伯爵家にまつわる騒動《そうどう》を終えた時点で、貴族の人々に自らの出自を打ち明けていた。当時の俺は森辺の集落で暮らしていくために、正式に西の民に認定《にんてい》してもらえないかと、マルスタインに嘆願《たんがん》したのだ。しかし、けっきょくその嘆願は受け入れられず、俺は今でも公式には「森辺の集落に逗留《とうりゅう》する異国人」という扱《あつか》いなのであった。

「まあ、俺としては以前に語った話をそのまま繰《く》り返すしかないのですが……王都の人々がどういう感想を抱いているのか、いささか心配です」

「はい。用心、必要、思います」

「あ、そういえば、シュミラルは王都の貴族の人々と交流などはあったのですか？」

「いいえ。王都アルグラッド、城下町、広く開かれていますが、その分、王宮、固く閉ざされています。東の民、限らず、商人、王都の貴族、交流を結ぶ、難しいです」

ならば、シュミラルにとっても王都の貴族と顔をあわせるのは、これが初めてであるということだ。故郷と神を捨ててまで森辺の家人になることを選んだシュミラルに対して、王都の人々はどのような目を向けているのか、俺としてもそれは大きな懸念《けねん》の種であった。

「俺もシュミラルも、さぞかし厳しい目を向けられるのでしょうね。何とかこの苦難を乗り越えてみせましょう」

「はい。自分の夢、果たすために、すべての力、尽《つ》くすつもりです」

シュミラルの夢とは、すなわちヴィナ＝ルウと婚儀《こんぎ》を挙げることだ。そのように思ってヴィナ＝ルウのほうをちらりと見ると、今度は俺が叩かれそうになってしまった。

「待たせたな！　ついつい寝過《ねす》ごしてしまったぞ！」

と、不意に豪快《ごうかい》な笑い声が響《ひび》くとともに、トトスのミム・チャーに乗ったダン＝ルティムとガズラン＝ルティムがこちらに近づいてきた。荷車を引かせるのではなく、二人乗りで登場したのだ。どちらも大柄《おおがら》であるので、トトスの背中はとても窮屈《きゅうくつ》そうだった。

「お疲《つか》れ様《さま》です。今日はお二人が付き添ってくださるのですか？」

俺が問いかけると、先に地面に降り立ったダン＝ルティムが「いや！」と愉快《ゆかい》そうに笑った。

「同行するのは、俺だけだぞ！　ガズランは、アスタたちを見送りに来たのだ！」

同じく地面に降り立ったガズラン＝ルティムが、真っ直《ます》ぐ俺のほうに近づいてくる。その面にも穏やかな微笑《ほほえ》みがたたえられていたが、瞳には真剣《しんけん》な光が宿されていた。

「今日は審問される七名以外、部屋に入ることが許されないようなので、私の出番はないとドンダ＝ルウに言い渡《わた》されました。アスタ、シュミラル、くれぐれもお気をつけて」

「はい。無事に戻れるように、最善を尽くします」

するとさらに、人垣の向こうから大きな人影がぬっと現れた。

「ようやく来たか。これで全員、そろったな」

それは、族長ドンダ＝ルウであった。かたわらには、ジザ＝ルウとルド＝ルウも付き従っている。


「それでは、荷車に乗るがいい。ダン＝ルティム、貴様はファの家の荷車だな」

「おう！　それでは、俺が手綱《たづな》を預かろう！」

ダン＝ルティムは嬉々《きき》とした様子で、ギルルの荷車のほうに立ち去っていった。

そんな中、俺のほうに近づいてきたルド＝ルウが胸もとを小突《こづ》いてくる。

「アスタ、今日は一緒に行けねーけど、気をつけてな」

「うん、ありがとう。それじゃあ、護衛役は――」

俺が視線を傾《かたむ》けると、ジザ＝ルウはかたわらの父親を振り返った。

ドンダ＝ルウは、その厳つい顔に野獣《やじゅう》のような笑《え》みをたたえる。

「同行するのは、俺とダン＝ルティムだ。呼びつけられた七名の内、見習いを含めて四名までもが狩人なのだから、護衛役などはこれで十分だろうさ」

「ド、ドンダ＝ルウが自ら同行してくださるのですか」

それはちょっと、予想外の人選である。ドンダ＝ルウは青い瞳《ひとみ》をぎらぎらと輝《かがや》かせながら、「ふん」と鼻を鳴らした。

「ルウの集落に客人の逗留を許したのは、この俺だ。それに文句をつけようというならば、俺が出向くしかあるまい。……ジーダとバルシャは、どこにいる？」

呼ばれた二人が進み出ると、ドンダ＝ルウは重々しい気迫《きはく》のこもった声で言った。

「審問の間、俺とダン＝ルティムは扉《とびら》の外に控えている。刀が必要なときは、草笛を吹《ふ》け」

「了解《りようかい》したよ。そんな事態に陥《おちい》らないことを、心から願っているけどね」

バルシャは仏頂面《ぶつちようづら》で頭をかき、ジーダは無言でうなずいている。

その姿を見届けてから、ドンダ＝ルウは息子《むすこ》たちのほうを振り返った。

「ギバ狩りの仕事は、任せたぞ。昨日の分まで、仕事に励《はげ》め」

「親父《おやじ》たちも、短気を起こさねーように気をつけてな」

「うむ、了解した」

ドンダ＝ルウは、あくまでギバ狩りの仕事を重んじるべきだと考えたのだろう。その上で、護衛役の人数は最低限にまで絞《しぼ》り――そして、ルウの血族で最強の二名が同行するべきだと考えたのだ。その決断に、俺はいっそう身が引き締まる思いであった。

「それでは、行ってきます。ドンダ＝ルウは、またのちほど」

俺はその場にいた人々に別れの挨拶《あいさつ》を告げてから、アイ＝ファのもとへと舞い戻った。ドンダ＝ルウとバルシャたちはジドゥラの荷車に乗り込《こ》んで、シュミラルだけがこちらについてくる。そうしてダン＝ルティムの待つ荷車のほうに足を向けると、その途中で三名の男衆が待ち受けていた。ダルム＝ルウと、シン＝ルウと、ミダ＝ルウである。

「アスタにアイ＝ファ……無事に戻ってきてほしいんだよ……？」

心配そうに頬を震わせるミダ＝ルウに、俺は精一杯《せいいっぱい》の気持ちを込めて「うん」とうなずいてみせた。そうして俺がシン＝ルウにも挨拶をしていると、ダルム＝ルウがアイ＝ファに「おい」と呼びかける。

「何があっても、心を乱すなよ。お前が我を失えば、余計に家人を危険にさらすことになる」

「ああ、わきまえている。アスタを森辺に招いたのは私なのだから、その責任を果たしてみせよう」

戦いに挑《いど》む狩人の表情で、アイ＝ファは力強くうなずいた。

それでようやく荷車に乗り込んで、いざ出発である。

町へと通ずる道を下りながら、俺はアイ＝ファにシュミラルから聞いた『星無き民』についての話をかいつまんで説明してみせた。

「そうか。まあ、森辺の民も『星無き民』などというものは知らぬのだから、それでよかろう。我々は、我々の知る真実だけを語ればいい」

「うん。問題は、俺の素性があまりに現実離《ばな》れしてるってことだけだな」

「……それでも真実を見る力があれば、アスタの言葉が虚言《きょげん》かどうかはわかるはずだ」

およそ一年前、アイ＝ファは俺の語る素《す》っ頓狂《とんきょう》な話を、そのまま丸ごと受け入れてくれた。少なくとも、俺が嘘《うそ》をついているわけではない、と――出会ったばかりで、まだ何の信頼《しんらい》関係も築いていなかった俺の言葉を、アイ＝ファは何も疑わずに信じてくれたのだった。

（王都の人々が、そんな風に俺の言葉を信じてくれるとは思えないけど……でも俺は、森辺の民の一員として、真実を語るしかないんだ）

荷車の荷台で揺《ゆ》られながら、俺はそんな思いを新たにした。

下り坂の林道を踏破《とうは》すると、御者《ぎょしゃ》のダン＝ルティムは地面に下りる。宿場町を抜ける間は、そうして徒歩で手綱を引かなくてはならないのだ。そろそろ時刻は、上りの六の刻の半を迎《むか》える頃合《ころあ》いだろう。ダン＝ルティムの肩ごしに見える宿場町は、今日も賑《にぎ》わっていた。

そうしてじきに荷車が露店《ろてん》区域に差しかかると、俺はアイ＝ファに許可をもらって御者台《ぎょしゃだい》のほうに身を乗り出した。まずは、いつもの場所に店を開いているドーラの親父さんとターラに手を振ってみせる。親父さんたちも、すでに事情は聞いているのだろう。親父さんは難しげな面持ちでうなずいており、ターラはいっぱいにのばした腕《うで》をぶんぶんと振ってくれていた。

次に現れるのは、ギバ料理の屋台である。今日の営業は、トゥール＝ディンやユン＝スドラたちに一任していたのだ。俺が《アムスホルンの息吹《いぶき》》を発症《はっしょう》したときも、彼女《かのじょ》たちはこうして仕事を受け持ってくれていたので、営業上は何の心配もなかった。

マイムの屋台だけは休業なので、屋台の数は全部で五つだ。トゥール＝ディン、ユン＝スドラ、ヤミル＝レイ、フェイ＝ベイム、マトゥアの女衆、ラッツの女衆――ララ＝ルウ、オウラ、ツヴァイ＝ルティム、レイの女衆――みんながそれぞれ、手を振ったり頭を下げたりしている。そして、それを警護しているライエルファム＝スドラたちの姿も見えた。

最後に青空食堂に差し掛《か》かると、リリ＝ラヴィッツ、ムファの女衆、ミンの女衆が、やはり挨拶に応じてくれた。バランのおやっさんたちは、すでに屋台を訪れた後だろうか。そうだとしたら、どうしてアスタがいないのだと、トゥール＝ディンたちがさんざん聞きほじられたに違《ちが》いない。俺《おれ》たちは昨日いきなり審問を申しつけられたので、くわしい事情を打ち明けるいとまもなかったのだった。

（何としてでも、穏便《おんびん》に話をまとめるんだ。カミュアの言う通り、王都の貴族たちが悪人じゃないっていうんなら、誤解を解くこともできるはずだ）

そんな風に考えながら、俺は荷台のほうに戻った。

宿場町の区域を抜《ぬ》けると、ダン＝ルティムは御者台に戻って、元気に鞭《むち》をふるう。俺たちは、王都の貴族たちが待ち受ける城下町へと急いだ。

2

城下町に到着《とうちゃく》したのち、俺たちが案内されたのは、ジェノス城のすぐそばにある会議堂という建物であった。灰色がかった煉瓦《れんが》で建造された、大きくて立派な建物である。普段《ふだん》、族長たちがメルフリードらと会合を行うのも、この場所であるとのことであった。

ジェノスの武官たちの案内で、俺たちはその建物の奥《おく》まった一室へと導かれる。そちらの部屋の扉の前には四名もの守衛が控えており、その内の二名はジェノスの衛兵、もう二名は王都の兵士たちであった。

「入室が許されているのは、審問を受ける七名のみだ。それ以外の人間は、この場で控えよ」

ドンダ＝ルウとダン＝ルティムは、無言でその言葉に従った。アイ＝ファとシュミラルとジーダとバルシャは、刀とマントを預けることになる。特にシュミラルは毒物などを隠し持っていないか、入念に確認されていた。

それでようやく武官たちの手によって扉が開かれると、まずは小さな次の間で、その奥に新たな扉がうかがえる。そちらの扉の前にも、また四名の兵士たちが控えていた。

（ジーダが草笛を吹いたとしても、ふたつの扉を破る必要があるのか）

そんな事態だけは避《さ》けたいものだと願いながら、やはり考えずにはいられない。そうして俺たちは、無人の一室へと案内されることになった。

「触《ふ》れがあるまで、座して待て」

ここまで俺たちを案内してきた武官がそのように述べたてて、閉ざされた扉のかたわらに立つ。部屋の中央には七つの椅子《いす》が並べられており、横長の卓《たく》をはさんだ向こう側にもいくつかの椅子が並べられていた。

（……サイクレウスと対決したときと、似たようなシチュエーションだな）

俺たちは、それぞれ着席する。席の順番は、右からアイ＝ファ、俺、シュミラル、ミケル、マイム、ジーダ、バルシャである。

部屋は広いが殺風景で、椅子と卓の他には調度らしい調度も準備されていない。ただ、正面の壁《かべ》には一面に帳《とばり》が張られており、左右の隅《すみ》には巨大な石像が置かれている。貴賓《きひん》館の食堂でも目にしたことのある、獅子《しし》の頭と人の上半身、そして馬らしき獣の四肢を持つ雄々《おお》しい姿である。その手には槍《やり》を携《たずさ》えているので、きっと闘神か何かの石像なのだろう。

「……お前は何も罪など犯《おか》していないのだから、怯《おび》える必要はないぞ」

そんな声が、左手側から聞こえてくる。目をやると、ジーダが隣席《りんせき》のマイムに声をかけていた。マイムは両膝《りょうひざ》の上で拳《こぶし》を固めながら、「はい」とぎこちなくうなずく。さしもの明朗なマイムも、この緊迫《きんぱく》しきった空気にずいぶんあてられてしまっているようだった。

そうして、どれぐらいの時間が過ぎ去ったのか――どこか遠くで中天を告げる鐘《かね》が鳴って、さらに数分が経過してから、新たな武官が入室してきた。

「貴き方々《とうと》がおいでになられた。席を立って出迎《でむか》えよ」

その武官が現れたのは背後の扉ではなく、正面の帳の向こうからであった。そうして俺たちが全員立ち上がったところで、新たな兵士たちがぞろぞろと出現する。獅子の紋章《もんしょう》を胸もとに刻みつけられた、王都の兵士たちだ。

昨晩と同じく、十名ずつの兵士たちが左右の壁に沿って立ち並ぶ。それからようやく、貴族たちが現れた。ジェノス侯爵《こうしゃく》マルスタイン、第一子息のメルフリード、千獅子長ルイド、監査《かんさ》官《かん》タルオン――そして最後に監査官ドレッグが姿を現したとき、マイムが悲鳴を呑《の》み込む気配がした。ドレッグは性懲《しょうこ》りもなく、漆黒《しっこく》の獅子犬を引き連れていたのだ。

ドレッグは右端《みぎはし》の席に陣取《じんど》り、獅子犬は卓の脇《わき》にうずくまる。獅子犬の首輪に繋がれた鎖《くさり》は、椅子の背もたれに無造作に引っ掛けられた。

「よくぞ参ったな。かまわぬから、楽にせよ」

マルスタインの呼びかけによって、俺たちも再び腰《こし》を下ろした。

マルスタインは本日も鷹揚《おうよう》に微笑んでおり、メルフリードは仮面のごとき無表情である。昨晩と比べると、ポルアースだけが欠けた顔ぶれだ。そして、千獅子長のルイドという人物はいかめしい甲冑《かっちゅう》姿であり、二人の監査官の背後を守るように立ち尽くしていた。

「書記官、名前の確認を」

マルスタインがそう告げると、最後に入室してきた小柄《こがら》な男性が「はっ」と恭《うやうや》しく一礼した。

「確認させていただきます。右から順に、森辺の民アイ＝ファ、渡来《とらい》の民アスタ、森辺の氏なき家人シュミラル、トゥランの民ミケル、その娘《むすめ》マイム、マサラの民ジーダ、その母バルシャ——で、相違《そうい》ありませんか？」

「相違ない。ただし、アスタもシュミラルと同様に、森辺の家人であるはずだが」

アイ＝ファは静かな声でそう応じたが、書記官はわずかに首をすくめるだけで何も答えようとはせず、貴き人々の名前と身分を読みあげる。それで判明したのは、ドレッグがバンズ公爵《こうしゃく》家の第三子息、タルオンがベリィ男爵《だんしゃく》家の傍流《ぼうりゅう》という肩書《かたが》きを有していることであった。

「これより、あなたがたの審問が行われます。この場における虚言は王国セルヴァへの叛逆罪《はんぎゃくざい》と見なされますので、心してお答えください」

「……了解した」とアイ＝ファが答えると、ドレッグがさっそく小馬鹿《こばか》にしたような笑い声をあげた。

「それにしても、ずいぶんな人数にふくれあがったものだ。この全員をきっちり審問しようと思ったら、どれだけ時間があっても足りなかろうな。どこからつつけばいいものか、迷うほどだ」

さらにドレッグは、卓の端《はし》に控えた書記官に血走った目を向けた。

「おい、あちらで控えている俺の小姓《こしょう》に、酒と酒杯《しゅはい》を運ばせろ」

「は……酒と酒杯でございますか？」

「どうせ長丁場になるのだから、咽喉《のど》を潤《うるお》す必要があろう。酒の滋養《じよう》も必要だ」

書記官は困惑《こんわく》の念を礼儀《れいぎ》正《ただ》しい表情の下に押し隠しつつ、帳の向こうに声をかけた。すでに待機していたらしく、可愛《かわい》らしい面立《おもだ》ちをした小姓が銀の盆《ぼん》にのせられた果実酒の瓶《びん》と硝子《ガラス》の酒杯を運んでくる。その酒杯が赤褐色《せきかっしょく》の果実酒で満たされると、ドレッグは一息でそれを飲み干してしまった。

「ふん……こんな辺境の地に追いやられて、唯一《ゆいいつ》楽しいと思えるのは、この上等な果実酒を口にできることぐらいだな」

「ほどほどになされよ、ドレッグ殿《どの》。酒精で頭が鈍《にぶ》っては、真実を見極《みきわ》めるのも難しくなってしまいましょう」

そのように述べながら、タルオンは穏《おだ》やかに微笑んでいる。ドレッグを本気でたしなめようという気持ちは、さらさらないようだ。

昨日から、俺はこの両名の関係性がつかめていなかった。年長なのはタルオンのほうであるのに、偉《えら》そうにしているのはドレッグのほうなのだ。それは、ドレッグのほうが高い身分にあるためなのか、それとも身分がどうこうではなく、タルオンが事なかれ主義であるだけなのか。それが、判然としないのだった。

「それでは、審問を始めましょう。……まずは森辺の民、ファの家のアイ＝ファにおうかがいいたします」

アイ＝ファは無言で、タルオンのほうに向きなおった。

タルオンは、卓に広げた書面に目を落としている。

「昨年の黄の月の終わり頃《ごろ》、あなたはモルガの森の中で渡来の民アスタと遭遇《そうぐう》したとありますが……それは、真実でありましょうか？」

「うむ、真実だ」

「では、あなたは何故、アスタを森辺に迎え入れたのでしょう？　それまでの森辺の民は閉鎖《へいさ》的《てき》な習わしの中に身を置いており、町の人間ともほとんど交流を結んでいなかったとされているはずですが」

「アスタと出会ったのは、日が暮れる寸前のことだった。あのまま捨て置けば、アスタは町に下りることもできず、森の獣《けもの》に襲《おそ》われて生命を落としていたであろう。私もいくぶん迷ったが、まずは腰を据《す》えて話を聞くべきだと判断し、アスタをファの家に招くことにした」

「では、アスタの素性を問いただしたのは、家に招いた後ということでしょうかな？」

アイ＝ファはいったん口を閉ざして、沈思《ちんし》した。その卓越《たくえつ》した記憶力《きおくりょく》を発揮して、当時の詳細を思い出そうとしているのだろう。

「いや……出会ってすぐにも問いただしたが、そのときにはまったく要領を得なかった。セルヴァ、ジェノス、モルガの山、という言葉を聞かせても、アスタはきょとんとしていたので、これでは埒《らち》が明かぬと思い、家まで連れ帰ったのだ」

「ふむ。アスタは王国セルヴァどころか大陸アムスホルンの名すら知らなかったとありますが、それは真実でありましょうか？」

「はい、真実です」

俺が答えると、タルオンは「なるほど」と微笑み、ドレッグは「はん」とせせら笑った。

「では、あなたはアイ＝ファにどのような言葉で自分の素性を説明したのでしょう？　なるべく正確な言葉でお願いいたします、アスタ」

「はい。自分は日本という島国の生まれで、アムスホルンという大陸の名前は聞いたことがない。それに――自分は故郷で火災に見舞《みま》われて死んでしまったはずなのだ、と説明しました」

「ふむ。そんなあなたが、どうしてモルガの森で倒《たお》れていたのか、自分でも理由がわからない、と？」

「はい、そうです。自分でも、現実離れした話だということはわきまえています。でも、自分にとってはそれが唯一の真実ですので……それが真実でないとしたら、自分はどこかで頭でも打って正気を失ったのだとでも思ってくれ、と言いました」

「なるほど。それで、あなたはどのような判断を下したのですか、アイ＝ファ？」

「……少なくとも、アスタが虚言を吐《は》いているとは思えなかった。だからきっと、自分でも言っている通り、何かの事情で正気を失ってしまったのであろうと思うことにした」

「では、あなたは正気を失った人間を同胞として迎え入れたのですか？」

アイ＝ファは一瞬《いっしゅん》だけまぶたを閉ざしてから、挑むようにタルオンを見た。

「私がアスタを家人と認めて森辺の装束を与えたのは、出会ってから五日ほどが過ぎたのちのことだ。その五日ほどの間で、私はアスタが信用に足る人間であると判断した」

「ふむ。わずか五日で、どうしてそのような心持ちになれたのでしょうな」

「五日も同じ家で暮らせば、気心は知れる。また、出会った翌日に、私はアスタに生命を救われているのだ」

「生命を救われた？　それは、初耳でありますな」

静かにこのやりとりを見守っていたシュミラルたちも、意外そうに俺たちを振り返っていた。

アイ＝ファは凛然《りんぜん》とした表情のまま、淡々《たんたん》と言葉を重ねていく。

「出会った翌日の朝、私たちはラントの川で身を清めていた。そのときに、マダラマの大蛇《だいじゃ》が川を流れてきて、私に襲いかかってきたのだ」

「マダラマの大蛇？」と、そこでひさびさにマルスタインも声をあげる。

「其方《そなた》たちは、モルガの三獣たるマダラマと遭遇していたのか？　それはわたしも、初めて聞く話だ」

「マダラマの大蛇は、もともと深く傷ついていた。おそらくは、ヴァルブの狼《おおかみ》か赤き野人との戦いに敗れて、川に落とされたのであろう。山を出た三獣はどのように扱ってもかまわないという掟《おきて》であったので、取り立てて誰にも知らせてはいなかったのだが……私は何か、ジェノスの法をないがしろにしてしまったのであろうか？」

「いや、そういう話ではないのだが……ただ、聖域の守護者たるモルガの三獣が外界に姿を現すことなど滅多にないはずなので、いささか驚かされただけだ」

マルスタインは穏やかな微笑《びしょう》を取り戻して、タルオンのほうに一礼した。

「余計な言葉をはさんで、失礼した。審問《しんもん》を続けていただきたい」

「はい、それでは……アスタに生命を救われたあなたは、たとえ正気を失っていても悪人ではないと見なした、ということなのでしょうかな？」

「うむ。それに、私はアスタから美味なる食事の素晴《すば》らしさというものを教わった。そうしてともに過ごす内に、アスタがどのような人間であるかを理解していくことになったのだ」

そこまで言ってから、アイ＝ファはまた挑むように頭をもたげた。

「ただし、私はその五日間ほどで、アスタを家人に迎えると決断したわけではない。その頃《ころ》はまだ、いずれ時が来たらアスタを町に下ろそうと考えていたのだ」

「時が来たらと申しますと？」

「アスタは、森辺の習わしもジェノスの法も何ひとつわきまえていなかった。そのような状態で町に下ろしても、無法者の餌食《えじき》にされるだけであろう。また、何も知らずにモルガの恵《めぐ》みを口にしてしまえば、頭の皮を剥《は》がされることになる。だから、あるていどの生きるすべを叩《たた》き込んでから、町に下ろそうと考えたのだ」

確かに、その当時のアイ＝ファはそのように言い張っていた。親父さんの形見である森辺の装束を預けてくれたのは、あくまで近在の人々の目をはばかってのことであったのだ。

「しかしその後、私はアスタとともにルウ家と関わることになり……そこで、ルウ家の古い友たちと、縁《えん》を結びなおすことができた。私が心からアスタに感謝の念を抱き、今後も同じ家の人間として過ごしたいと願ったのは、そのときからであろうと思う」

「なるほど。そこで族長筋のルウ家と縁を結ぶことになったのですか。なかなか興味深いお話でありますな」

タルオンはにこにこと微笑んでいるが、やはりその目はまったく笑っていない。

すると、何杯《なんばい》目かの果実酒を飲み干したドレッグが、「はん」と鼻を鳴らした。

「そのように言葉を連ねていたら、本当に日が暮れてしまいそうだ。要するに、お前は情にほだされただけなのだろうが？　男と女が同じ屋根の下で暮らしていれば、何も珍《めずら》しい話ではない。問題は、その先の話であろうよ」

「その先の話？」

「ああ。お前たちはルウ家に取り入って、族長筋たるスン家を失脚《しっきゃく》させた。そこには、どのような思惑《おもわく》があったのだ？」

「……確かに私たちはルウ家と手を携えて、スン家の罪を暴《あば》くことになった。しかしそれは、もともとスン家が罪を犯していたからであり、私たちの側に思惑などは存在しない」

「ふん。そのスン家は、お前たちが町で商売をすることに反対していたのだろうが？　そんな邪魔者《じゃまもの》であったスン家が潰《つぶ》されて、お前たちにはさぞかし都合がよかったことだろうな」

アイ＝ファはわずかに眉《まゆ》をひそめて、考え込《かんが》むような表情をした。

「申し訳ないが、言葉の意味がよくわからない。もしかしたら、私たちが町で銅貨を稼《かせ》ぐために、邪魔者であるスン家に刀を向けたと考えているのであろうか？」

「ふん。そうではないと証明することができるか？」

「何をもって証とするのかはわからないが、スン家は実際に罪を犯していた。アスタはただ、誰《だれ》よりも早くその事実に気づいただけだ」

「ふむ。スン家はギバ狩《が》りの仕事を果たさずに、森の恵みを収穫《しゅうかく》するという大きな禁忌《きんき》を犯していた、とありますな。それは、真実であるのでしょうか？」

にこやかに問いかけるタルオンに、アイ＝ファはいささか呆《あき》れ気味《ぎみ》の視線を向けた。

「まさか、今さらそのような話を問われるとは思わなかった。スンの集落に住まう全員がその罪を認めていたし、また、スン家の食料庫には森の恵みが山のように隠されていた。それ以上の証が、必要なのであろうか？」

「我々は、後から話を聞いただけの身でありますからな。どこかに間違《まちが》いがあっては許されないので、何重にも確認する必要があるのですよ」

きっと族長たちも、二日間をかけてこのようなやりとりを続けていたのだろう。これでは、グラフ＝ザザが苛立《いらだ》ってしまうのも当然だと思われた。

「そして時を同じくして、スン家のもうひとつの罪――トゥラン伯爵家《はくしゃくけ》と共謀《きょうぼう》して悪事を働いていたという罪も暴かれることになったというわけでありますな。そちらのメルフリード殿の手によって」

メルフリードは、無言でうなずいた。

新たな果実酒を小姓に注《つ》がせながら、ドレッグはまたせせら笑う。

「スン家にとっては、とんだ災厄《さいやく》の年となったわけだ。それにしても、ずいぶん都合よく、次から次へと旧悪が暴かれてしまったものだな」

「それは、カミュア＝ヨシュがそのように立ち回ったからではないでしょうか」

メルフリードが何も語ろうとしないので、僭越《せんえつ》ながら、俺が発言させていただくことにした。

「当時、森辺の民とメルフリードを繋ぐ人物は、カミュア＝ヨシュ一人しか存在しませんでした。というか、スン家の騒動が収まるまで、自分たちはメルフリードと口をきく機会もなかったのです。もちろん、森辺の民がその時期にスン家の罪を暴くことになったのは、純然たる偶《ぐう》然《ぜん》なのですが……偶然が過ぎると思う部分には、カミュア＝ヨシュの陰《かげ》ながらの橋渡《はしわた》しの効果があったのだろうと思います」

「……ふん。あの忌々《いまいま》しい《守護人》か」

ドレッグは面白《おもしろ》くもなさそうな顔つきで、果実酒をひとなめした。

タルオンの微笑みも、やや苦笑《くしょう》気味のものになっている。

「確かにあの御仁《ごじん》も、そのように証言しておりましたな。そもそも森辺の民に宿場町での商売を提案したのも、あの御仁であったとか……このたびの一件を追及《ついきゅう》していくと、たいていの話はあの御仁に行きついてしまうようです」

どうやらこの両名にとっても、カミュア＝ヨシュは御《ぎょ》しきれない存在であるようだ。カミュア＝ヨシュというのはつくづくトランプのジョーカーめいた存在なのだなあと、俺はこっそり感心してしまった。

「……あなたがたは、森辺の民がジェノス侯爵家と共謀してトゥラン伯爵家を失脚させたと考えているようだったと私たちは聞いている。それは、真実なのであろうか？」

と、ふいにアイ＝ファが真っ向から切り込んだ。

タルオンはやわらかい微笑でその質問を受け流し、ドレッグは憎々《にくにく》しげに口もとを吊《つ》り上げる。

「そのように疑われても、不思議はなかろうが？　ジェノス侯爵家にとってはトゥラン伯爵家が目障《めざわ》りであり、森辺のルウ家にとってはスン家が目障りだった。おたがいの邪魔者を消し去るために手を組んだと考えるのは、至極《しごく》自然な話であろうよ」

「その邪魔者という言葉を罪人に置き換《か》えれば、何もおかしな話ではないように思う。スン家とトゥラン伯爵家はひそかに手を組んで悪事を働いていたのだから、森辺の民とジェノス侯爵家は共通の敵を倒すために手を携えることになった、ということであろう？」

「ふん。スン家やトゥラン伯爵家が、本当に罪などを犯していたのならばな」

けっきょく、話はそこに戻るのだ。アイ＝ファは鋼の精神力を発揮して、決して昂《たか》ぶることなく、冷静な声でそれに応じた。

「誓《ちか》って、私たちに後ろ暗いところはない。スン家は私が生まれる以前から、魂《たましい》を腐《くさ》らせていたという風聞にまみれていたのだ。私たちは森辺の民が正しい道を歩めるように、スン家の罪を暴いたに過ぎない。この言葉に偽《いつわ》りがないことを、私は母なる森に誓おう」

「母なる森、か。その文言からして王国の規律に背《そむ》いているということにすら、お前たちは気づいていないようだな」

ドレッグは、飲みかけの酒杯を荒《あら》っぽく卓に置いた。

「いいか、森辺の民よ。西の民にとって、絶対の神は西方神セルヴァのみだ。セルヴァとその子たる七小神の他《ほか》に、崇《あが》めるべき神は存在しない。森や山や川などを神のように扱うことが許されるのは、セルヴァにおいて自由開拓民《かいたくみん》のみなのだ」

「自由開拓民……申し訳ないが、私はそういった民について、ほとんど知るところがない」

「自由開拓民というのは、西方神セルヴァの子でありつつ、王国の民になることを拒《こば》んだ少数の一族のことを指します。このジェノスにも、その末裔《まつえい》たちが住まっているはずですな」

タルオンの言葉に、アイ＝ファは「うむ」とうなずいた。

「その名に氏を持つ人間が、自由開拓民というものの末裔であるという話は聞いている。しかし、その者たちも、今では王国の民なのであろう？」

「ジェノスは王国の領土なのですから、当然そういうことになりますな。ただし本来、自由開拓民が王国の民となるには、氏と地神を捨てさせなければならないはずですが……このジェノスにおいては、いまだに氏を持つことが許されてしまっているようです」

タルオンが横目でマルスタインを見やったが、そちらは微笑をたたえたまま無言であった。

ジェノスの町が創設されたのはもう二百年も前の話なのだから、もともとその地に住まっていた自由開拓民に氏を保持することを許したのは、当時のジェノス領主であったのだ。

「だから本来は、森辺の民をジェノスの民として迎える際にも、氏と地神を捨てさせるべきであったのだ。しかしその際にも、当時のジェノス侯爵は祖先と同じように、王国の習わしを踏《ふ》みにじったということだな」

さらにドレッグもたたみかけると、マルスタインはゆったりとした口調で「ええ」と応じた。

「森辺の民が移住してきたのはおよそ八十年前でありますから、当時のジェノス侯爵は私の曽《そう》祖父《そふ》ということになりますな。いったいどのような取り決めのもとに、氏と地神を持つことを森辺の民に許したのか。残念ながら、それを伝える言葉は残されておりません」

「ふん……そもそも森辺の民は、ジャガルから流れてきた一族であったという話だが、そちらにおいても氏と地神を有する習わしなどは存在しない。それは、どういうことなのだろうな？」

そんな質問を投げかけられて、アイ＝ファはほんの少しだけ首を傾《かし》げた。

「どういうことだと問われても、私などには答えられそうにないが……森辺の民は、シムとジャガルの間に生まれた一族であるのかもしれないという伝承が残されている。ならば、シムの習わしが森辺の民に引き継《つ》がれたということなのではないだろうか？」

「ほう、森辺の民は東の血筋であると認めるのか？」

「東だけではなく、東と南のあわさった血筋だ」

「ふん。その浅黒い肌《はだ》などは、どう見ても東の血筋だがな」

ドレッグはかっさらうようにして酒杯をつかみ、残っていた果実酒を一息で飲み干した。

「何にせよ、お前たちは最初から王国の法に背いた存在であるのだ。自由開拓民さながらに森を母などと呼び、氏などをもちいる。そんな真似《まね》は、王国の民に許されることではない」

「……しかし、それを許したのは、八十年前のジェノス侯爵なのであろう？」

アイ＝ファがうろんげに問うと、タルオンは「ほほ」と奇妙《きみよう》な笑い声をあげた。

「では、現在のジェノス侯爵が氏と地神を捨てるべしと命じれば、あなたがたはそれに従うのでしょうかな？」

アイ＝ファはわずかに目を細めて、真っ直ぐにタルオンの笑顔《えがお》をねめつけた。

「私は族長筋ならぬファの家の人間であるから、そのような問いかけに答えられる立場ではない。その答えを知りたくば、この場に三族長を招くべきであろうな」

「そうですか。それでは、あなた個人のお気持ちだけでもお聞かせ願えませんか、ファの家のアイ＝ファ？　それをもってして叛逆《はんぎやく》の罪などに問うたりはしませんので、世間話とでも思ってお答え願えれば幸いです」

アイ＝ファは探《さぐ》るようにタルオンを見据《みす》えながら、静かに、断固とした口調で言った。

「母なる森を捨てることなど、できようはずもない。それは、西の民に西方神セルヴァを捨てるべしと命ずるにも等しい行いであろう」

「そうですか」と、タルオンはいっそうにこやかに微笑んだ。

それは何だか、満足そうにも見える笑い方であった。

3

「それでは、次の審問に取りかかりましょう」

そう言って、タルオンは視線を左側に差し向けた。そこに座しているのは、バルシャとジーダだ。

「マサラのバルシャ。トゥラン伯爵家の先代当主サイクレウスとその実弟《じってい》シルエルの罪が確定されたのは、あなたの証言によるものであるとされておりますな」

「ああ。シルエルって男は、あたしの伴侶《はんりょ》に悪巧《わるだく》みを持ちかけてきた張本人だったからね」

「あなたの伴侶、盗賊《とうぞく》団《赤髭党《あかひげとう》》の党首ゴラムでありますな。聞くところによると、その人物はシルエルの率いるジェノス護民兵団の手にかかり、処断されたという話になっております」

「そうらしいね。この目で確認したわけじゃないけどさ」

「では、シルエルという人物には、たいそうな恨《うら》みを抱《いだ》いていたことでありましょうな」

バルシャは褐色《かっしょく》の髪《かみ》をばりばりとかきながら、溜息《ためいき》をついた。

「今度はあたしがシルエルを陥《おとしい》れたんじゃないかっていうお話かい？　そりゃまあ、そいつは伴侶の仇《かたき》さ。でも、ゴラムはさんざん貴族たちからもお宝を頂戴《ちょうだい》していたからね。バナームの使節団やらシムに向かう商団の人間やらを皆殺《みなごろ》しにしたっていう話は大嘘《おおうそ》だったとしても、首を刎《は》ねられるだけの罪は重ねてきた。それで逆恨《さかうら》みするほど、腐った性根《しょうね》はしていないつもりだよ」

「ふん。お前とて、その盗賊団の一味だったのだろうが？」

ドレッグが憎々しげに口をはさむと、バルシャは「ああそうさ」と分厚い肩《かた》をすくめた。

「だからあたしは、首を刎ねられる覚悟《かくご》でこのジェノスにまで出向いてきたんだ。それでゴラムの汚名《おめい》をそそげるなら、安いもんさね。今からでもあたしの首を刎ねようってんなら、逃《に》げやしないよ」

「ほう、その首を捧《ささ》げるというのか？」とドレッグがにやにや笑いながら口をはさむと、バルシャは平静な面持《おもも》ちで「ああ」と応じた。

「あたしに恩赦《おんしゃ》をくださったのは、ジェノスの侯爵様だ。侯爵様がそれを取り消すってんなら、あたしの側に逆らいようはないさ」

バルシャの表情に、迷いはない。ただそのかたわらで、ジーダはきつく唇《くちびる》を噛《か》みしめながら、黄色みがかった瞳を燃やしている。それをなだめるように、タルオンが笑顔で発言した。

「いささか話がずれてしまったようですな。この審問にてうかがいたいのは、あくまでトゥラン伯爵家にまつわる話についてなのです」

「ふん。これ以上、何を聞きたいって言うのかねえ？」

「シルエルという人物は、本当に罪人であったのでしょうか？　《赤髭党》に商団を襲うように持ちかけてきたというのは、本当の出来事であったのでしょうか？」

「それも、今さらの話だね。あいつの顔には、怒《おこ》ったゴラムに切りつけられた傷がくっきりと残されていたよ」

「それでシルエルは、自分の罪を認めたのでしょうか？」

「認めたからこそ、やぶれかぶれで矢を射かけてきたんだろうねえ。それについては、あたしなんざに聞く必要もないはずだろう？」

バルシャはいくぶんうんざりした様子で、メルフリードたちのほうに視線をやった。その対決の場にはメルフリードも居合わせていたし、マルスタインだって騒動の直後に乗り込んできたのである。

「確かにサイクレウスとシルエルの両名は、ジェノス侯爵家のメルフリード殿をも謀殺《ぼうさつ》しようとした罪で、捕《と》らわれることになりました。……しかし、その場に居合わせたのはメルフリード殿と、あなたがた親子と、森辺の民と、そしてカミュア＝ヨシュのみであったはずですな？」

「だから、その全員が口裏をあわせたってのかい？　そんなことを言いだしたら、なんにも話が進まないじゃないか」

そんな風に応じてから、バルシャはにやりとふてぶてしく笑った。

「それに、その場にはもう一人、貴族の御方《おかた》がいらっしゃったはずだよねえ。名前は忘れちまったけど、カミュア＝ヨシュがバナームの貴族様を引き連れていたはずだ。その御方だったら、ジェノス侯爵家や森辺の民に肩入《かたい》れをする理由もないだろうさ」

それはちょっと懐《なつ》かしい貴族の若君、ウェルハイドのことであった。確かに彼《かれ》も、対決の場には同席していたのだ。ついでに言うならば、その場にはサトゥラス伯爵家に連なる法務官という人物も同席していたはずであった。

「あたしたちの証言が疑わしいっていうんなら、あの貴族様に話を聞いてみりゃあいいじゃないか。一緒《いっしょ》に殺されかけた身なんだから、当時のことを忘れたりはしないだろうよ」

「……ええ。もちろん、バナームにも使者をやっています。いずれ、報告が届けられることでしょう」

これぐらいの反論は予想済みであったのか、タルオンは余裕《よゆう》たっぷりの表情で微笑んでいる。それからタルオンは、バルシャのとなりで野獣のように瞳を燃やしているジーダのほうに視線を移動させた。

「マサラのジーダ。あなたはトゥラン伯爵家に幽閉《ゆうへい》されていたというアスタを救うために、通行証もないまま城下町へと侵入《しんにゅう》したそうですな」

ジーダは、無言のままうなずいた。その不遜《ふそん》な態度に気分を害した様子もなく、タルオンは「なるほど」と微笑む。

「しかしその数日前、あなたはアスタを含《ふく》む森辺の民を襲撃《しゅうげき》したのだと聞いております。そんなあなたが、何故《なにゆえ》にアスタを救うことに協力しようと思いたったのでしょうか？」

「……俺は、森辺の民こそが父ゴラムの仇だと思《おも》い込んでいた。しかし、それが誤解だとわかったから、刀を向けてしまった罪をつぐなうために、一度だけ力を貸そうと思いたったのだ」

「ふむ。では、あなたの父親の仇とは、いったい誰であったのでしょう？」

「知れたこと。父ゴラムにあらぬ罪をかぶせた、トゥラン伯爵家の貴族どもだ」

「では、それをあなたに教えたのは、誰であったのでしょう？」

ジーダはしばらく口をつぐんでから、やがて忌々しげに言い捨てた。

「それは、ファの家のアイ＝ファとアスタだ。しかし俺は、その言葉だけを鵜呑《うの》みにしたわけではなく――」

「ええ、もうけっこうでありますよ。それでは、最後の質問です」

ジーダの反論をやんわりとさえぎって、タルオンはバルシャのほうに向きなおった。

「家族の仇を討《う》ち、過去の罪を赦免《しゃめん》されたあなたがたは、どうして故郷のマサラに帰らずに、森辺の集落に留《とど》まっていたのでしょう？　それは誰の意思による、どのような判断であったのでしょうか？」

「それを決めたのは、あたしだよ。あたしが《赤髭党》の生き残りだって話は王国中に広まっちまったっていう話だったから、のこのこマサラに帰る気にはなれなかったのさ」

「それは、何故《なぜ》でしょう？」

執拗《しつよう》に尋《たず》ねるタルオンに、バルシャは面白くもなさそうな笑《え》みを返す。

「腹を立てないで聞いてほしいけど、マサラの荒っぽい連中なんかは貴族を毛嫌《けぎら》いしているんだよ。だから、あたしがゴラムの妻で、ジーダがゴラムの子だなんてことが露見《ろけん》しちまったら、それこそ英雄扱《えいゆうあつか》いされかねないのさ。だから、ほとぼりが冷めるまでは帰る気持ちになれなかったんだよ」

「ほう、それはまた……」

「それにね、故郷に戻《もど》ったところで、あたしには縁者《えんじゃ》の一人もいない。だから、ジーダはこのモルガの森辺に居残ったほうが立派な狩人になれるだろうって思いたったのさ。ここには、手本にしたいような狩人が山ほど居揃《いそろ》っているからね。許されるなら、もう数年ばかりはお世話になりたいもんだと考えているよ」

「なるほど」と、タルオンは笑顔でうなずいた。納得《なっとく》がいったのかそうでないのか、内心を推《お》し量《はか》ることは難しい。

「とりあえず、あなたがたへの審問は、以上です。それでは、次は——あなたがたの番ですな」

タルオンの視線が、ミケルとマイムの親子に向けられる。

「トゥランのミケル。あなたはサイクレウスに逆らったばかりに、料理人として生きる道を絶たれたそうですな」

ミケルは、無言でうなずいた。マイムは胸《むな》もとで指先を組みながら、不安そうに父親と貴族の姿を見比べている。

「そうしてサイクレウスが失脚した後、あなたはトゥランから森辺の集落に居を移しました。これはいったい、どのような経緯《けいい》で行われたことなのでしょう?」

「……俺はトゥランの家で、強盗《ごうとう》に襲われた。このままでは娘の身も危《あや》うくなると思い、森辺の民の好意に甘《あま》えただけだ」

「なるほど。では、あなたはどういった経緯で森辺の民と縁を結ぶことになったのでしょうか？　トゥランで炭焼きの仕事をしていたというあなたには、宿場町や森辺の集落に出向く機会もなかったように思えるのですが」

「……この場での虚言は叛逆罪と見なされる、という話だったな」

ミケルは小さく息をついてから、底光りする目でタルオンを見返した。

「俺と森辺の民を引き合わせたのは、そこのシュミラルという男だ。森辺の民はトゥラン伯爵《はくしゃく》ともめているようだから、伯爵が何か悪さをしているなら、それを森辺の民に伝えてやってほしいと願われた」

「ほう……なるほど、そのような経緯があったのですか」

タルオンは満足そうに微笑《ほほえ》み、今度はシュミラルに視線を移した。

「では、何故あなたはミケルにそのようなことを示唆《しさ》したのでしょうか、シュミラル？」

「はい。私、宿場町、留まっていたので、アスタ、縁を結ぶこと、なりました。そして、トゥラン伯爵家との確執《かくしつ》、知ることになったのです。確執の内容、知りませんでしたが、アスタの力、なりたかったのです」

「ふむ……あなたはもともと、トゥラン伯爵家と商売をされていたそうですな」

「はい。シムの食材、シムの刀、売っていました。当時、シムの食材、売る商人、皆《みな》、サイクレウス、取り引き、あったはずです」

「それなのに、何故あなたは森辺の民に肩入れをしたのでしょうか？」

シュミラルは、いつもの調子で小首を傾げた。

「アスタ、森辺の民、誰もが心正《こころただ》しく、清廉《せいれん》、思いました。正しい人間、苦しむ、おかしい、思いました。その力、なりたい、願う、おかしなことでしょうか？」

「それで大事な商売相手を失ってもかまわない、と？」

「はい。サイクレウス、悪人ならば、商売したくない、思いました。通行証、失う、残念ですが、シムの商品、欲《ほっ》する人間、他にたくさんいます。サイクレウス、失うこと、重要、ありません」

それは実に、シュミラルらしい返答である。そうしてタルオンが「なるほど」と言葉を切ると、ドレッグが待ちかまえていたように声をあげた。

「しかしお前は、森辺の民に肩入れしたばかりか、ついには神を捨ててまで森辺で暮らす道を選んだ。それは、普通《ふつう》の話ではあるまい」

「はい。珍しい話、思います」

「珍しいなどという言葉でおさまるものか。そもそもお前は、本当にシムからセルヴァに神を乗り換えたのか？」

「はい。王都、城下町の大聖堂、神を移す儀式《ぎしき》、行いました。宣誓《せんせい》、必要でしょうか？」

ドレッグがせせら笑いながら顎《あご》をしゃくったので、シュミラルは立ち上がり、宣誓の言葉を述べてみせた。

「私、シュミラル、西方神の子であること、誓います」

左腕《ひだりうで》で心臓をつかむようなポーズを取り、右腕《みぎうで》は大きく横に広げる。ここで虚偽《きょぎ》の言葉を吐けば、死後に魂を砕《くだ》かれるという、四大神への宣誓の儀式である。

シュミラルは静かに手を下ろして、また着席した。

「ふん……それでお前は、森辺の娘を見初《みそ》めたためにシムを捨てたなどとほざいているらしいな」

「はい。それに、森辺の民、生き様、美しい、思いました。だから、シム、捨てる決断、できたのです」

「何が美しい？　シムの商人として生きてきたお前が、狩人の集落でどのように生きていこうというのだ？」

「狩人、仕事、習っています。未熟ですが、猟犬《りょうけん》、助けられています」

「ああ、あなたが森辺の集落に猟犬というものをもたらしたそうですな。しかもそれは、王都アルグラッドで買いつけた猟犬であったとか」

タルオンの言葉に、シュミラルは「はい」とうなずく。

「私、狩人として、力、足りません。ゆえに、猟犬の力、必要、思ったのです。族長ドンダ＝ルウ、私、森辺の家人、なること、許してくれました。幸福、思います」

「……ちなみにあなたは、《黒の風切り羽》という商団と何か関《かか》わりを持たれていたのでしょうかな？」

「いいえ。《黒の風切り羽》、有名なので、名前、知っていましたが、交流、ありません。先日、初めて、団長のククルエル、挨拶《あいさつ》、交《か》わしました」

「そうですか。ククルエルという人物も、そのように申しておりました」

そこでいったん、沈黙《ちんもく》が訪《おとず》れた。

マイムを除けば、これでひと通りの人間が審問に応じたことになる。しかしそのほとんどは、すでに知れ渡《わた》っている話ばかりである。新しい話といえば、せいぜいシュミラルとミケルに繋《つな》がりがあったということのみであるはずだった。

「……そういえば、先日、トゥランの視察におもむいたのですが」

と、タルオンが何気なく発言する。

「そちらには、石窯《いしがま》というものが作られておりました。あれは、あなたが作り方を指南されたそうですな、トゥランのミケル」

「……ああ、そうだ」

「そして、あなたの娘はかつて森辺の民とともに、城下町の料理人の集いに参加したのだと聞いていています。城下町を放逐《ほうちく》されたあなたが、トゥラン伯爵家を失脚させたことによって、また新たな富と栄誉《えいよ》をつかみかけているということのようですな」

マイムが顔色を変えて、何か言葉を発しようとした。

しかし、タルオンは手を上げてその発言を制止させる。

「そういえば、北の民にもっとまともな食事を与《あた》えるように進言したのは、森辺の民であるそうですな。その進言を受け入れて、ジェノス侯爵は北の民たちに石窯を造らせることを許したのだと聞いております」

やはり、そういった話も筒抜《つつぬ》けであるらしい。タルオンは卓《たく》に両方の肘《ひじ》をついて、笑った口もとの前で骨ばった指先を組み合わせた。

「べつだん、それ自体は責められるような話ではありません。他の領地では、もっと北の民を厚く遇《ぐう》している場所も存在するぐらいでありますからな。あくまで奴隷《どれい》として身柄《みがら》を縛《しば》り、王国のために働かせることができれば、北の民をどのように扱《あつか》おうとも、それは領主の自由であるのです」

「…………」

「ただ……やはりこの一年足らずで、ジェノスはずいぶん大きく変わったように感じられます。そしてそれらの話の裏側には、いずれも森辺の民の存在がうかがえるのです」

「……ジェノスが大きく変わったのは、トゥラン伯爵家とスン家の罪が暴かれたゆえであろう。森辺の民はその一件に深く関わっていたのだから、何も不思議ではないように思えるが」

アイ＝ファの言葉に、タルオンは「そうでしょうか？」と目を細めた。

「わたしには、いささか不自然であるようにも思えてしまいます。それまではジェノス侯爵《こうしゃく》家に匹敵《ひってき》するほどの権勢を誇《ほこ》っていたトゥラン伯爵家が失脚し、その代わりと言わんばかりに、森辺の民がさまざまな恩恵《おんけい》を受けるようになった。以前はジェノスの誰よりも貧しかったあなたがたが、今では町で料理や肉を売り、高価な猟犬を何頭も買いつけられるほどの豊かさを手に入れることがかなったわけですな」

「それが、間違ったことであると？」

「いえいえ。ただ、あまりに急激な変わりようであると感じたまでです」

アイ＝ファは軽く首を振《ふ》ってから、あらためてタルオンの姿を見据えた。

「やはりあなたがたは、我々がジェノス侯爵家と手を携《たずさ》えて、トゥラン伯爵家の富を奪《うば》ったなどと考えているようだな。繰《く》り返すが、我々は悪人どもの罪を暴いただけだ」

「ええ。森辺の民というのは、実に質実な気性《きしょう》であられるようです。族長たちも、あなたや、昨晩の幼子たちも、いかにも純朴《じゅんぼく》で、汚《よご》れを知らぬ人々であるように見受けられます」

「ふん。それこそ、自由開拓民のようにな」

ドレッグが酒杯をすすりながらまぜっかえすと、タルオンは「ええ」とそれを受け流した。

「言葉は悪いですが、あなたがたがそこまで入り組んだ陰謀《いんぼう》を思いついたり、それを実行しようとしたりするようには思えません。ただ……純朴であるがゆえに、陰謀に巻き込《こ》まれてしまうことはありえるのではないでしょうか？」

「陰謀に、巻き込まれる？」

「はい。トゥラン伯爵家を失脚させようという陰謀に、ですね」

アイ＝ファは内心の苛立ちをこらえるように、眉をひそめた。

「サイクレウスは、自分の罪を認めていた。他にも、さまざまな証が出ている。その罪を暴くことが、どうして陰謀になってしまうのであろうか？」

「ええ。トゥラン伯爵家の先代当主は、確かに罪を働いていたのやもしれません。ただ、トゥラン伯爵家がジェノス侯爵家にとって目障りであったというのは、確かな話であるのです。そして、トゥラン伯爵家を失脚させることで、ジェノス侯爵家はダレイム伯爵家とサトゥラス伯爵家を掌握《しょうあく》することがかないました。これは我々にとって、見過ごすことのできない事態であるのです」

もともと三つの伯爵家は、ジェノス侯爵家のみが権勢を手中にすることを抑制《よくせい》させるために作られた地位なのだと、俺《おれ》は聞いている。それを俺に教えてくれたのはカミュア＝ヨシュやザッシュマなどであるが、タルオンたちの様子を見ている限り、それは真実であるようだった。

「ジェノス侯爵は森辺に道を切り開き、シムとの縁をより強く結ぼうと画策しておられるようです。また、それをジェノス侯爵に進言したのも、《黒の風切り羽》というシムの商団であったのだと聞いております。そして、ジェノス侯爵家に力を与えたのは、シムの血を引く森辺の民――ここまで手札がそろってしまうと、やはりジェノス侯爵家やシムの思惑を疑わずにはいられません」

「それは、ジェノスがゼラド大公国という国と同じように、国家の独立なるものを企《たくら》んでいるという話であろうか？　それこそ、我々には関わりのない話だ」

「ええ。ですが、あなたがたのご活躍《かつやく》により、いっそうその地盤《じばん》が固められてしまったように思えます」

そうしてタルオンの目が、アイ＝ファから俺のほうにと戻されてきた。

「アスタ。あなたも本当は、シムの民なのではないでしょうか？」

「いえ、決してそのようなことはありません」

「そうでしょうか。しかしあなたは、東の民のように艶《つや》やかな黒髪《くろかみ》と黒い瞳《ひとみ》をしております。肌の色だけは西の民さながらでありますが、西と東の混血と考えれば、まあ不思議ではないでしょう」

それは、完全な言いがかりである。俺は呼吸を整えつつ、何とか冷静に応じてみせた。

「だけど自分は、シムの言葉を聞き取ることはできませんでした。何かの事情で頭が混乱しており、実はこの大陸の生まれであったとしても、東の民ではなく西の民であったのだろうと思います」

「それが真実であるかどうかを、わたしたちが知るすべはありません。しかしまあ、その若さでそこまで西の言葉が巧《たく》みであるのですから、シムの生まれであると断ずるのは、いささか早計であるやもしれませんな」

俺は安堵《あんど》の息をつきかけたが、しかし、タルオンの追及はそこで終わらなかった。

「ですが、大陸の外から訪れたというあなたの言葉も、やはり信ずることは難しい。あなたはもともと西の民であり――そして、ジェノス侯爵に雇《やと》われた身であるのではないですか？」

「ジェノス侯爵に雇われた？　申し訳ありません。言葉の意味が、よくわからないのですが……」

「ですから、あなたは森辺の民を懐柔《かいじゅう》するために雇われた、間諜《かんちょう》なのではないかとお尋ねしているのです。そう考えると、さまざまなことに辻褄《つじつま》が合うように思えてしまうのですよ、アスタ」

それでも俺は、タルオンの言葉がいまひとつ理解できなかった。いや、理解することを頭が拒んでしまったのだろうか。それは、さきほど以上の大いなる言いがかりであったのだ。

「昨年から続く変動の裏側には、いずれも森辺の民の存在が感じられる。わたしはさきほど、そのように申しました。しかし正確に言うと、もっとも強く存在が感じられるのは、あなたとカミュア＝ヨシュなのですよ、アスタ」

そう言って、タルオンはにこりと微笑んだ。

「あなたは、ジェノス侯爵が森辺の民を掌握するために準備した存在なのではないですか？　貴族に反感を抱いていた森辺の民を懐柔するために、ジェノス侯爵はあなたを森辺の集落に送《おく》り込んだ——それこそが、そもそもの始まりだったのではないでしょうか？」

4

「俺が……ジェノス侯爵の送り込んだ間諜ではないか、と仰《おっしゃ》るのですか」

心ならずも、俺の声はうわずってしまっていた。

「でたらめの出自を口にして、森辺の民に取り入って、トゥラン伯爵家を陥れるための役割を担《にな》ったのではないかと……あなたは、そんな風に仰っているのですね？」

「はい。森辺の集落において、スン家とルウ家は対立していたのでしょう？　そこであなたはルウ家の味方となり、スン家を滅《ほろ》ぼすことで、より強い信頼《しんらい》を勝ち取った。そうして今度は満を持して、トゥラン伯爵家を失脚に追い込んだわけです」

虫も殺さないような微笑をたたえながら、タルオンはそのように述べたてた。

「間諜役に選ばれるのが料理人というのは、いささか奇妙な人選ではありますが……しかし実際、あなたはその手腕《しゅわん》で森辺の民の頑《かたく》なな心を開くことに成功したようですしな。そう考えれば、実に適切な人選であったわけです」

「いや、だけど——！」

「そしてまた、この場に集められた者たちは全員、あなたと縁を結ぶことで自分たちの役割を演じることになりました。唯一《ゆいいつ》の例外はマサラのバルシャですが、彼女《かのじょ》はカミュア＝ヨシュの手によってジェノスに連れてこられたのですから、何も不都合はありません。カミュア＝ヨシュとあなたこそが、トゥラン伯爵家を失脚させるための、とっておきの刀であったのでしょう」

俺は、胸の中が苦しいぐらいにざわめいていた。

そんな中、タルオンは得々と語り続ける。

「確かにトゥラン伯爵家とスン家は、過去に大罪を犯《おか》していたのでしょう。ジェノス侯爵は、それを効果的に暴きたてることによって、トゥラン伯爵家を失脚させ、残る伯爵家を掌握したのです。その中で、トゥラン伯爵家と繋がっていたスン家を失脚させると同時に、森辺の民をジェノス侯爵の陣営《じんえい》に引き入れるのが、あなたの役割であった——違《ちが》いますかな、アスタ？」

「違います！　俺は——！」

俺が思わず腰《こし》を浮《う》かせかけると、横からふわりと腕《うで》をつかまれる。

振り返ると、アイ＝ファがとても優《やさ》しげな表情で俺を見つめていた。

「昂ぶるな。我らは、真実を語るのみだ」

アイ＝ファの青い瞳には、ひとかけらの疑念も浮かんではいなかった。

そのやわらかい眼差《まなざ》しで、俺の心は急速に落ち着きを取り戻していく。

「まさか、あなたがたがそのような疑いを抱いているとは、夢さら思っていなかった。しかし、思い起こせばサイクレウスたちも、かつては同じような言葉を口にしていたな」

「ほう。トゥラン伯爵家の先代当主が、我々と同じような言葉を？」

「うむ。あやつは北の民を奴隷として使うトゥラン伯爵家を失脚させるために、カミュア＝ヨシュとアスタがジェノス侯爵や森辺の民をたぶらかしたのではないか——などと述べていた。しかし、あやつは実際に罪を犯していたのだから、それを隠《かく》すために讒言《ざんげん》をでっちあげたにすぎん」

そう言って、アイ＝ファは強い光をたたえた瞳で真正面からタルオンをにらみ据《す》えた。

「確かにアスタとカミュア＝ヨシュは、人を動かす大きな力を有しているのだろう。それゆえに、そうした疑いを招いてしまうこともあるのやもしれんが……しかし、それは完全なる思い違いであると言わせていただこう」

「ほう。あなたにはそれを証明することができるのでしょうかな、アイ＝ファ？」

「証明もへったくれもない。私たちは、アスタがそんな卑劣《ひれつ》な人間ではないということを知っているのだ」

落ち着いた口調で、アイ＝ファはそう言いたてた。

「あなたがたはジェノス侯爵を貶《おとし》めたいがために、真実を見失ってしまっているのであろう。そもそもアスタがそのような役割を担わされていたのならば、私の前に現れるわけがない。最初から、ルウ家の集落を訪れていたはずだ」

「しかし結果として、アスタはあなたを通じてルウ家と縁を結んでおりますな」

「私とルウ家の縁は、ほとんど切れかけていた。また、私とルウ家に縁があったことを知る者は、森辺においても数えるほどしか存在しない。それでは、わざわざファの家を選ぶ理由もなかろう」

「……あるいは、どの家の人間に拾われたとしても、どうにかしてルウ家に取り入ろうと考えていたのやもしれませんな」

アイ＝ファは激昂《げきこう》するどころか、タルオンを憐《あわ》れんでいるかのような眼差しになっていた。

「それでも私たちは、真実がどうであったかを知っている。アスタはただ、人々の喜びのために尽力《じんりょく》しているのだ。森辺の民のみならず、宿場町の民でも、城下町の民でも、それを疑う人間は一人として存在しないだろう。私は、そう信じている」

「ふん。情にほだされた女の言葉など聞いていても、背中がむずがゆくなるだけだ」

しばらくタルオンに出番を譲《ゆず》っていたドレッグが、酔《よ》いで濁《にご》った目をアイ＝ファと俺に突《つ》きつけてくる。

「お前が何をほざこうとも、そのアスタという男が胡散臭《うさんくさ》いという事実を動かすことはできん。お前たちは、知らず知らずの内にジェノス侯爵の道具に成り下がっていたのだろうさ。東の王国シムを後《うし》ろ盾《だて》にして、ジェノスを独立させようという、大がかりな謀略《ぼうりゃく》の手駒《てごま》にされていたのだ」

「……ひとつ、疑問、あるのですが」

シュミラルがひそやかに声をあげると、ドレッグはうるさそうにそちらを振り返った。

「森辺、新たな道、切り開き、シムの商売、大きく広げる。それもまた、謀略のひとつ、お考えなのですか？」

「無論だな。それを提案したのは東の民であるというのだから、なおさら疑う余地はあるまい」

「そうですか。しかし、ジェノス、独立すれば、西の他なる領土、通商、禁じられる、違いますか？」

シュミラルは、とても静かに言葉を重ねていった。

「また、シム、独立、手助けすれば、ジャガルの民、ジェノス、見捨てる、思います。そうすれば、ジェノス、シムしか、商売すること、できません。ジェノス、豊かな土地であるのに、きっと、衰退《すいたい》するでしょう」

「……ふん。だったら、シムの八つ目の藩《はん》として名乗りをあげるつもりなのではないのか？」

「セルヴァ、捨てて、シム、領土、なるのですか？　ジェノス侯爵、ジェノス藩主《はんしゅ》となり、何か、嬉《うれ》しいこと、あるのでしょうか？」

ドレッグは、ついに黙《だま》り込んでしまった。

タルオンはにこやかに目を細めつつ、シュミラルを凝視《ぎょうし》している。

「また、新たな道、切り開いても、シム、遠いです。トトス、ひと月半、かかるでしょう。しかし、ジャガル、トトス、半月です。ジェノス、ジャガル、とても近いのです。ジェノス、シムの領土、なったなら、ジャガル、侵攻《しんこう》、考える、違いますか？」

「……なるほど、それは一理あるのやもしれませんな」

タルオンは、ゆったりとした口調でそう言った。

「確かにジェノスがシムを後ろ盾とするには、さまざまな障害がつきまとうようです。むろん、それに対しても何らかの策を立てているという可能性は否《いな》めませんが……現状では、あまり現実味のない話であるのかもしれませんな」

シュミラルは、長い弁舌《べんぜつ》をわびるように一礼した。

タルオンは俺のほうに視線を移しながら、「しかし」と続ける。

「シムの後ろ盾があろうとなかろうと、ジェノスが独立を目論《もくろ》んでいるという可能性もまた、捨てることはできませんし……たとえ独立を目論んでいなかったとしても、トゥラン伯爵家《はくしゃくけ》を計画的に失脚《しっきゃく》させたという可能性も捨てきれないのです」

「……しかし、トゥラン伯爵家は実際に罪を犯していたのだから、それを裁くのは正しき行いであろう？」

辛抱強《しんぼうづよ》くアイ＝ファが述べたてると、タルオンは「そうですな」と目尻《めじり》に皺《しわ》を寄せた。

「ともあれ、我々の前にはひとつの大いなる謎《なぞ》が転がっております。それはすなわち、あなたの存在です、アスタ」

「……はい。後ろめたいことは何もありませんが、みなさんをお騒《さわ》がせしてしまったことは申し訳なく思っています」

「ほほ。カミュア＝ヨシュもまた一筋縄《ひとすじなわ》ではいかない存在でありますが、あの人物は素性《すじよう》も知れております。マヒュドラとの混血であり、北方神から西方神に神を乗り換えたという、きわめて特殊《とくしゅ》な素性でありますが……現在ではまぎれもなく西の民であり、《守護人》としての認《にん》可《か》も受けているのですから、何もあやしむところはありません」

「しかしお前は、出自すら明らかにされていない。お前の正体を暴《あば》くことさえできれば、ジェノス侯爵の思惑《おもわく》も知れることだろう」

そう言って、ドレッグは新しい果実酒に口をつけた。

「ずいぶん時も移ってきた。この後は、お前の審問《しんもん》に絞《しぼ》らせてもらおう」

「そうですな。他の方々には、お引き取りを願いましょうか」

監査官《かんさかん》たちの言葉にバルシャたちはざわめき、アイ＝ファはすっと半分だけまぶたを下げた。

「それならば、私はファの家の家長として同席を求めたい」

「同席は、無用です。あなたは集落にお帰りください、アイ＝ファ」

「……アスタを置いて帰ることはできん。同席が許されないならば、扉《とびら》の外で待たせていただく」

「それも無用です。審問には、何日かかるかもわかりませんからな」

俺は思わず、息を呑《の》んでしまった。

アイ＝ファは半眼のまま、青い瞳に刃《やいば》のような輝《かがや》きをたたえる。

「待たれよ。まさか、アスタをこのまま城下町に留め置くという意味ではなかろうな？」

「後ろ暗いところがないならば、何も心配する必要はありません。罪人でもない人間を鞭《むち》で打つことはないと、ここでお約束いたしましょう」

タルオンは、にこにこと微笑んでいる。

アイ＝ファは顔色も変えぬまま、ただ爛々《らんらん》とその目を燃やし続けた。

「ファの家長として、そのような行いを許すことはできん。それでもアスタを城下町に留めようというのならば、私もともに残らせていただく」

「これだから、情に狂《くる》った女などというものは手に負えん。お前などに用事はないと言っているのだ、森辺の女狩人よ」

ドレッグは小馬鹿《こばか》にしきった顔つきで、手の先をひらひらと振った。

「そいつの正体が判明したならば、すぐにでも集落に戻してやろう。お前の見初めた男が卑劣な裏切り者でないことを祈《いの》りながら、大人しく待っているがいい」

「いや、その言葉にだけは従えない」

アイ＝ファはいまだに表情も変えていなかったが、その全身には裂帛《れっぱく》の気合がみなぎっているように感じられた。それに反応したのか、ずっと素知らぬ顔でうずくまっていた獅子犬《ししいぬ》が起き上がり、ぐるるる……と地鳴りのような声をあげ始める。

「ほう、俺たちの言葉に逆らうつもりか」

ドレッグはむしろ愉快《ゆかい》げに口もとをねじ曲げつつ、獅子犬の鎖《くさり》に手をかけた。

「ここで蛮族《ばんぞく》としての本性《ほんしょう》をあらわにしてくれるのならば、それも一興だ。もう一度だけ言うぞ。アスタを置いて、集落に戻れ」

アイ＝ファは「断る」と言い切って、青く燃える瞳を獅子犬に突きつけた。

「お前も、大人しくしているがいい。私は、犬と争うつもりはない」

獅子犬はその潰《つぶ》れ気味《ぎみ》の鼻面《はなづら》に凶悪《きょうあく》な皺を寄せて、うなっている。しかしそのままアイ＝ファに見据えられていると、やがてじりじりと後ずさり、ふさふさの尻尾《しっぽ》を足の間に隠してしまった。

「こいつは驚《おどろ》いた！　まさか、獅子犬を怯《ひる》ませるとはな。それでは、いよいよ兵士たちの出番か」

左右の壁際《かべぎわ》に立ち並んだ兵士たちは石像のように微動《びどう》だにせず、ただ主人からの命令を待っている。そんな中、アイ＝ファは熾烈《しれつ》な眼光を監査官たちに突きつけた。

「私を、罪人として捕らえようというのか？　それでは問うが、私はどのような罪を犯したのだ？」

「何を言っている。お前はたった今、俺たちの命令に背《そむ》いただろうが？」

「私は、あなたがたの命令を受ける立場ではない。私の長は森辺の三族長であり、森辺の民の君主は、ジェノス侯爵だ」

「ふん。俺たちは、そのジェノス侯爵の君主である国王陛下の代理人としてこの場にいるのだ。俺たちの命令に背くのは国王陛下のお言葉に背く行いであり、それは重大な叛逆罪《はんぎゃくざい》であろうが」

「……では、ジェノス侯爵も同じ命令を私に下すのか？」

アイ＝ファは挑《いど》むように、マルスタインをねめつけた。

綺麗《きれい》に整えた口髭《くちひげ》をひねりながら、マルスタインは「ふむ」と微笑む。

「それでは、私からもひとつだけ問わせてもらおう。ファの家のアスタよ」

「は、はい」

「其方《そなた》が自分の素性を語ったのは、かのサイクレウスが罪人として処断された頃《ころ》だ。あれからずいぶん長きの時間が過ぎていったが、何かつけ加えるべき話はあるか？」

「いえ、何も……強《し》いて言うなら、占星師の人たちが俺のことを『星無き民』と呼ぶことぐらいでしょうか」

アリシュナはジェノス侯爵の客人であるはずなので、いちおう俺はその件を告げておくことにした。笑顔《えがお》でこの問答を見守っていたタルオンは、「『星無き民』……？」とうろんげに眉《まゆ》をひそめる。それを横目に、マルスタインは気安く微笑んだ。

「占星師か。あれは余興として楽しむものであり、私は重きを置く気持ちにはなれん。それでは、新たな記憶《きおく》が蘇《よみがえ》ったり、自分の記憶違《きおくちが》いに気づかされたりということは、一切《いっさい》ないのだな？」

「はい、ありません」

「そうか」と、マルスタインはうなずいた。

「ならば、其方をこれ以上問《と》い詰《つ》めても、有益な話を聞くことはかなわぬだろう。同胞《どうほう》とともに、森辺へ帰るがいい」

「何を言っているのだ、ジェノス侯爵よ。俺たちの審問は終わっておらぬぞ」

ドレッグが憎々《にくにく》しげに声をあげると、マルスタインは「ふむ？」と首をひねった。

「それならば、審問を続けていただきたい。それが夜半まで及《およ》ぼうとも、彼らが文句の声をあげることもなかろう。……ただし、あなたがたが眠《ねむ》りにつく頃には、彼らを森辺の集落に戻すべきであろうな」

「……お前は、何を考えているのだ？　俺たちは、国王陛下の代理人であるのだぞ？」

「確かにあなたがたは、国王陛下からの命によってジェノスにまでおもむかれた監査官だ。しかし、国王陛下に全権を委任されているわけではなかろう？　それとも何か、ジェノス侯爵たるこのわたしに命令を下すことのできる特権でも与えられているのだろうか？」

ドレッグは、血走った目でマルスタインをねめつけた。

タルオンは、「ほほ」とわざとらしい声をあげる。

「確かに我々はジェノス侯爵に命令を下せるような立場にはございません。しかし、監査官としての使命をまっとうするべく、尽力しておるのです。何故にジェノス侯爵は、アスタを城下町に勾留《こうりゅう》することに肯《がえ》んじようとなさらないのでしょうかな？」

「それはわたしが、ジェノスの領主であるからだ。領主として、領民の安寧《あんねい》を守るのは当然の行いであろう」

「……我々が、不当な手段でアスタを責め苛《さいな》むとでも？」

タルオンもマルスタインも、穏《おだ》やかな笑顔のままである。

それは何だか、古狸《ふるだぬき》と化《ば》け狐《ぎつね》のにらみあいのごとき様相であった。

「あなたがたがそのような暴虐《ぼうぎゃく》を働くだろうなどと心配しているわけではない。わたしの言う領民とは、宿場町と森辺の集落に住まう民たちのことだ」

「宿場町と森辺の集落の民……？　それは、どのような意味でありましょうか」

「このアスタを幾日《いくにち》も城下町に留め置けば、それらの民たちの安寧を脅《おびや》かすことになる。簡単に言うと、多くの領民が城門に押《お》し寄せてきかねない。それこそ、トゥラン伯爵家のリフレイア姫《ひめ》がアスタをさらったときのようにな」

そう言って、マルスタインは楽しそうに口角をあげた。

「もっとも、わたしもその光景を見たわけではないのだが……あの夜は、ずいぶんな騒ぎであったのだろう？」

「はい。およそ百名ていどの領民が、城門に押し寄せていたのだと聞いています」

メルフリードがこの場において初めて発言すると、マルスタインは「百名か」ともっともらしくうなずいた。

「今回は、そのていどの人数では済むまいな。五百名か、はたまた千名か……アスタに縁《えん》のある領民たちが、怒《いか》りに燃えて城門に押し寄せることだろう」

「では、領民の怒りを恐《おそ》れて、道理をねじ曲げると？」

「道理があれば、領民たちが怒ることもない。道理がないから、そのように無法な真似《まね》はできないと言っている」

あくまでも穏やかに、マルスタインはそう言いたてた。

「アスタに何か罪を犯したという疑いでもあれば、それを審問するために勾留を命じるというのは、王国の道理だ。しかし現在のところ、アスタにそのような疑いはあるまい？　仮にアスタがわたしの間諜であったところで、やったことといえば罪人の糾弾《きゅうだん》だ。アスタ自身は、何の罪も犯してはいない」

「いや、しかし――」

「言っておくが、これはジェノスの安寧、ひいては王国の安寧を願ってのことであるのだ。あなたがたには、そのことが理解できていないらしい」

マルスタインは、芝居《しばい》がかった仕草で肩《かた》をすくめた。

「あなたがたはいわれなき疑いをかけて、アスタを勾留しようとしている。それを知った領民たちが誰《だれ》に怒りを覚えるか、それを考えていただきたい。もちろんわたしの不甲斐《ふがい》なさを責めたてる者も少なくはないだろうが、それ以上に、王都から訪れた監査官たちがアスタを不当に扱っているのだと怒りに燃えることだろう。あなたがたはジェノスが叛旗《はんき》をひるがえすことを憂慮《ゆうりょ》しているのに、自らジェノスの民を敵に回すおつもりか？」

「なるほど……つまりはどうあっても、俺たちの命令に従うつもりはないということだな？」

物騒《ぶっそう》な感じに両目を光らせながら、ドレッグがそう問うた。

マルスタインは、静かにそれを見つめ返す。

「わたしは自分にかけられた疑いを晴らすために、力を尽《つ》くしたいと考えている。あなたにもいつか真意が伝わると信じているよ、ドレッグ殿《どの》」

ドレッグは、椅子《いす》を蹴《け》って立ち上がった。その顔には、敵意に満ちた笑みが浮かべられている。

「お前のやり口は、理解した。俺たちも、然《しか》るべき手段で真実を見極《みきわ》めさせていただこう」

「ああ。あなたの目に真実が映る日を、心待ちにしている」

ドレッグは最後に俺たちをひとにらみしてから、足取りの重い獅子犬を引き連れて帳《とばり》の向こうへと消えていった。そうしてタルオンもまた、「ほほ」と笑い声をあげながら立ち上がる。

「それでは、わたしも失礼いたします。いったいどのような真実が隠されているのか、楽しみにしておりますよ」

「真実は、あるがままの姿でさらけ出されている。あとは、何も隠されていないということを知るだけだ」

タルオンは恭《うやうや》しげに一礼して、ドレッグの後を追っていった。

マルスタインは、「さて」と俺たちのほうを振り返る。

「あの御仁《ごじん》らが気を変えない内に、其方たちもあるべき場所に戻るがいい。本日は、手間をかけさせてしまったな」

俺たちはそれなり以上に混乱していたが、マルスタインの言葉に従うしか道は残されていないように思えた。

そうして扉の外に出てみると、ドンダ＝ルウとダン＝ルティムのかたわらに見慣れた人々が立ちつくしている。その片方が「おお！」と大きな声をあげて、真っ先に駆《か》け寄ってきた。

「意外に早かったね！　今、ドンダ＝ルウ殿たちにも事情をお伝えしていたところなのだよ！」

そのように語るのはポルアースであり、もう片方の人物はカミュア＝ヨシュである。カミュア＝ヨシュはいつものとぼけた表情で、「お疲《つか》れ様《さま》」と手を上げてきた。

「お二人は、こちらにいらしたのですね。いったいどうしたのですか？」

「だから、ドンダ＝ルウ殿たちに事情をお伝えしていたのだよ！　ジェノス侯《こう》が、ようやく心を定めてくれたからね！」

そのようにのたまうポルアースは、ふくよかなお顔にとびっきりの笑みをたたえていた。

「今日の朝、僕《ぼく》もジェノス侯に呼びつけられたのだよ。森辺の民を含《ふく》む領民たちのために、最善の道を探したい。そのために、どうか力になってくれってね。いやあ、今朝まではジェノス侯の本心が読めなかったので、僕もハラハラしていたのさ。これで心置きなく、職務に励《はげ》めるよ！」

「職務ですか？」

「ああ。僕の仕事は外務官の補佐《ほさ》と、森辺の民との調停役の補佐だからね！　王都の人々のいわれなき疑いを晴らすために、全力で駆け回る所存だよ！」

さきほどまでの暗鬱《あんうつ》な空気を吹《ふ》き飛ばすような、ポルアースの笑顔であった。

後ろのほうでは、ダン＝ルティムがガハハと笑っている。

「よくわからんが、ジェノスの領主は領主としての仕事を果たそうとしておるのだな！　スン家の連中のように性根《しょうね》が腐《くさ》っていなかったのは、何よりだ！」

「うむ。私もようやく、心からジェノス侯爵を君主と認めることができそうだ」

そのように応じたのは、アイ＝ファであった。バルシャやマイムたちの表情にも、ようやく安堵の色が浮かんでいる。それを確認《かくにん》してから、俺もアイ＝ファに笑いかけてみせた。

「さっきはどうなることかと、ひやひやしたよ。でも、アイ＝ファはずっと冷静だったな」

「うむ。はらわたは、怒りで煮《に》えくりかえっていたがな」

そう言って、アイ＝ファは可愛《かわい》らしく口をへの字にした。

「だいたい、あの侯爵家の父子は、心情を隠しすぎるのだ。途中《とちゅう》までは、敵か味方かを判ずることもかなわなかったぞ」

「うん。だけどまあ、俺たちを信じて口をつぐんでいたのかもしれないな」

俺たちがそのように語らっていると、カミュア＝ヨシュがひょこひょこと近づいてきた。

「何はともあれ、最初の囲みは突き破《やぶ》れたようだね。最後には監査官たちとも笑顔でお別れできるように、せいぜい力を尽くそうじゃないか」

「それはなかなか、遠大な目標ですね。……ちなみに審問では、俺がマルスタインの間諜じゃないかとか疑われちゃったんですけど、カミュアはそのことをご存じだったのですか？」

「うん、もちろん。俺は俺で、ジェノス侯の命令でどこかの町からアスタを引っ張ってきたんじゃないかとか問い詰められたりしたからねえ。……まあ、そんな前情報は余計だと思ったから、アスタたちには何も言わなかったけどさ」

アイ＝ファは不満げに眉をひそめたが、俺はついつい笑ってしまった。

「きっとカミュアとマルスタインは、そういう部分で気が合うのでしょうね」

「うん、まあ、そうなのかもしれないね」

カミュア＝ヨシュはもともと下がっている目尻をさらに下げて、にんまりと笑った。

「それじゃあ、そろそろ失礼しようか。俺も宿場町に用事があるので、途中までご一緒《いっしょ》させていただくよ」

「ふん。また何かを企んでいるような顔つきだな」

そう言って、ドンダ＝ルウまでもがこちらに近づいてくる。

「この際、何でも明《あ》け透《す》けに語ってもらおう。族長の中には俺よりも気の短い人間がいるということを忘れるなよ、カミュア＝ヨシュ」

「はいはい。ザザ家のグラフ＝ザザですね。大丈夫《だいじょうぶ》ですよ。ジェノス侯のお気持ちが固まったのならば、もはや案ずることもありません。ともに手を携えて、この苦難を乗り越《こ》えようじゃありませんか」

カミュア＝ヨシュは、あくまでも陽気であった。

ただその紫色《むらさきいろ》の瞳には、奇妙《きみょう》に老生した透明《とうめい》な光が宿されている。

「以前と比べれば、ジェノスの内には確かな絆《きずな》ができあがっています。森辺の民を含むジェノスの民が一丸となれば、このような苦難は何ほどのものでもないでしょう。俺なんてもう部外者中の部外者に過ぎませんが、ジェノスに住まうたくさんの友人たちのために、なけなしの力をふるわせていただく所存でありますよ」

「ふん……」と鼻を鳴らしながら、ドンダ＝ルウは俺とアイ＝ファのほうに向きなおってきた。

「いつ草笛が鳴らされるかと待ちかまえていたが、貴様も短慮《たんりょ》を起こさずに済んだようだな、アイ＝ファよ」

「うむ？　何の話であろうか？」

「アスタがジェノス侯爵の手先であるなどという、馬鹿《ばか》げた話を聞かされたのだろうが？　よくもまあ、怒りで我を失わなかったものだ」

ドンダ＝ルウは野獣《やじゅう》のように、にやりと笑う。つまりは、ドンダ＝ルウも内心で怒り狂っていたのかもしれなかった。

「あの王都の貴族どもは、つくづく俺たちのことがわかっていないらしい。あやつらは、森辺の民に森と氏を捨てるように命令しようと画策していたという話だ」

「ふむ。確かにそれを匂《にお》わすような言葉は口にしていたように思うが――」

アイ＝ファが険しく眉を寄せると、ポルアースが「そうそう」と笑顔で口をはさんだ。

「その話が、ジェノス侯の決断を後押《あとお》ししたようなものなのだよ。そんな命令を下したら、森辺の民はジェノスを捨ててどこかに移住してしまうだろう、とね。ドンダ＝ルウ殿の言われる通り、王都の方々というのは森辺の民の気質をこれっぽっちも理解していないのだよ」

「それでも、王都の人々に刀を向けるわけにもいきませんからね。なんとか穏便《おんびん》にお帰り願えるよう、最善を尽くしましょう」

カミュア＝ヨシュも口をはさむと、ドンダ＝ルウは底光りする目でそちらをにらみつけた。

「おい。また俺たちに隠れて、こそこそと動き回ろうというつもりではあるまいな？」

「滅相《めっそう》もない。今回は最初から目的もはっきりしているのですから、しっかりと手を携えるべきでありましょう」

「では、何を企んでいるのか、聞かせてもらおう。城下町を出て、自分たちの荷車に乗り換《か》えてからな」

そう言って、ドンダ＝ルウは狩人の衣《ころも》をひるがえした。

「森辺に戻《もど》るぞ。城門を出るまでは、決して気を抜《ぬ》くな」

武官たちから刀とマントを取り戻したアイ＝ファたちも、ドンダ＝ルウに続いて歩き始めた。もちろん俺もアイ＝ファにぴったりと付き添《そ》われながら、歩を進めている。これからも、こうしてアイ＝ファたちとともに歩んでいくために、俺もなけなしの力をふるうのだ。カミュア＝ヨシュなどに比べたら、それは本当にちっぽけな力なのであろうが、それを惜《お》しむ気持ちは毛頭なかった。

（……アイ＝ファもドンダ＝ルウもダン＝ルティムも、俺がマルスタインの手先だなんていう話は、これっぽっちも信じてないんだろうな）

それが当たり前だと思いながら、やっぱり胸の中にはおさえようもない喜びの気持ちがあふれかえってしまう。森辺の民がこれほど純朴で、真《ま》っ直《す》ぐで、誇り高い一族であるということを、なんとか王都の人々に理解してもらうことはできないだろうか。

そんな風に考えながら、俺は大事な同胞とともに石造りの回廊《かいろう》を歩き続けたのだった。

箸休め//～審問会の舞台裏～

アスタたち七名が王都の監査官に招集された日――ユン＝スドラは他《ほか》なるかまど番たちとともに、アスタの留守を預かることに相成った。とりわけユン＝スドラとトゥール＝ディンは、アスタの代わりに宿場町における屋台の商売を取り仕切るように願われてしまったのだった。

ユン＝スドラがこういった仕事を受け持つのは、これが二度目のこととなる。アスタが雨季に『アムスホルンの息吹《いぶき》』を発症《はっしょう》して寝込《ねこ》んだ際も、ユン＝スドラはトゥール＝ディンとともに屋台の商売を取り仕切ることになったのだ。

ユン＝スドラにとって、当時の苦労というのは並大抵《なみたいてい》のものではなかった。実のところ、現地で商売に励むことよりも、その前に段取りをつけることのほうが、よっぽど大きな苦労だったのである。商売に必要な食材を買いつけて、前日の内に大まかな下ごしらえを済ませて、当日の朝方に細かな下ごしらえを済ませる。また、そういった作業では血族ならぬ女衆を相手にあれこれ指示を飛ばさなくてはならないので、自身も同じだけ働きながら全体の進行を管理しなければならないのだった。

ただ今回に限っては、ユン＝スドラがそういった苦労を背負うことにもならなかった。アスタたちの出発は中天の前であったため、事前の段取りはすべて片付けていってくれたのだ。ユン＝スドラたちが受け持つのは現地の商売のみであったので、これならば苦労と呼ぶほどのことでもなかった。

よって、ユン＝スドラの心を占《し》めていたのは、アスタたちの身を案じる思いばかりであった。王都の監査官たちはアスタが自由に生きていくことを許してくれるのか、ただその一点が気がかりでならなかったのだった。

（もしもアスタが罪人と見なされてしまったら……わたしたちは、どうしたらいいんだろう）

そんな風に考えるだけで、ユン＝スドラの胸は石のように重くなってしまう。他の女衆も、おおよそ同じような心持ちなのだろう。とりわけ繊細《せんさい》な気性をしたトゥール＝ディンなどは、ユン＝スドラよりも不安げな面持《おもも》ちになってしまっていた。

しかしそれでも、誰もが胸中の不安をねじ伏《ふ》せて、屋台の商売に取り組んでいる。アスタに留守を任されたならば、失敗も泣き言も許されないのだ。森辺の民はアスタによって大きく救われることになったのだから、こういう際にこそ死力を尽くして恩義を返さなければならなかった。

ヤミル＝レイやリリ＝ラヴィッツなどはなかなか内心もうかがえないが、アスタよりも年長であるラッツの女衆やトゥール＝ディンの次に年若いマトゥアの女衆などは、いつも以上の意欲をみなぎらせて仕事を果たしている。誰よりも生真面目《きまじめ》なフェイ＝ベイムなどは、もはや戦いに臨《のぞ》んでいるかのような気迫《きはく》だ。それにもちろんララ＝ルウを筆頭とするルウの血族のほうも、それは同様であった。

（……わたしたちはここに来るまでの間にも、たくさんの人たちに励まされたもんな）

屋台を借り受けるために立ち寄った《キミュスの尻尾亭《しっぽてい》》の面々も、露店《ろてん》区域で商売をしているドーラやターラなども、心からアスタの身を案じてくれていた。それに本日は宿屋に生鮮《せいせん》肉《にく》を届ける日であったので、そちらの関係者もたいそう心配そうにしていたという話であった。《西風亭《せいふうてい》》のユーミにも、《南の大樹亭《たいじゅてい》》のナウディスにも、《玄翁亭《げんおうてい》》のネイルにも、さんざん話を聞きほじられることになってしまいました」

そのように教えてくれたのは、生鮮肉を運ぶ仕事を受け持ったフェイ＝ベイムであった。これはあまりに突然《とつぜん》の招集であったため、誰もが胸を痛めることになってしまったのである。

それに、ユン＝スドラたちは王都の監査官がどれだけ傲岸《ごうがん》な人間であるかも聞かされていた。その片方などは自分で晩餐《ばんさん》の準備を申しつけておきながら、アスタの料理をすべて犬に食べさせてしまったという話なのである。そんな話を朝方に聞かされたユン＝スドラは、目が眩《くら》むほどの怒りと悲嘆《ひたん》をかきたてられることになってしまったのだった。

（でも……町の人たちはそんな話も知らないまま、アスタの身を案じてくれているんだ）

そんな人々の思いやりが、ユン＝スドラの不安を多少ばかりは慰《なぐさ》めてくれた。アスタはこの一年で、町の人々ともそれだけ絆を深めることがかなったのだ。ユン＝スドラには、それが嬉しくてならなかったのだった。

「あっ！　アスタたちですよ！」

商売を始めてから半刻と少しが過ぎた頃、マトゥアの女衆が声を張り上げた。ユン＝スドラが慌《あわ》てて街道《かいどう》のほうに視線を巡《めぐ》らせると、二台の荷車が南の方角から近づいてくる。その先頭でトトスの手綱《たづな》を握《にぎ》っているのは、ルティムの先代家長であり――御者台《ぎょしゃだい》の脇《わき》からは、アスタが顔を覗《のぞ》かせていた。

マトゥアの女衆が身を乗り出してぶんぶんと手を振《ふ》ると、アスタも笑顔で小さく手を上げてくる。ユン＝スドラは胸を詰まらせながら、一礼することになった。

二台の荷車は歩を止めることなく、街道を北に抜けていく。すると、それを追いかけるようにして、野菜売りのドーラと娘《むすめ》のターラがやってきた。

「みんな、お疲れ様。アスタたちも、無事に出発したみたいだね」

「いらっしゃいませ。さきほどは仕事のさなかに時間を取らせてしまい、申し訳ありませんでした」

「何を言ってるんだい。そっちこそ忙《いそが》しいさなかにわざわざ事情を伝えてくれて、ありがたい限りだったよ」

そんな風に語るドーラは、どこか勇ましい面持ちで笑っていた。

「まったく、難儀《なんぎ》な話だね。これじゃあ俺《おれ》たちも、アスタたちの無事な姿を見届けるまでダレイムには帰れないな」

「ええ。ですが、城下町の会合がいつ終わるかは告げられていないので……ことと次第《しだい》によっては、夜までかかるかもしれません」

「だったら、夜まで居残るさ。もしもアスタたちが戻ってこなかったら、また城門まで押しかけないといけないからね」

いつも陽気なドーラであるが、今日はそこにいつも以上の力強さが加えられていた。

「……アスタがリフレイアにさらわれて、アイ＝ファたちが救いに出向いた日も、ドーラたちはそうして城門までおもむいてくれたそうですね。わたしも当時、家長からそのように伝え聞いていました」

「うん？　あの日は森辺のお人らもたくさんいたけれど、ユン＝スドラはいなかったのかい？」

「はい。わたしもあの頃《ころ》は、まだアスタと確たる縁を持っていなかったのです。わたしが家人リィの代わりに屋台を手伝うことになったのは、それから二ヶ月ほどが過ぎてからでしたので」

「ああ、そうだったっけ！　ユン＝スドラとももうずいぶん古いつきあいのように思ってたから、あのときも一緒に騒いでいたかと思《おも》い込《こ》んでたよ！」

そう言って、ドーラは声も高らかに笑った。その手をぎゅっと握りしめながら、ターラも懸《けん》命《めい》に笑っている。

「まあ今回は、そんな騒ぎにならないように祈っておくけどさ！　いざとなったら、ダレイムの連中にも声をかけて回るつもりだよ！　あいつらも復活祭を一緒に楽しんだ仲なんだから、十人や二十人は駆けつけてくれるはずさ！」

「ありがとうございます。わたしもそのような騒ぎにならないことを祈っていますが……ドーラのお言葉を、心からありがたく思います」

「俺たちは、それだけアスタの世話になってきたからね！」

そうしてドーラは屋台の料理を買いつけて、ターラとともに青空食堂へと立ち去っていった。

次にやってきたのは、建築屋の一団である。ユン＝スドラが事情を説明しようとすると、そちらの取り仕切り役であるバランがぬっと顔を突き出してきた。

「事情は聞いたぞ。アスタたちは、また城下町に呼びつけられたそうだな。二日連続で、難儀なことだ」

「え？　バランたちは、どこでその話を聞かれたのでしょうか？」

「どこでも何も、町中で噂《うわさ》になっておるぞ。俺たちが屋根の修理を受け持った家の連中も、ずっと足もとで騒いでおったからな」

森辺の民は、懇意《こんい》にしている相手にしか事情を通達していない。それがわずか一刻足らずで、もう宿場町のあちこちに広まったようであった。

「しかも今回は、真正面から審問されるそうだな。まあ、後ろ暗いことなどひとつもないのだから、堂々と受けて立てばいいだけのことだ。王都の貴族だろうが何だろうが、火のないところに煙《けむり》は立てられないだろうさ」

「ええ。そうであればいいのですが……」

「案ずるな。あちらが城下町に立てこもるようだったら、たとえ跳ね橋《ばし》を上げられようとも、俺たちが新しい橋を架《か》けてやるさ」

バランがにわかに緑色の目を光らせると、隣《となり》のアルダスが愉快げに笑った。

「あんまり物騒なことを言うんじゃねえよ、おやっさん。こんな西の地でとっつかまったら、二度と家族に会えなくなっちまうぞ？」

「ふん。だったら、指をくわえて待っていろとでも抜かすつもりか？」

「はは。いざとなったら、俺がすべての罪をかぶってやるさ。どうせ俺には、嘆《なげ》く家族もいないことだしな」

アルダスは、先刻のドーラよりも陽気な面持ちである。ただその言葉には、軽口ならぬ真情が込められているように思えてならなかった。

「ありがとうございます。でもどうか、道を踏《ふ》み外《はず》さないようにお気をつけください。アスタにもしものことがあれば……族長らが、何らかの道筋を立ててくださるはずですので」

「ほらほら、森辺の娘さんにまで心配をかけさせちまったじゃないか。おやっさんは見た目が厳《いか》ついんだから、言動には気をつけないとさ」

「ふん。お前さんに見た目をどうこう言われる筋合いはないわ」

そうして建築屋の一行も、やいやい騒ぎながら青空食堂のほうに向かっていった。

その背中を見送っていたマトゥアの女衆が、ふっと息をつく。

「あの方々も、心からアスタの身を案じてくださっているのですね。なんだか……とても心強く思います」

「ええ。わたしもそのように思っていました」

ユン＝スドラもこのマトゥアの女衆も、建築屋の面々と顔をあわせたのはつい数日前のことである。彼《かれ》らは昨年もジェノスを訪《おとず》れていたが、その頃から屋台で働いていたのはルウの血族と、ユン＝スドラの家人たるリィ＝スドラのみであったのだ。当時の彼らは、ひと月ほどで故郷に帰ったのだという話であったが――その短い期間で、アスタとそれだけの絆を紡《つむ》いでいたのだった。

（これだけたくさんの人たちが案じてくれていたら、きっと大丈夫だ。わたしたちの母たる森も、ドーラたちの父たる西方神も、バランたちの父たる南方神も……きっと子の願いを聞き届けてくれるだろう）

そうしてユン＝スドラはさらなる意欲を振り絞り、屋台の商売に取り組むことになった。

その後に訪れたユーミや宿場町の若衆《わかしゅ》なども、それぞれの気性《きしょう》に見合った形でユン＝スドラたちを励ましてくれる。さらにはまったく見知らぬ人間までもが、アスタは大丈夫なのかと問うてくるほどであった。

そんな中、じわじわと時間は過ぎていき――屋台の商売の終わりが見えかけた頃合《ころあ》いで、マトゥアの女衆が再び「あっ！」と大きな声をあげた。

「ほら、あれ！　森辺の荷車ですよ！　アスタたちが、帰ってきたんです！」

ユン＝スドラもまた、慌てふためいて視線を巡らせることになった。

今度は北の方角から、二台の荷車が近づいてくる。町の入り口で御者台から降り立ったのは、確かにルティムの先代家長であった。

さらに他にも数名の人間が、荷台から降りてくる。その一人が、まぎれもなくアスタであった。

「やあ、みんなお疲れ様。なんとか屋台の商売が終わる前に、戻ってくることができたよ」

アイ＝ファとともに屋台の裏手に回り込んできたアスタが、笑顔でそのように告げてくる。二台の荷車は屋台を通りすぎてから、こちらに回り込んできた。

「せっかくだから、みんなと一緒に帰ろうかって話になったんだよ。俺もちょっとは屋台の仕事を手伝っておきたかったからさ」

「はい！　それにしても、ずいぶん早かったですね！　まさか、こちらの商売が終わるより早くお戻りになるとは思っていませんでした！」

マトゥアの女衆が満面の笑《え》みでそのように言いたてると、アスタは「そうかい？」と穏やかに微笑《ほほえ》んだ。

「二刻ぐらいは語らうことになったから、こっちはそれなりにへとへとだよ。……でも、仕事を任されたみんなはそれ以上だよね。今日はどうもありがとう。俺も最後に、皿洗いぐらいは手伝わせてもらうよ」

「いいえ！　アスタのご苦労に比べれば、どうということもありません！　無事に戻られて、本当によかったです！」

すると、ヤミル＝レイに背中を押されるようにして、トゥール＝ディンがアスタの前に進み出た。

「アスタ……ご無事でよかったです」

トゥール＝ディンは、涙声《なみだごえ》になってしまっている。しかしその小さな顔には、幼子のような微笑みがたたえられていた。

「ありがとう。トゥール＝ディンにも、心配をかけちゃったね」

アスタが限りなく優《やさ》しい笑顔で応じると、トゥール＝ディンの頬《ほお》に涙《なみだ》が伝ってしまう。そして、フェイ＝ベイムやラッツの女衆やララ＝ルウたちも、口々にねぎらいの言葉を投げかけた。

それらのすべてに丁寧《ていねい》な言葉を返してから、アスタはユン＝スドラに向きなおってくる。

「ユン＝スドラも、お疲れ様。みんなのおかげで、無事に戻ってくることができたよ。屋台の商売を受け持ってくれて、本当にありがとうね」

アスタはユン＝スドラと出会った頃よりも、ずいぶんたくましく成長している。その顔も、もともとの優しさや明るさはそのままに、男衆らしい果断さがみなぎっていた。

そして、アスタにそのような顔で笑いかけられると、ユン＝スドラの目もとにもこらえようもなく熱いものが浮《う》かんでしまった。

「お帰りなさい、アスタ。無事なお戻りを信じていました」

かくしてユン＝スドラたちは、大事な同胞たるファの家のアスタの帰りを迎《むか》え入れて――あらためて、王都の監査官たちのもたらす騒乱《そうらん》に立ち向かうことに相成ったのだった。

Cooking with wild game.
群像演舞

宿場町と森辺の絆

1

王都の一団がジェノスにやってくる数日前のこと――

「おお、いたいた。こんなところで、あんたは何をやってるんだよ？」

そんな風に呼びかけられて、ミラノ＝マスは背後を振り返った。ミラノ＝マスが主人を務める宿場町の宿屋、《キミュスの尻尾亭》の裏庭である。ミラノ＝マスが振り返ると、そこに立ち並んでいるのは顔馴染《かおなじ》みである宿屋の主人たちだった。

「俺が自分の家で何をしようが、勝手だろうが？　そっちこそ、雁首《がんくび》を並べて何の用だ？」

「いやまあ、あんたにちょいと相談したいことがあってな」

ミラノ＝マスは、物置の修繕《しゅうぜん》に取り組んでいるさなかであった。緑の月になればジャガルから建築屋の一団がやってくるので、大きな補修はそちらに任せるとして、それまでに自分でできる修繕は片付けておこうと思いたったのだ。ミラノ＝マスは手ぬぐいで顔をふきながら、その場にいる主人たちの姿を見回した。

「何だか知らんが、たいそうな顔ぶれだな。宿のほうは、よっぽどひまなのか？」

「この時間はみんな外に出ちまうんだから、気軽なもんさ。だからあんたも、こんなところで建築屋の真似事《まねごと》をしていたんだろう？」

「ふん。大事な銅貨を、無駄《むだ》につかうことはできんからな」

その場には、三人もの主人たちが集まっていた。寄り合いでもないのにわざわざ宿屋の主人たちが寄り集まるというのは、あまり普通《ふつう》の話ではない。ミラノ＝マスも、腰《こし》を据《す》えて話を聞く必要があるようだった。

「で、相談ってのは何なんだ？　よければ、食堂で話すか」

「あ、いや、ここでかまわねえよ。というか、関係のない連中にはあまり聞かれたくねえからな」

「うちだって、宿の客はみんな屋台の料理を買うために出払《ではら》っているが……何だか、穏やかならぬ雰囲気《ふんいき》だな。俺の商売に文句でもつけにきたのか？」

ミラノ＝マスがにらみつけてみせると、主人の一人が「いやいや」と手を振った。

「あんたに文句なんてあるわけがねえだろ。ただちょっと、相談に乗ってほしいんだよ。そのギバの肉についてさ」

……ギバの肉？

「ギバの肉？　ギバの肉が欲《ほ》しいなら、市場に行け。そろそろ新しい肉が売りに出される頃合いだろうが」

「いや、ギバの肉はもう手に入れてるんだよ。この場にいる全員な」

「全員？」と、ミラノ＝マスは眉をひそめることになった。

「市場でギバ肉を買うことができた宿屋は、四軒《けん》だけだったと聞いているぞ。その内の三軒の主人が、そうして寄り集まってるってことなのか？」

「ああ、ここにいないのは《ラムリアのとぐろ亭》のジーゼ婆《ばあ》さんぐらいだな。あの婆さんは料理自慢《じまん》で有名だから、自分の力だけで上等なギバ料理をこしらえることができてるんだろうさ」

「ふん。つまり、お前さんたちは上等なギバ料理をこしらえることができずに苦労している、ということか」

「そうなんだ」と、主人の一人ががっくりと肩を落とした。

「ギバの肉ってのは、焼いたり煮込《にこ》んだりするだけで十分に美味《うま》いだろう？　だから、こんな風に手こずるとは考えもしなかったんだよ」

「うちもだよ。ジーゼ婆さんやナウディスほどじゃないけれど、うちだって料理にはちょいと自信があったんだ」

「それなのに、どうにも上手《うま》くいかなくってなあ」

主人たちは、一様に力を落としている様子である。ミラノ＝マスは、思わず首を傾《かし》げてしまった。

「そんなに上手くいかないものなのか？　少なくとも、キミュスの皮なし肉やカロンの足肉よりは、上等な料理に仕上げられるはずだろう？」

「それが、駄目《だめ》なんだよ。色々な食材が扱《あつか》えるようになって以来、キミュスやカロンの料理なんかはけっこう喜ばれてるんだけどな。ギバの料理だけは、駄目なんだ」

「どうして駄目なんだ。さっぱり理由がわからんぞ」

「それはほら、あれだよ。森辺の民の屋台でも、先にギバ肉を買っていた宿屋でも、たいそう立派なギバ料理を出しているだろう？　だから、それと比べられちまうんだよ。キミュスやカロンの料理と同じていどの出来栄《できば》えじゃあ、お客が納得《なっとく》してくれねえんだ」

主人の一人が、思い詰めた面持ちでそう言った。

「しかも、ギバ肉は高いから料理の値段も高くなっちまうだろ？　それで余計に、客たちが騒《さわ》いじまってなあ……」

「ああ。ギバ料理の注文があったのは最初の二、三日だけで、あとはもうからきしなんだよ」

「うちも、キミュスやカロンの料理を頼《たの》む客しかいなくなっちまった。ギバの料理を食べたい客は、みんなあんたの宿屋だとか《南の大樹亭《たいじゅてい》》だとかに出向いちまうんだろう」

一番若い主人などは、ほとんど泣きそうな顔になってしまっていた。

「このままじゃあ、塩漬《しおづ》けにしたギバ肉をみんな腐らせることになっちまうよ。せっかく大枚はたいたってのに、こんな馬鹿げた話はないだろう？」

「ああ。うちだって、そんなことになったら嬶《かかあ》に尻《しり》を蹴っ飛ばされちまうよ」

「だから……なんとか、助けてくれねえか？」

「助ける？」と、ミラノ＝マスはまた眉をひそめることになった。

「助けるってのは、どういう言い草だ。まさか、うちの宿で扱ってるギバ料理の作り方を教えろって話じゃないだろうな？」

主人たちが悄然《しょうぜん》と黙《だま》り込んでしまったので、ミラノ＝マスは「呆《あき》れたな」と肩をすくめてみせた。

「いくら何でも、そいつは筋が通らないだろう。俺たちは酒飲み仲間だが、その前に商売人だ。俺も以前は料理を仕上げるのに難渋《なんじゅう》していたが、それでお前さんたちを頼《たよ》ったことが一度でもあったか？」

「いや、それはそうなんだけど……で、でも、あんただって、アスタに手ほどきをしてもらったから、いっぱしの料理を作れるようになったんだろ？」

「だから、頭を下げる相手を間違《まちが》えていると言っているんだ。手ほどきを頼みたいなら、アスタを頼れ。アスタだったら、喜んで手ほどきしてくれるだろうさ」

「そうなのかなあ？」と、主人の一人が眉尻《まゆじり》を下げた。

「ついこの間だって、甘い菓子《あまかし》ってやつの作り方を手ほどきしてもらったばかりなのに、いくら何でも図々《ずうずう》しくないか？」

「商売敵《しょうばいがたき》にそんな申し出をするほうが、よっぽど図々しいわ！　第一、アスタから習い覚えたことを、軽々しく他の人間に教えられるものか！」

主人たちは、いっそう悄然としてしまう。その力ない面持ちに、ミラノ＝マスは別の思いを喚起《かんき》させられた。

「やっぱりどうも、よくわからんな。ひょっとしたら、アスタに借りを作るのが癪《しゃく》なのか？」

「違《ちが》うよ。むしろ、その逆さ。……俺たちはさんざん森辺の民を嫌《きら》ってたのに、こんな世話になるばっかりじゃ申し訳ないだろう？」

「ふん。この中で一番森辺の民を嫌っていたのは、この俺だろうがな」

「だけどあんたは、ずっとアスタに力を貸し続けてきたじゃないか。森辺の大罪人の騒ぎが起きたときだって、あんたは身体を張ってアスタを守ってたしさ……」

「そうだよ」と、別の主人も声をあげる。

「俺なんて、森辺の民に屋台なんか貸すなって、あんたのところに怒鳴《どな》り込んだぐらいなんだからな。あんただって、あのときのことは覚えてるだろう？」

「それはまた、ずいぶん昔の話を引っ張りだしたもんだな。そんな話、俺やアスタが少しでも気にしていると思うのか？　……というか、商会の寄り合いで頭を下げて、それで決着としたんだと思っていたんだがな」

「そうだとしても、アスタに迷惑《めいわく》をかけるばかりじゃ、面目《めんぼく》が立たねえだろ？」

　すると、別の主人が深々と溜息《ためいき》をついた。

「あんたなんかは、何の見返りもないのにアスタを助けてきたんだ。アスタがそれに感謝して、料理の手ほどきをしてくれるのも当然さ。だけど俺たちは、そうじゃない」

「ああ。傍《はた》から見りゃあ、自分たちの欲得のために手の平を返したようにしか見えないだろうさ」

「しかも、ギバの肉を売ってくれってせっついておきながら、このざまだからな。俺はほとほと情けねえよ」

ミラノ＝マスは、何とも言えない複雑な心地《ここち》を抱《いだ》くことになった。

「お前さんたちの言い分はわかった。それでも、俺なんざに手ほどきを願うってのは筋違《すじちが》いだ。こんなことでギバの肉が売れなくなったらアスタたちだって大損なんだから、まずはそっちに相談するべきなんじゃないのか？」

「いや、だけどさ……」

「だけどじゃない。大の男が雁首そろえて、泣き言ばかりほざくな。もうじきアスタたちは屋台を返しに戻ってくるだろうから、腹をくくって頭を下げてみろ」

ミラノ＝マスはそれだけ言い捨てて、自分の仕事を再開することにした。

アスタたちが戻ってきたのは、それから半刻ほど経《た》ったのちのことである。ずっとその場であでもないこうでもないと言い合っていた主人たちも、その半刻で何とか心を決めることができたらしく、アスタに向かって相談を持ちかけていた。

「ええ？　それは、のっぴきならない事態ですね！　わかりました。何とか、対処いたしましょう」

話を聞くなり、アスタはそのように言いきった。

主人たちは、初心《うぶ》な小娘《こむすめ》のようにもじもじとしている。

「な、何だか申し訳ないな。俺たちも、まさかここまで料理が売れないとは思わなくってさ……」

「いえ、こちらのほうこそ見通しが甘かったです。これぐらいのことは、事前に予想しておくべきでした」

そう言って、アスタはにこりと微笑んだ。

「森辺に帰る前に、《タントの恵《めぐ》み亭《てい》》のタパスと話をしてきます。菓子のときと同じように、あちらの厨《くりや》で勉強会を開かせてもらえるかどうか、俺から頼んでみますよ」

「だ、だけどこれは俺たちが勝手に言いだしたことなんだから、なんの報奨《ほうしょう》も出ないんだぞ？ あ、いや、もちろん俺たちのほうから手間賃ぐらいは出せると思うけど……」

「手間賃なんて、とんでもない。結果的にたくさんのギバ肉が売れれば、それが俺たちの稼《かせ》ぎになるんです。何もお気になさらないでください」

アスタのかたわらに控《ひか》えていたレイナ＝ルウも、「そうですね」と真剣《しんけん》な面持ちでうなずいた。

「これでギバ肉が売れなくなってしまったら、準備している肉も無駄になってしまいます。今後も宿場町でギバ肉を売っていくために、これは必要な行いなのでしょう」

それで話はまとまったようだった。

三名の主人たちは、恐縮《きょうしゅく》しきった様子で帰っていく。その背中を見送ってから、アスタはふっと息をつきつつミラノ＝マスに呼びかけてきた。

「ご主人がたが早い段階で相談してくれて、助かりました。やっぱりギバ料理は割高になってしまうので、お客さんの理想も高くなるということですね」

「ふん。お前さんたちがさんざん上等なギバ料理を売り続けてきたんだから、当然と言えば当然の話だ。言ってみれば、自分たちの行いに首をしめられたわけだな」

「あはは。それでみなさんがより美味《おい》しいギバ料理を求めてくれたら、俺は嬉《うれ》しく思いますけどね」

そんな風に言ってから、アスタはまた無邪気《むじゃき》そうに微笑んだ。

「それに、宿屋のご主人がたとこうして腹を割って話ができるようになったのも嬉しいです。昔の険悪な関係を思えば、夢みたいですよね」

「……それはお前さんがたがどれだけ疎《うと》まれようとも、しぶとく商売を続けてきた成果だろうさ」

「はい。一番危《あや》うかった時代に、ミラノ＝マスが見放さないでくれたおかげです」

そうしてアスタは、ミラノ＝マスに頭を下げてきた。

「それでは、タパスのところに相談に行ってきます。また明日もよろしくお願いしますね、ミラノ＝マス」

「ああ。無法者なんざにひっかからんようにな」

アスタを先頭にして、森辺の一団が立ち去っていく。その姿を見送りながら、ミラノ＝マスは誰《だれ》にともなく「やれやれ」とつぶやいた。

（だから最初から、アスタに話を通せばよかったのだ）

そんな風に思いながら、ミラノ＝マスは板を切るための鋸《のこぎり》を取り上げた。

その胸には、得も言われぬ満足感が満ちていた。

2

ミラノ＝マスの伴侶《はんりよ》が魂《たましい》を返したのは、もう十年ばかりも前のことだった。もとから身体の丈夫《じょうぶ》なほうではなかったが、ミラノ＝マスと娘を除けば唯一《ゆいいつ》の家族であった兄を失ったため、一気に気持ちが弱くなって、そのまま病魔《びょうま》に見舞われることになったのだ。

その伴侶の兄を殺めたのが、森辺の民だった。今では、正体もわかっている。森辺の族長筋であったという、スン家の大罪人たちだ。

伴侶の兄は、大きな商団の副団長であった。それで、もっと頻繁《ひんぱん》にシムと取り引きできるように、モルガの山麓《さんろく》に新たな行路を開きたいなどと言い出したのである。ジェノスを出たこともないミラノ＝マスにはよくわからなかったが、モルガの山麓に広がる森はあまりに広大であるために、それを迂回《うかい》しようとすると、シムに向かうにはずいぶん困難な道のりになってしまうのだそうだ。それで伴侶の兄たちは、山麓の森を突《つ》っ切ることを計画した。城下町の貴族にも話を通して、森辺の民に案内役を依頼《いらい》して、モルガの森を安全に通る道を確立しようと考えたのだ。

結果的に、それが生命とりとなった。当時からスン家の大罪人たちは旅人や商団を襲《おそ》っており、しかもそれを手引きしていたのがジェノスの貴族たちだったのである。そんな連中に助力を願うのは、飢《う》えた獣《けもの》の口の中に自ら頭をねじ込むのと同様の行いであった。

それでその商団は、まんまと全滅《ぜんめつ》させられることになった。モルガの森で、ギバに襲われたという体裁《ていさい》で、大罪人どもに皆殺《みなごろ》しにされる羽目となったのだ。

そうして伴侶の兄は魂を返し、この世を儚《はかな》んだミラノ＝マスの伴侶もまた魂を返すことになった。さらにその時期、もう一人魂を返す者があった。その商団の団長の伴侶であった女性である。その女性は腹に子を宿しており、伴侶を失った悲しみの中で出産することになり――そして、子を産み落とすなり、そのまま魂を返してしまったのだった。

ミラノ＝マスにとっては、縁《えん》の薄《うす》い相手だ。しかし、その家にはもう年老いた人間しか残されていなかったため、まともに赤児《あかご》を育てられるような環境《かんきょう》ではなかった。それでミラノ＝マスは、その赤児を引き取ることになった。失意の中で死んでいったその女性の姿が自分の伴侶と重なってしまい、とうてい放ってはおけなかったのだ。

ミラノ＝マスも伴侶を失ったばかりで、娘のテリア＝マスもまだ幼かったが、宿屋の手伝いをしてもらうために、近在の人間とは深いつきあいがあった。その中から手頃《てごろ》な人間を選んで、宿屋でその赤児を育ててもらうことにした。それが、のちにカミュア＝ヨシュの弟子《でし》となるレイトである。

（あいつはいつでもにこにこと笑っていたが、腹の中にはさまざまな気持ちを抱《かか》え込んでいたんだろうな）

十年と少しの時を経て、森辺と城下町の大罪人は裁かれることになった。そこに力を添えたのが、風来坊《ふうらいぼう》のカミュア＝ヨシュであったのだ。ミラノ＝マスには何も語らぬまま、カミュア＝ヨシュは大罪人たちを裁くために奔走《ほんそう》していた。レイトもまた、そのために力を貸していたのだという話であった。

レイトがカミュア＝ヨシュに弟子入りをしたのは、およそ三年ほど前のことである。現在のレイトは十二歳《さい》であるはずなので、九歳の身でもう《守護人》の弟子などという運命に身を投じていたのだ。

レイトは「もっと色々な世界を見てみたいのです」としか言っていなかったが、そんな漠然《ばくぜん》とした思いだけで生家を飛び出すとは思えなかった。《守護人》というのは、己《おのれ》の剣《けん》の腕《うで》だけで道を切り開く人間なのである。だからきっと、レイトも自らの運命を切り開くための力を欲《ほっ》していたということなのだろう。

さらにカミュア＝ヨシュという男は、当時から森辺の民についての話を集めているようにうかがえた。だからこそ、レイトはカミュア＝ヨシュに心をひかれたのだろうと思う。自分の父親を殺めておきながら、何の罪にも問われなかった森辺の大罪人たち――それに断罪の刃《やいば》を振り下ろすために、レイトは力を求めたのではないのか。ミラノ＝マスには、そんな風に思えてならなかった。

いっぽうミラノ＝マスは何も為《な》すことのないまま、十年ばかりの歳月《さいげつ》を過ごしていた。伴侶の兄は狩人《かりうど》の首飾《くびかざ》りを握りしめて死んでいたのだから、商団の人間たちはギバではなく森辺の民に襲われたのではないか――ミラノ＝マスはそのように訴《うった》えたのだが、衛兵どもは何ら動こうとしなかったのである。

城下町の貴族どもが大罪人の片棒を担《かつ》いでいたのなら、それも当然だ。当時から、森辺の民は宿場町で騒ぎを起こしても罪に問われない立場であった。また、森辺の民は他にも商団を襲っているという噂が囁《ささや》かれていたが、その犯人として処刑《しょけい》されたのは不殺の義賊《ぎぞく》として名を馳《は》せていた《赤髭党《あかひげとう》》であった。

ミラノ＝マスの伴侶が悲嘆に暮れていたのは、ただ兄を失ったからではない。兄を殺めた大罪人たちが野放しのままで、罪に問われることもなかったという状況《じょうきょう》に絶望して、この世を儚むことになったのである。

貴族というのは、神の代理人だ。セルヴァというのは王国の名前であり、神の名でもある。セルヴァの王は西方神に選ばれた尊き存在であり、貴族というのはその王から認められた民の支配者であったのだ。神が絶対の存在であるならば、王も絶対であり、貴族も絶対である。市《し》井《せい》の人間が貴族にあらがうすべはない。その貴族が大罪人の罪を許したということは、もう誰にも裁くことはできないのだという絶対の事実なのだった。

よって、ミラノ＝マスにも為すすべは残されていなかった。伴侶を失い、幼子を抱えて、懸命に生きていくことしかできなかった。森辺の大罪人と、それを許したジェノスの貴族どもに、熱くてどろどろとした煮汁《にじる》のような怒《いか》りを抱きながら、ミラノ＝マスは日々を過ごしていた。

そうして十年ばかりが過ぎたのちに、ミラノ＝マスは森辺の家人を名乗る奇妙《きみょう》な若者、ファの家のアスタと巡りあったのだった。

ファの家のアスタは、本当に奇妙な若者であった。外見上は、西の民にしか見えない。黒髪《くろかみ》に黒瞳《こくとう》というのはいささか珍《めずら》しい色合いであったが、西の民でもいないわけではない。また、さまざまな土地から人間の集まるジェノスにおいては、もっと奇矯《ききょう》な風貌《ふうぼう》をした人間はいくらでもいた。

しかし、のちに聞いたところによると、アスタは大陸の外からやってきた身であるらしい。いまひとつ要領を得ないのだが、気づいたらモルガの森で倒《たお》れていたのだそうだ。ジェノスは内陸の土地であるのだから、そのような話がありえるわけはない。外海からジェノスにまでやってくるには、どうやったってひと月以上の時間がかかるのだ。トトスに荷車を引かせずに、町ごとで乗り換えるようにすれば、時間を半分に縮めることも可能であるかもしれないが、アスタの場合にはそれも当てはまらなかった。

「自分でも、さっぱりわけがわからないのです」

アスタ自身も、そのように語っていた。そうして故郷や出自のことを語るとき、アスタはいつでも微笑みながら、その瞳に深い悲しみの光をちらつかせていた。どうやって訪れたかもわからないから、どうやって帰るかもわからないのだ。それでアスタは、森辺の集落を終《つい》の住処《すみか》にすると決心したのだという話であった。

（それでもアスタは、訪れるべくして森辺を訪れたのだろう）

ミラノ＝マスは、そんな風に考えている。外の人間には決して心を開こうとしなかった森辺の民が、アスタにだけは心を開いたのだ。それで現在は、宿場町で商売をするようにまでなっている。森辺と城下町の大罪人が裁かれたことも、アスタの尽力《じんりょく》なくしては果たせなかったように思えた。

そうして、あれほど忌《い》み嫌われていた森辺の民が、今では宿場町の民と確かな交流を紡いでいる。およそ一年前、アスタが姿を現すまでは誰にも想像することのできなかった、それは奇《き》跡《せき》のような状況であった。

（大罪人を裁くことができたのは、アスタ一人の手柄《てがら》じゃない。カミュア＝ヨシュやレイトや、森辺の民やジェノスの貴族たちが、総出で立ち向かったからこそ、成《な》し遂《と》げることができたのだろう）

しかしそれでも、ジェノスの民と森辺の民の縁を繋《つな》いだ立役者は、アスタであるはずだ。ミラノ＝マスが、その一点を疑うことはなかった。

3

「あ、父さん。物置の修繕は終わったの？」

宿に戻《もど》ると、娘のテリア＝マスは一人で厨にこもっていた。何をしていたかは問うまでもない。厨には、カロン乳や乳脂《にゅうし》の甘い香《かお》りが漂《ただよ》っていた。

「また菓子作りか。ずいぶん精が出るもんだな」

「うん。せっかくアスタたちが手ほどきしてくれたんだから、何とか形にしないとね」

前掛《まえか》けで手をふきながら、テリア＝マスはにこりと微笑んだ。内気で小心な娘であるが、最近はずいぶんと笑顔《えがお》が増えてきた。母親の無念が晴らされたという思いが、テリア＝マスに変化をもたらしたのだろう。また、悪事を犯《おか》した人間は誰であれ裁くというジェノスの領主の厳しい態度は、領民のすべてに大きな安心感をもたらしたはずだった。

「これ、けっこういい感じにできたと思うんだけど、どうかなあ？」

テリア＝マスが、菓子の載《の》った木皿を差し出してくる。それは、小さな団子であった。

「ふん。ポイタンを丸めて焼いたのか？」

「ポイタンだけじゃなくって、フワノと卵も使ってるよ。それをカロンの乳で溶《と》いて、砂糖と乳脂を混ぜてから炙《あぶ》り焼きにしてみたの」

ミラノ＝マスがその団子を口に放《ほう》り込むと、とたんに鮮烈《せんれつ》な甘さが舌の上に広がる。その団子には、溶かした砂糖もまぶされていたのだ。砂糖はすでに固まっていたが、噛《か》んでみると内側の生地《きじ》はまだほのかに温かい。そして今度は、卵や乳脂のやわらかい甘さと風味が感じられた。

「ふむ。前に作ったものよりもやわらかくて、香りもいいようだな。これなら、文句を言う客もいないだろう」

「そうかなあ？　まだ何か、ひと味足りないように思わない？」

「俺にはわからん。甘い菓子などというものは、寄り合いでしか口にしたことがないのだからな」

指についた砂糖をなめながら、ミラノ＝マスはそう答えてみせた。

「ただ思うのは、やっぱり果実酒の酸《す》っぱさとは合わなそうな気がするというだけだ。屋台では女子供も寄ってくるが、宿の食堂ではむさ苦しい男ばかりを相手にするのだから、酒と合うものでないとなかなか売れないように思うぞ」

「うーん、そうだよね。お茶と一緒《いっしょ》に食べると、すごく美味しいんだけどなあ」

テリア＝マスは、残念そうに肩《かた》を落とした。他《ほか》の宿屋はその多くが軽食の屋台を出しているので、きっとそちらで菓子を出そうという心づもりなのだろう。しかし《キミュスの尻尾亭》では余分な人手がないので、もうずいぶん長いこと屋台などは出していなかった。

「まあ、すべての男が酒を飲むわけでもないからな。酒ではなく茶を注文する客がいたら、そいつにすすめてみればいいんじゃないのか？　それに、復活祭では昼間から客が流れてくるものだし、そういうときには女子供を相手にする機会もあるだろうさ」

「うん、そうだね。いずれ胸を張って出せるように、もっと美味しい菓子をこしらえてみせるよ」

テリア＝マスが、また微笑んだ。その無邪気な笑顔に、ミラノ＝マスはひとつの思いを喚起させられてしまう。

「……しかし、お前だっていつまでこの宿にいるかもわからんのだから、そんな先のことを考えても意味はないかもしれんな」

「え？　どういうこと？」

「どういうことも何も、お前がどこかに嫁入《よめい》りすれば、家を出ていくことになるだろうが？」

テリア＝マスは、穏《おだ》やかな面持《おもも》ちで首を横に振った。

「わたしが家を出ていったら、跡継《あとつ》ぎがいなくなっちゃうじゃない。この大事な《キミュスの尻尾亭《しっぽてい》》を潰《つぶ》してしまうつもりなの？」

「こんな古びた宿が潰れたところで、惜《お》しむやつはいないだろうさ。それに、俺がくたばった後で宿がどうなろうが、知ったことか」

「でも……わたしが余所《よそ》に嫁入りしたら、マスの氏が絶えちゃうよ？」

「それこそ、惜しむ人間などいない。ジェノスの貴族などは、むしろ自由開拓民《かいたくみん》の氏などさっさと絶えてしまえばいいと願っているだろうよ」

水瓶《みずがめ》の水で手を清めながら、ミラノ＝マスはことさらぶっきらぼうに答えてみせた。

「こんな宿に好きこのんで婿《むこ》に入ろうという男がそうそういるとは思えんし、お前だっていつまでも若くないんだ。母さんに似て器量は悪くないんだから、とっととどこかの男をつかまえるべきだろう。それでたくさんの子供をこさえて人手が余るようなら、そいつにこの宿をくれてやってもいいぞ」

「……父さん、わたしはこの家を出るつもりはないよ」

テリア＝マスは、はっきりとした声音《こわね》でそう言った。

「いつか婿を取って、その人と一緒にこの宿を切り盛りしていくの。もちろん、父さんも一緒にね。それ以外の人生なんて、わたしは考えたこともないよ」

「ふん。お前がそこまで宿の仕事を楽しんでいるとは思わなかったな」

「一年前までは、そうではなかったかもね。あの頃のわたしは、無法者が怖《こわ》くてしかたがなかったから。……だけど今では、色々な人に出会える宿屋の仕事を楽しいと思っているよ。それで、父さんみたいに立派に切り盛りしていきたいと願っているの」

ミラノ＝マスは溜息をついてから、真剣な表情を浮かべた娘《むすめ》の姿を振《ふ》り返った。

「だったら、手頃な男をつかまえられるように色々と精進《しょうじん》するべきだろうな。あの、たいそう色っぽい姿をした《西風亭《せいふうてい》》の娘に手ほどきしてもらったらどうだ？」

「もう！　真面目《まじめ》に話してるのに！」

テリア＝マスが赤い顔で大きな声をあげたとき、店の手伝いをしてくれる壮年《そうねん》の女がひょっこりと姿を現した。

「あらあら、親子喧嘩《げんか》かい？　この家では珍しいこったね」

「あ、いえ、別にそういうわけでは……ど、どうもお疲《つか》れ様《さま》です」

「はいよ、おつかれさん。今日もひとつよろしくね」

最近はたいそう食堂が賑《にぎ》わっているので、夕方からは毎日人を雇《やと》うようになったのだ。しばらくすると、もう一人の若い娘もやってきた。

「食堂の掃除《そうじ》はこれからですか？　それじゃあ、片付けてきちゃいますね！」

テリア＝マスと同じ年頃《としごろ》の、ころころとよく肥えた娘である。その娘も年をくった女のほうも、夜に宿屋の仕事を手伝おうというだけあって、それなりに胆《きも》は据わっていた。夜の食事では酒も入るし、中には無法者がまぎれたりもするので、気の弱い人間にはなかなか相手もつとまらないのである。

(少し前までは、テリアが一番びくついてたってのにな)

テリア＝マスはミラノ＝マスと一緒に厨を預かることが多かったが、ときおり給仕《きゅうじ》の仕事を受け持つときでも、以前ほど客を怖がらないようになっていた。それも、この一年ほどで生じた変化である。

「客が来るまで、あたしはこっちを手伝うよ。この鍋《なべ》を火にかければいいのかい？」

「ああ。煮詰《につ》まっちまうから、火は弱めでな」

ミラノ＝マスとテリア＝マスも、来客に備えて準備を整えた。森辺の民から買いつけた料理には火を入れなおして、自分たちの料理の下ごしらえに取りかかる。ギバとカロンとキミュスの料理で、最近では献立《こんだて》も十種類ぐらいに増えていた。

「このギバ肉ってのは、あたしらが買おうとするととんでもない値段になるらしいね。あたしは、目の玉が飛び出しそうになっちまったよ」

手伝いの女が鍋の中身をかき回しながら、そんな風に述べたてた。

カロンの足肉を細く切りながら、ミラノ＝マスは「まあな」と応じてみせる。

「ギバに限らず、肉は三箱買わないと倍の値段になるってのがジェノスの法だ。これでもカロンの胴体《どうたい》の肉よりは、まだ安いって話だがな」

「へーえ。それじゃあ貴族様ってのは、そのギバよりも高いカロンの肉を毎日のように食べてるんだねえ。あたしにゃ想像もつかない生活だ」

そう言って、女は朗《ほが》らかに笑った。

「でも、この宿を手伝う日はあたしらもぞんぶんに好きな料理を食べられるしね。今日もギバの料理をいただいちまってかまわないかい？」

「ああ。これだけ忙《いそが》しくなっても手伝いを続けてくれてる礼だよ」

他にも手伝いをしてくれる人間は何人かいたが、もっとも多く顔を出しているのは、今日来ている二人であった。そしてこの年をくった女には、かつてレイトの面倒《めんどう》を見てもらった恩もあった。

「最近はこの宿ばかりじゃなく、宿場町そのものが活気づいてるよね。うちの旦那《だんな》も忙しい忙しいって、にやにやしながら銅貨を勘定《かんじょう》してるよ」

「ああ。きっとジェノスを訪れる人間が、以前よりも増えたんだろうな。馬鹿《ばか》な騒ぎを起こしていた大罪人どもが始末された恩恵《おんけい》だろう」

「そうだねえ。あの頃《ころ》は、みんな気持ちがギスギスしてたよね。どんな悪党が出ても衛兵は役に立たないんじゃないかっていう不安もあったしさ」

処断された貴族の中には、衛兵の長であった男も含《ふく》まれていたのだ。さらに、衛兵を束ねる副団長やら大隊長やらいう身分の人間も、何名かは処断されていたはずであった。

また、それでも用が足りないと判断してか、最近は衛兵たちを性根《しょうね》から鍛《きた》えなおしているという噂《うわさ》もある。アスタから聞いた話によると、トゥランで無法者をわざと逃《に》がした衛兵がいたのではないかという疑いが取《と》り沙汰《ざた》されたそうなのだ。

(これまではだんまりを決め込《こ》んでいたジェノスの領主が、石塀《いしべい》の外にまで気をかけるようになった。それが、ジェノスを変えたんだろう)

それもまた、森辺と城下町の大罪人どもが処断された効果である。その騒ぎが起こったことによって、ジェノスの領主もどれだけ民たちが貴族に反感を抱いていたかを知ることになったのだ。

(それに、ジェノスを立て直そうとしている領主の息子《むすこ》がカミュアの友なのだとか言っていたな。まったくカミュアといいアスタといい、余所者《よそもの》がずいぶんとジェノスをかき回してくれたことだ)

ミラノ＝マスがそんな風に考えていたとき、早くも最初の注文が入った。気づけば、窓の外は暗くなっている。食堂の稼ぎ時が訪れたのだ。

「あの、ちょっと酸っぱいギバの料理って言われたんですけど、きっと『すぎば』のことですよね?」

「だろうな。他に酢《す》を使ったギバ料理はない」

「それじゃあ、『すぎば』を二人前、あとは『ぎばかれー』を三人前です」

『酢ギバ』は森辺の民から買いつけた料理で、『ギバ・カレー』はアスタから買いつけたカレーの素を使って自分たちでこしらえた料理であった。

売りに出した当初はいまひとつ売れ行きが芳《かんば》しくなかった『酢ギバ』も、今では人気の定番料理になっている。数ヶ月前までは城下町でしか売られていなかったママリア酢もあちこちで使われるようになったので、宿の客たちも甘酸《あまず》っぱい料理というものの美味しさを知ることになったのだろう。

『ギバ・カレー』のほうなどはもっと強烈《きょうれつ》な味つけであったが、こちらは売り出した当時からずいぶんな人気であった。その頃にはもう目新しい食材を使うのが当たり前になっていたし、また、他とまったく似たところのない『ギバ・カレー』の味や香りが、人々を強く魅了《みりょう》したようだった。

（最近の宿場町は目新しさを競《きそ》っている感じだし、それにこの『ぎばかれー』ってやつは妙《みょう》にクセになる味だからな）

その香りを嗅《か》いでいるだけで、ミラノ＝マスも腹が鳴りそうになってしまった。しかし、宿の人間が食事を口にするのは、食堂の仕事が一段落してからだ。

その後は、次から次へと注文が入ってくることになった。半分がたはギバの料理で、残りの半分はカロンとキミュスの料理だ。もっとも割高なのはギバ料理であったが、その人気はまったく衰《おとろ》えていなかった。

壮年の女も給仕の仕事に移行し、厨はミラノ＝マスとテリア＝マスだけで受け持つ。慌《あわ》ただしく料理を仕上げていきながら、テリア＝マスがにこりと笑いかけてきた。

「やっぱりギバ料理の人気はすごいね。でも、市場でギバ肉が売られるようになったから、少しはこれも落ち着いちゃうのかな？」

「どうだかな。他の宿がどれだけ上等な料理を出せるかにかかっているだろう」

日中に話をした三人の主人たちの姿を思い出しながら、ミラノ＝マスはそんな風に答えてみせた。

「まあ、余所の宿から流れてくる客は減るかもしれんが、うちに泊《と》まっている連中はおおかたギバ料理を求めるだろうさ」

「うん。食事の時間に別の宿の客が流れてくるなんて、ちょっと前までは考えられなかったもんね」

テリア＝マスは、楽しそうに笑っている。

「でもさ、『ぎばかれー』を作れるのは、うちと《南の大樹亭》と《玄翁亭《げんおうてい》》だけなんでしょう？　それだったら、やっぱり少しは他の宿の客が流れてくるかもね」

「ああ、かれーの素を作るのはけっこうな手間だから、これ以上は売りに出さないと言っていたな」

そして、アスタやルウ家の娘たちが作る料理もこれ以上は他の宿屋に売りつける気はない、と言っていた。というか、ギバ肉を市場で売りに出す算段を立てられた以上、宿屋に料理を売る意義も失われたように思うのだが、アスタたちは今後もミラノ＝マスたちに料理やカレーの素を卸《おろ》し続けると約束してくれたのだった。

「お世話になったみなさんに俺《おれ》たちができるのは、それぐらいのことしか残されていませんから」

かつてアスタは、そのように述べていた。《南の大樹亭》のナウディスなどは、さぞかし胸を撫《な》でおろしていたことだろう。ジェノスの貴族をもうならせたというアスタの料理を求めて宿屋を訪《おとず》れる人間は、今もなお少なくはないのだ。

（……どう考えたって、世話になりっぱなしなのは俺たちのほうだな）

そのとき、若い娘のほうが厨に飛び込んできた。

「あの、ちょっと！　森辺の民が、食堂に来てますよ！」

「なに？　こんな時間に、いったい何の用事だ？」

「いや、お客として来ただけだって言ってます。こんなこともあるんですねえ」

娘は、すっかり度肝《どぎも》を抜《ぬ》かれている様子だった。しかし、驚《おどろ》いているのはミラノ＝マスも一緒である。森辺の民が客として食堂を訪れるなどというのは、かつてなかったことなのだ。

「手が空いているなら主人に挨拶《あいさつ》をしたいって言ってるんですけど、どうします？」

「それはまあ、俺も顔を拝んでおきたいところだが……そいつらは、名前を名乗ったか？」

「名乗っていたけど、忘れちゃいました。あのお人らも、氏ってやつを持ってるんですね」

さっぱりわけがわからないまま、ミラノ＝マスはテリア＝マスを振り返った。

テリア＝マスも、きょとんとした顔で小首を傾げている。

「とりあえず、今は一人でも大丈夫《だいじょうぶ》そうだから、行ってきなよ。それでもしもわたしも知っている相手だったら、あとで挨拶させてほしいかな」

「そうだな。それじゃあ、ちょっと行ってくる」

ミラノ＝マスは木皿によそった『ギバ・カレー』を給仕の娘に託《たく》してから、ともに厨を出た。娘は「あっちの奥《おく》ですよ」と言い置いて、注文を受けた卓《たく》に向かっていく。ミラノ＝マスは客で埋《う》まった卓の間をすりぬけて、壁《かべ》の向こうの奥の席へと足を向けた。

「おー、来た来た。忙しいだろうに、呼びつけちまって悪かったな」

見覚えのある若衆《わかしゅ》が、奥の席で手を振っている。六人の人間が卓を囲んでおり、その内の二名が森辺の民であった。

「ああ、お前さんたちか。森辺の民が客としてやってくるなんて、いったいどういう風の吹《ふ》き回しだ？」

「いやー、話せば長くなるんだけどな。こっちの親父《おやじ》さんのつきあいで、出向くことになったんだよ」

目を向けると、これまた見覚えのある人物が笑顔で席についていた。《キミュスの尻尾亭》でもいくつかの野菜を買いつけている、野菜売りのドーラである。

「実はさ、家の連中がギバ料理を食べたいっていうから、宿場町で晩餐《ばんさん》をとることにしたんだよ。こっちは俺の上の息子とその嫁《よめ》で、こっちのこいつは末娘《すえむすめ》だ」

見覚えのない若夫婦《わかふうふ》と、見覚えのある小さな娘が頭を下げてくる。

「下の娘は、御用聞《ごようき》きで顔をあわせているな。しかし、ダレイムの民が宿場町で食事とは珍しいことだ」

「ああ。ダレイムから宿場町までは荷車でもそこそこかかるし、夜は野盗が出ないとも限らないから、こいつらは復活祭の時期ぐらいしか足を向けることもないんだけどな」

「でも、毎日町に出ている親父やターラと違って、俺たちはなかなかダレイムを離《はな》れる機会がないから、すっかりギバ料理が恋《こい》しくなってしまったんですよ」

ドーラの息子が、そんな風に言葉を添《そ》えた。

「だけどやっぱり夜道は危険なんで、宿場町に出ることはあきらめていたんです。そうしたら、そんな話が森辺の人たちの耳に入って――」

「それで俺が、護衛役を買って出たってわけさ。ま、ほんとは別のやつが受け持つはずだったんだけどな。今日はたまたま狩人の仕事が早く終わったから、交代してもらったんだ」

黄褐色《おうかっしょく》の髪《かみ》をした若衆が、にっと悪戯《いたずら》っぽく笑っている。ことあるごとにアスタたちを護衛していた、森辺の若き狩人である。その隣《となり》では、いつも屋台の仕事を手伝っている幼い妹がにこにこと笑っていた。

「ええと、お前さんの名前は……たしか、ルド＝ルウだったか？」

「ああ、あんたはミラノ＝マスだよな。俺はルド＝ルウで、こっちのちびはリミ＝ルウだ」

リミ＝ルウとは、三日に一度ぐらいの割合で顔をあわせている。しかし、あらたまって名前を確認《かくにん》したことなどはないように思えた。

「本当は、バルシャってやつが護衛役を引き受ける予定だったんだけどさ。あいつもけっこう腕が立つけど、ギバ狩《が》りの仕事には手を出してないから、いつでも自由に動けるんだ」

「リミは、最初っから行きたいーって言ってたの。ターラと一緒に晩餐をとりたかったから！」

ターラというのは、ドーラの末娘だ。ぴったりと寄り添いあった二人の幼い娘たちは、髪や肌《はだ》の色も異なっているのに、まるで姉妹みたいに見えた。

「それで、バルシャと一緒にルウの家を出ようと思ったら、ルドが帰ってきたからさ。一緒に連れてきてあげたの」

「へん。バルシャより俺のほうが腕は立つんだから、護衛役にはちょうどいいだろ。親父だって、お前のことを心配してたみたいだしさ」

「えへへ」とリミ＝ルウは屈託《くつたく》なく笑う。いつも笑っている朗らかな娘であるが、今日はひときわ楽しそうだ。そんな二人の娘たちを笑顔で見やってから、ドーラがまたミラノ＝マスを振り返ってきた。

「そんなわけで、家族を宿場町に連れてくることができたんだよ。家には年寄りもいるんで全員は連れてこられなかったけど、明日には俺の嫁と二番目の息子を連れてくるつもりなんだ」

「明日も俺が来られるといいんだけどなー。ま、仕事が早めに終わるかどうかは、母なる森の思《おぼ》し召《め》しだな」

ドーラの一家とルウ家の兄妹《きょうだい》は、すっかり打ち解けている様子だった。

その様子を眺《なが》めながら、ミラノ＝マスは「なるほどな」とうなずいてみせる。

「それじゃあお前さんがたは、食事が済んだらそっちの人らをダレイムまで送り届けて、そのまま森辺に帰るわけか。ずいぶん慌ただしいことだな」

「しかたねーさ。むやみに余所の家で眠《ねむ》るもんではねーからな。ま、荷車を走らせるぐらい、大した手間じゃねーよ」

「本当にありがたく思ってるよ。ドンダ＝ルウには、しっかり礼を言っておいてくれ」

そのように述べながら、ドーラもにこやかに笑っている。たしかこのドーラも、復活祭の前後にはテリア＝マスとともに森辺の集落を訪れていたのだ。感謝はしていても、必要以上に恐縮はしていない。森辺の民とも確かな信頼《しんらい》関係を構築できている様子だった。

「事情はわかった。客として出向いてくれたのなら、歓迎《かんげい》するさ。それに、森辺の民にも野菜売りのお前さんにも、うちはさんざん世話になってるからな。果実酒の一本ぐらいはつけさせてもらおう」

「そいつはありがたいね。今度はうちからも、何か野菜をおまけさせてもらうよ」

そう言って、ドーラはせり出た腹を撫でさすった。

「さ、それじゃあ注文させてもらおうかな。この人数分のギバ料理を、適当に見つくろっておくれよ」

「ギバ料理は、森辺の民から買いつけているものと、うちの厨でこしらえているものがある。両方おりまぜてしまっていいのか？」

「ああ。だって、今日のそいつをこしらえたのは、ルウ家の女衆なんだぜー？　そいつにはリミも手を出してるんだから、自分の料理ばっかりじゃ面白《おもしろ》くねーだろ」

そんな風に言いたてたのは、ルド＝ルウであった。

「それに、町の人間がどんな風にギバの肉を扱《あつか》ってるのかも気になるしな。あんたたちのこしらえた料理も、たっぷり食わせてくれよ」

「そうか。まあ、そちらもアスタたちに作り方を教わった料理ばかりだがな」

ミラノ＝マスは肩をひとつすくめてから、きびすを返そうとした。

「では、料理は娘に運ばせるので、そいつにも挨拶をさせてやってくれ」

「あ、ちょっと待った！　その前に、ひとつ聞きたいことがあるんだけどさ」

と、ルド＝ルウが身を乗り出してくる。

「アスタって、客としてここに来たことは一度もねーのか？」

「うん？　それはそうだろう。毎日のように顔をあわせてはいるが、客として出向く理由などあるはずがない」

「そっかそっか。一番町の連中と縁の深いアスタを出し抜けたってのは、なんか面白いな」

そう言って、ルド＝ルウはまた悪戯っぽく微笑《ほほえ》んだ。

「じゃ、料理を頼《たの》むよ。どんな料理なのか、楽しみにしてるからさ」

「ああ」と答えて、今度こそミラノ＝マスはきびすを返した。

周囲の客たちは、普段《ふだん》と変わらぬ様子で騒《さわ》いでいる。きっとルド＝ルウたちが入ってきたときにはたいそう注目を集めたのだろうが、今ではべつだん指をさしたりするような者もいなかった。

森辺の民が客として宿屋を訪れても、それで顔色を変える者もいない――これもまた、数ヶ月前までは考えられもしないことであった。

（しかも、俺の料理を楽しみにしてる、だって？　初めて顔をあわせたときは、あれだけ派手にやりあった仲なのにな）

今からおよそ一年前、アスタが二度目に《キミュスの尻尾亭》を訪れて、屋台を貸してほしいと願い出てきたとき、それを護衛していたのがあのルド＝ルウであったのだ。

あの頃のミラノ＝マスは、森辺の民を心から憎《にく》んでいた。だから、ギバの肉などまともな人間の食べるものではないと、蔑《さげす》みの言葉をぶつけてみせたのである。そのミラノ＝マスがギバ料理を作り、それをルド＝ルウに出そうとしている。こんな運命を、当時のミラノ＝マスに予見できるはずがなかった。

（たった一年で、この有り様だ。来年には、いったいどんな有り様になっているやらな）

娘の待つ厨に向かいながら、ミラノ＝マスは口もとがゆるむのを抑制《よくせい》することができなかった。ただ、目もとまでゆるんで何かが流れそうになることだけは、何としてでも抑制してみせた。

西方神に魂を返したミラノ＝マスの伴侶は、どのような思いでこの情景を見守っているだろう。その魂の安からんことを祈《いの》りながら、ミラノ＝マスは自分の仕事場に足を踏《ふ》み入れた。

あとがき

このたびは本作『異世界料理道』の第三十巻を手に取っていただき、まことにありがとうございます。

本作も、ついに第三十巻まで巻数を重ねることができました。毎回毎回感謝の念は尽きないのですが、やはり区切りの大台となると感慨もひとしおです。

これほどに長大なシリーズにおつきあいくださっている皆様方には、深く深く感謝しております。これからも慢心することなく尽力していきたく思っておりますので、末永くおつきあいいただけたら望外の喜びでございます。

また、本作を刊行してくださっているホビージャパン様のほうでも、今巻の発売を記念してさまざまな催しを企画していただくことがかないました。発売日からそう日を置かずに今巻を手に取ってくださった方々は、ホビージャパン様の運営するウェブサイト『ファイアクロス』のほうもご覧いただけたら何よりでございます。アスタの歩んできた一年間を年表にまとめたり、膨大な数に及ぶキャラクターの一覧表を掲載させていただいたりと、自分もテキスト面であれこれ関わらせていただきました。こちらのあとがきは刊行のひと月前にしたためておりますため、確たることは言えないのですが、発売日にはそれらのコンテンツも公開される予定になっております。

こういった年表やキャラクター一覧表などを作成いたしますと、またさまざまな感慨にとらわれます。自分の中から百名以上のキャラクターが生まれたなどというのは、よくよく考えると大変なことでありますね。小旅行のゲストキャラであったダバッグの領民たちや、すっかり出番のなくなってしまったザイラスやジモンたちが元気に過ごしていることを祈るばかりでございます。


さて、今巻の内容についてですが。前巻のあとがきでも予告させていただきました通り、今巻からは新章の開幕と相成ります。自分としては「動乱編」という仰々しい章タイトルを掲げているのですが、それなりに波乱ぶくみのスタートを切ることができたのではないかと考えております。

あとがきを先に読まれる方々のためにネタバレは控えたく思いますが、カバーイラストにも新しいキャラクターたちがどどんと描かれておりますね。こちらもなかなか「動乱編」の開幕に相応しい雰囲気で、大変ありがたく思っております。

動乱のネタには事欠きませんので、この先もアスタたちにはさまざまな苦難を乗り越えてもらうことになるわけですが。しかしまた、アスタの本領はあくまで調理でありますので、どのようなシチュエーションにおいても剣や魔法で戦うのではなく包丁や鉄鍋を駆使してもらいたく思います。貴族の陰謀も新たな出会いも可愛いわんこも美味なる料理もそれぞれお楽しみいただけたら幸いでございます。

ではでは。本作の出版に関わって下さったすべての皆様と、そしてこの本を手に取って下さったすべての皆様に、重ねて厚く御礼を申し述べさせていただきます。

また次巻でお会いできたら幸いでございます。

二〇二三年四月　ＥＤＡ

王都の監査官たちの審問をどうにか乗り越えたアスタたち。
しばらくすると、今度は兵士長におかしな動きがあると教えられる。
どう警戒すべきかと考えていた矢先、
兵士たちが森辺に調査をさせろとやってきてしまう。
さらには、モルガの禁忌に触れるような事態にもなって――
Author EDA
Illust. こちも
異世界料理道
VOLUME 31
Cooking with wild game.

争いの火種が
尽きない緊張の第31弾!!
2023年秋ごろ発売予定！

HJ NOVELS
HJN04-30

異世界料理道30

2023年5月19日　初版発行

著者――EDA

発行者―松下大介
発行所―株式会社ホビージャパン
〒151-0053
東京都渋谷区代々木2-15-8
電話　03(5304)7604（編集）
03(5304)9112（営業）

印刷所――大日本印刷株式会社

装丁――AFTERGLOW／株式会社エストール

Printed in Japan

ISBN978-4-7986-3183-7　C0076

ファンレター、作品のご感想お待ちしております

〒151－0053　東京都渋谷区代々木2－15－8
(株)ホビージャパン HJノベルス編集部 気付
EDA 先生／こちも先生